NEBEL ÜBER DEM PFÄLZERWALD

Astrid Ylva Dornbrach wurde in Pirmasens im Pfälzerwald geboren und ist dort auch aufgewachsen. Nach einer Schauspiel- und Sprecherinnenausbildung bei Ruth von Zerboni in München kehrte sie in die Pfalz zurück und arbeitete jahrzehntelang als freie Journalistin für die »Rheinpfalz«, für die sie immer noch tätig ist. Später verschlug es sie nach München und Berlin, wo sie für den »Münchner Merkur« und für »Zitty«/»Tip« schrieb. Heute lebt sie als freie Autorin mit ihrer Tochter in Berlin. »Nebel über dem Pfälzerwald« ist ihr Krimi-Debüt, nachdem sie bereits einen Lyrik- und einen Kurzgeschichten-Band veröffentlicht hat.

ASTRID YLVA DORNBRACH

NEBEL ÜBER DEM PFÄLZERWALD

Kriminalroman

emons:

Bibliografische Information der Deutschen Nationalbibliothek
Die Deutsche Nationalbibliothek verzeichnet diese Publikation
in der Deutschen Nationalbibliografie; detaillierte bibliografische
Daten sind im Internet über http://dnb.d-nb.de abrufbar.

© Emons Verlag GmbH
Alle Rechte vorbehalten
Umschlagmotiv: mauritius images/Deutschland/
Alamy/Alamy Stock Photos
Umschlaggestaltung: Nina Schäfer, nach einem Konzept
von Leonardo Magrelli und Nina Schäfer
Umsetzung: Tobias Doetsch
Gestaltung Innenteil: DÜDE Satz und Grafik, Odenthal
Lektorat: Julia Lorenzer
Druck und Bindung: CPI – Clausen & Bosse, Leck
Printed in Germany 2024
ISBN 978-3-7408-2244-6
Originalausgabe

Unser Newsletter informiert Sie
regelmäßig über Neues von emons:
Kostenlos bestellen unter
www.emons-verlag.de

Für meine Mutter Rotraud Erika, die Försterstochter

In der lebendigen Natur geschieht nichts,
was nicht in der Verbindung mit dem Ganzen steht.

Johann Wolfgang von Goethe

Blut und Wasser

Langsam lichtet sich der Nebel. Es ist der Moment, in dem die Sonne sich den Weg bahnt durch das milchige Grau, durch den Wald, die Bäume und das Tal. Und in dem sie schließlich den Blick freigibt und wie der gelbe Schein einer übergroßen Taschenlampe zuerst die Wipfel der Bäume, dann die Zweige, dann das Gras anstrahlt.

Auf einer kleinen Lichtung neben der Straße steht eine Gruppe Rehe, die Köpfe auf das Gras gesenkt. Hundertmal ist Mara die Strecke schon gefahren. Bei Regen, bei Sonne, bei Wind, im Schnee und einmal auch im Sturm. Und viele Male hat er neben ihr gesessen. Die Hände locker am Lenkrad, sie sieht ihn noch im Profil: die gerade Nase, das angedeutete Lächeln in den Mundwinkeln, die buschigen blonden Augenbrauen und den plötzlichen, direkten Blick aus den graublauen Augen.

Jetzt ist sie unterwegs zu ihm, auch das ist eine ewige Wiederholung. Wie oft der Satz »Kommst du zu mir – oder soll ich zu dir kommen?« gefallen ist. Das ist jetzt das letzte Mal. Diesen Satz wird es niemals mehr geben. Denn Philipp ist tot. Seine Leiche wurde vor einer halben Stunde an einem Waldweg neben der Landstraße zwischen Roppeviller und Bitsch gefunden, kaum zehn Meter von seinem Wagen entfernt.

»Kanntest du ihn?«, hat ihr Chef aus dem Kaiserslauterer Präsidium am Telefon gefragt, als sie, gerade erwacht, glaubte, noch zu schlafen und einen gruseligen Albtraum zu durchleben. Aber es war kein Traum. Der Kollege klärte sie über die Details auf: Eine Gruppe Frauen war beim Wildkräutersammeln gewesen und hatte die Leiche auf einem Wanderweg entdeckt.

Eine männliche Leiche, etwa einen Meter achtzig groß, blond, leicht ergraut, ein Polizist in Zivilkleidung, der unweit seines Privatwagens lag. Hauptkommissar Philipp Meinhard.

Philipp, ihr Klassenkamerad, ihre Jugendliebe, ihre Amour fou und ihr bester Freund.

Die Sonne hat den Nebel weggewischt. Mara hat das Tal durchquert, und sie kann schon die Kurve sehen, hinter der es rechts in den Wald geht. Die Straßen sind hier schmaler als auf der kaum zehn Kilometer entfernten deutschen Seite, die Kurven schärfer. Beim Einbiegen in den Weg fragt sie sich, was Philipp mitten in der Nacht hier wollte.

Keine zweihundert Meter hinter der Straße erkennt sie Philipps Audi, dahinter haben ein Krankenwagen und drei weitere Fahrzeuge geparkt.

Neben den Sanitätern, deren Anwesenheit im Grunde nutzlos ist, sind Armin Weber, Philipps Kollege von der Dienststelle in Weidenbrünn, und der Lokalreporter Franz Tischler am Tatort.

Mara steigt aus ihrem Volvo. Später wird sie nicht mehr wissen, wie sie es geschafft hat, die paar Schritte zu gehen, dorthin, wo Philipps Körper ist, in einer kleinen Böschung am Weg. Ihr ist nicht übel und auch nicht kalt, sie fühlt nichts, gar nichts. Nur ihre Hände werden taub.

Sie bewegt sich auf die Stelle zu, wo ein Mann auf dem Bauch am Boden liegt, mit dem Gesicht im Gras. Um ihn herum ist Blut, sehr viel Blut. Es hat seinen blauen Pullover und seine Jeans durchtränkt. Seine blonden Haare, die jetzt von mehr Grau durchzogen sind, als sie es in Erinnerung hat, bilden am Hinterkopf einen Wirbel.

Er ist von hinten erschossen worden. Aus nächster Nähe. Zwei Schüsse, von denen einer tödlich war. Philipps rechte Hand ist nach oben ausgestreckt, so als hätte er sie im Tod noch heben wollen, der linke Arm ist reglos an den Körper gedrückt.

Jetzt wird ihr doch kalt, und sie fängt an zu zittern.

Der Kollege aus Weidenbrünn geht auf sie zu. »Mara! Frau Winter, Sie kannten ihn doch gut? Ihr wart doch Freunde?«

Die Knie knicken ihr weg, der Kollege stützt sie und bringt sie zu einer Bank. Dort sitzt eine Frau, die ihr Gesicht in den Händen vergraben hat. Es ist Silvie Thomé, auch sie ist keine Unbekannte für Mara.

Sie ist die Nachbarstochter aus der Kindheit. Silvie Brunner, das rothaarige Mädchen, das den Weidenbrünner Förster Peter

Thomé geheiratet hat. Heute engagiert sie sich beim Bund für Umwelt und Naturschutz. Sie beschäftigt sich schon seit der Schulzeit mit Heilkräutern, und sie war an diesem Morgen nicht weit von hier mit einer Gruppe Frauen im Wald unterwegs.

»Sie hat ihn gefunden«, sagt Armin Weber. Der kleine Polizist sieht blass und mitgenommen aus. Fast zehn Jahre hat er mit Hauptkommissar Meinhard zusammengearbeitet.

Ein Stück entfernt steht der Reporter vom »Pfälzer Boten«. In der Region ist er als Unikum bekannt, trägt sommers wie winters einen dunkelgrünen Parka, hat eine Prinz-Eisenherz-Frisur und einen rötlichen Schnurrbart. Er weiß alles und kennt jeden.

»Was will der bloß hier?«, murmelt Armin Weber. »Hat ihm das einer von den Sanitätern zugespielt?«

Mara antwortet nicht, sondern schaut auf den reglosen Körper am Boden. Sie kann einen Teil seines Gesichts sehen. Er ist es, wirklich – so absurd ihr das auch erscheinen mag.

Sie hat ihn noch anrufen wollen am vergangenen Wochenende, ihm sagen wollen, dass sie da ist, dass sie zum Geburtstag ihrer Mutter in ihren Heimatort gekommen ist. Aber am Samstag hat sie gezögert, und am Sonntag ist es dann zu spät gewesen. In Wahrheit hat sie sich gescheut, Unruhe in Philipps Leben zu bringen. Er war inzwischen verheiratet, fast sieben Jahre schon, mit einer Juristin. Sie haben zwei Kinder, einen sechsjährigen Jungen und ein vierjähriges Mädchen. Philipp hat den Bauernhof seiner Eltern renoviert, er war in der Pfalz fest verwurzelt. Seine Tage verliefen in einem gleichmäßigen Rhythmus und immer innerhalb desselben kleinen Radius. Schwer, das zu begreifen. In der Schule war er ein wacher, rebellischer Geist, sie haben vom Auswandern nach Neuseeland geträumt, sind zusammen nach Paris und an den Atlantik gefahren. Aber als sie sich mit Mitte zwanzig zum ersten Mal getrennt haben, verschoben sich auch ihre Prioritäten.

Vor drei Jahren haben sie sich zum letzten Mal geküsst. Das war nach dem Erntedankfest, das hier Kerwe genannt wird. Sie wollte ihn nach Hause fahren, weil er zu viel getrunken hatte. Auf dem dunklen Parkplatz hielten sie sich plötzlich in den

Armen, und später, beim Fahren, sagte er: »Bitte nicht gleich nach Hause! Ich will mit dir allein sein.«

Und sie wusste, wo. Dort waren sie schon als Jugendliche das eine oder andere Mal gewesen. Ein Hochsitz im Nadelwald, dort, wo die Bäume am dichtesten standen. Lachend, unter dem Knacken der Holzstufen der Leiter, kletterten sie nach oben. Sein Kinn war fest wie immer, glatt, die Lippen weich, und er roch so gut. Wie als Teenager knutschten sie fast eine Stunde lang, und plötzlich fiel ihm auf, dass sie keine Jacke trug.

»Ist dir nicht kalt?«

»Nein, gar nicht. Jetzt überhaupt nicht mehr«, flüsterte sie und wühlte ihre Finger in sein dichtes Haar.

»Wenn wir jetzt nicht gehen, geh ich nicht mehr heim«, sagte er. »Gar nicht mehr.«

»Gut. Dann gehen wir jetzt«, sagte Mara und kletterte vom Hochsitz hinunter.

Danach haben sie sich nur noch in Gegenwart anderer gesehen und ab und zu Mails geschrieben. Die letzte an ihrem Geburtstag Anfang Juni. »Alles Liebe zum Geburtstag. Denke an dich heute. Und auch sonst oft«, hat er geschrieben.

Der Mann sei seit etwa drei Stunden tot, haben die Forensiker gesagt. Eine Waffe habe er nicht bei sich gehabt, sie stecke im Handschuhfach des Wagens. Auch sein Handy sei nicht auffindbar. Mehrere Wagenspuren seien auf dem Waldweg nachweisbar.

Blöd nur, dass dieser Weg sowohl vom deutschen als auch vom französischen Forstamt genutzt wird, außerdem von Privatleuten, die den Waldweg als Abkürzung nehmen, obwohl das eigentlich verboten ist.

Jemand gibt Mara eine Flasche Wasser, sie trinkt sie fast aus, greift in ihre Jackentasche und zieht ihren Notizblock heraus. Sie notiert sich die Position des Toten, den Abstand zum Auto, die Lage der Schusswunden am Rücken und zwischen den Schulterblättern. Sie fragt Silvie Thomé nach den genauen Umständen des Auffindens, und sie sieht nicht weg, als die Männer in den weißen Schutzanzügen den toten Polizisten auf eine Bahre heben und zum Fahrzeug tragen.

»Du musst das nicht machen«, sagt Armin Weber. »Wir können doch auch einen Kollegen für die Ermittlungen einsetzen.« Mara sieht ihn an. »Auf keinen Fall«, sagt sie bestimmt. »Ich habe doch schon angefangen.«

Sie will gerade in ihr Auto steigen, als ein blauer Renault mit französischem Kennzeichen angefahren kommt. Darin sitzt ein Typ Ende fünfzig, mit mürrischem Gesichtsausdruck. Er hebt zum Gruß die Hand und parkt seinen Wagen hinter Maras Volvo. Mara schließt ihre Autotür wieder und geht auf ihn zu. Er ist mittelgroß, hat gewellte graue Haare und einen leichten Bart mit rötlichen Spuren. Es ist der französische Kollege aus Weißenburg.

Offenbar hat er nicht gut geschlafen. Er wirkt zerknautscht und blinzelt sie mit müden Augen an. »Yannick Briand«, stellt er sich vor. »Ich hoffe, Sie haben noch einen Moment Zeit.«

Er spricht ein fast akzentfreies Deutsch und beharrt offenbar nicht darauf, sich nur auf Französisch mit ihr zu unterhalten. Maras Französisch ist recht passabel, aber sie ist dem Kollegen aus Weißenburg dankbar, dass sie jetzt, in dieser Situation, nicht nach den passenden Wörtern suchen muss.

»Sicher. Ich stehe zu Ihrer Verfügung«, sagt sie, nachdem sie sich ihrerseits vorgestellt hat. Sie übermittelt ihm die bisher bekannten Fakten und erzählt, dass es sich bei dem getöteten Polizisten um einen Freund, ihren ehemaligen Partner, handelt.

Yannick Briand nickt und sieht sie traurig an. »Wir werden hier gemeinsam ermitteln«, sagt er. Ein deutsches Opfer und ein Tatort, der in Frankreich liegt. »Meine Leute kommen gleich«, teilt der Kommissar ihr mit.

Mara gibt ihm ihre Karte. »Je mehr Kollegen wir zur Verfügung haben, desto besser.«

»Das sehe ich genauso. Und wir bleiben in ständigem Austausch. Ich schlage vor, dass sich der Kern der Teams einmal in der Woche zum Abgleich der Informationen trifft.«

»Oui, d'accord«, antwortet Mara.

Er verabschiedet sich mit einem festen Händedruck.

Krabbenbutter

Fabienne Perrault steckt sich die blonden Haare hoch und sieht aus dem Fenster. Heute wird er wohl nicht mehr kommen, denkt sie. Es ist Viertel nach eins, eigentlich hatte sie ihren Liebhaber um zwölf Uhr erwartet. Meist parkt er in dem Waldstück hinter dem Haus und läuft die letzten Meter zu Fuß durch den Garten.

Es nieselt. Die Rosen vor dem Küchenfenster sind verblüht, bis auf ein paar gelbe und weiße. Fabienne zieht ihr schwarzes Wickelkleid und die Pumps aus, schlüpft in Jogginghose und Pullover, nimmt eine Schere aus der Küchenschublade und geht in den Garten, um ein paar Rosen abzuschneiden. Sie sind noch in der Knospe.

Sie sehen schön aus in der schlichten, schmalen Glasvase auf dem Fensterbrett. Im Ofen steht die Quiche mit Pfifferlingen und Frühlingszwiebeln. Sie hat sie extra warm gehalten. Nun nimmt sie sie heraus und stellt sie seufzend in den Kühlschrank. Georges, ihr Mann, kann sie ja am Abend essen, wenn er nach Hause kommt.

Fabienne mischt die feinen Salatblätter in die schon bereitstehende Vinaigrette in der alten geblümten Salatschüssel, die sie so liebt, obwohl die Blumen auf dem Porzellan schon langsam verblassen. Zum Salat isst sie Käse, etwas Salami, Schinken und Brot.

Sie schenkt sich ein großes Glas Wein ein. Es ist ein Sancerre, ein teurer Tropfen, den man eigentlich nicht einfach so trinkt. Vielleicht fällt ihrem Mann auf, dass er fehlt, vielleicht aber auch nicht. Jedenfalls schmeckt er wunderbar – ein bisschen nach reifer Birne und frischer Stachelbeere.

So ein Jammer, dass Philipp heute nicht gekommen ist. Dabei hat sie sich so wohl in ihrer Haut gefühlt, schon am Morgen hat sie Musik gehört und sich nach dem Duschen mit Lavendelöl eingerieben. Gerade heute hätten sich seine Hände auf ihrem

Körper sicher wunderbar angefühlt. Fabienne schaltet das Radio an und schenkt sich noch ein Glas Weißwein ein. Köstlich ist der.

Heute hat sie nicht mehr viel zu tun, die Putzfrau kommt morgen, und Charlotte ist mit ihrer Schulklasse in England. Sie geht in Weißenburg aufs Gymnasium, wo Fabiennes Mann auch seine Apotheke betreibt.

Ein Jahr auf den Tag ist es her, dass Fabienne Philipp auf dem Markt traf, wo sie Krabben gekauft hatte und er wissen wollte, was sie damit vorhabe. Sie wolle Krabbenbutter machen, hat sie geantwortet und gefragt, ob er etwas davon kosten wolle. »Wenn Sie Zeit haben, kommen Sie doch nachher kurz vorbei. Ich bin allein, und Sie könnten der Erste sein, der meine Krabbenbutter probieren darf!« Dabei hat sie ihm zugezwinkert.

Sie hat sich später noch gefragt, ob das zu plump gewesen sei, ein zu deutlicher Wink mit dem Zaunpfahl, aber manche Männer verstehen das ja nicht anders, vielleicht. Doch eine Stunde später hat er schließlich an der Küchentür geklopft, eine Flasche Chablis in den Händen, er trug einen roten Schal. Sie haben sich ziemlich schnell geküsst. In der Folge hat er sie immer wieder überrascht – ein ruhiger, sachlicher Mann mit einer sanften Stimme. Sicher kein auffälliger Typ, wenn da nicht die wachen graublauen Augen wären, die stehen nie still. Ihr Körper reagiert jedes Mal auf ihn. Dass er außerdem so diskret und im Geheimen ein Genussmensch ist, macht ihn zum perfekten Liebhaber. Er riecht immer gut, nach Zitrone und etwas Holzigem, und er spricht nicht beim Sex, was für ein Segen!

Ihr Mann Georges liest die ganze Zeit irgendwelche abgehobenen Sachbücher, und beim Essen überhäuft er Fabienne mit allem Tratsch, den er den ganzen Tag in der Apotheke gehört hat, und erzählt, wer welche Krankheiten hat. Er ist gewissenhaft und zuverlässig, braust nur auf, wenn irgendetwas im Haus nicht an seinem Platz steht, denn er ist sehr penibel.

Fabienne beschließt, einen Mittagsschlaf zu machen und danach die Pflanzen im Garten zurückzuschneiden. Seit ein paar Tagen ist der Herbst da. Die Arbeit im Garten erdet und beruhigt sie immer. Philipp wird sich sicher melden. Das hat er bisher immer getan, wenn ihm etwas dazwischengekommen ist. Das ist in seinem Job ja immer möglich. Sie ruft ihn selten von sich aus an, und wenn, dann lässt sie es nur einmal klingeln und legt dann auf. Bevor sie sich auf die Couch legt, nimmt sie ihr Telefon zur Hand. Aber anders als sonst ist sein Handy ausgeschaltet.

***

Armin Weber parkt seinen Polizeiwagen vor dem Haus, in dem Philipp Meinhard mit seiner Frau Caroline gewohnt hat. Sie ist sofort über den Tod ihres Mannes informiert worden und aus ihrer Saarbrücker Kanzlei zurück in die Pfalz gefahren. Es ist ein altes Bauernhaus, L-förmiger Grundriss, mit einem großen Anbau zur Seite hin. Zwei moderne Quader aus Holz und Glas übereinander, eine freundliche, offene Fensterfront. Eine Hecke umgibt das Grundstück, das Tor ist bogenförmig und weiß gestrichen. Caroline Rieger-Meinhard erwartet ihn schon.

Als Armin Weber das Tor öffnet, bemerkt er ihren silbernen Škoda Octavia in der Einfahrt. Es ist immer schlimm, wenn man nach einem Gewaltverbrechen mit der Familie sprechen muss. Noch härter ist es, wenn Kinder im Spiel sind. Und Philipp Meinhard war der Vater zweier Kinder. Weber sieht die Schaukel im hinteren Teil des Gartens, überall liegt Spielzeug herum – kleine Karren aus Plastik, hölzerne Wagen und Gartenwerkzeug für Kinder. Er hat selbst zwei Jungen – elf und vierzehn Jahre alt.

Bevor er klingeln kann, öffnet sich die Haustür, und Meinhards Frau steht vor ihm. Er kennt sie vom Sehen. Einmal hat sie ihm im Supermarkt einen Chip für den Wagen gegeben. Caroline Rieger-Meinhard ist mittelgroß, sie hält sich sehr gerade, wodurch sie größer aussieht. Ihre aschblonden Haare, zum Pagenkopf geschnitten, wirken wie ein Helm. Sie trägt eine dunkelblaue Bundfaltenhose und eine weiße Bluse mit großer Schleife. Ihre Augen sind braun, die Wimperntusche ist verwischt, sie scheint nervös, denn ihre Augenlider flattern, und sie nestelt an ihrer Armbanduhr herum. »Was ist passiert?« Ihre Stimme klingt zornig und fassungslos zugleich. »Wie ist er umgekommen?«

Weber schildert ihr, dass Philipp letzte Nacht im Wald erschossen wurde, kurz hinter der Grenze, in Frankreich.

»Haben Sie heute früh nicht gemerkt, dass er nicht da war?«, fragt er und sieht sich in der Küche um, in die Frau Rieger-Meinhard ihn geführt hat. Es ist eine Einbauküche mit glänzender dunkelgrüner Oberfläche. In der Mitte steht ein alter Holztisch, umgeben von Freischwinger-Stühlen in durchsichtigem Rauchblau.

»Moment bitte«, sagt sie. »Möchten Sie Kaffee? Er dürfte gerade fertig sein.«

Weber nickt, Caroline schenkt Kaffee in zwei Tassen ein und gibt wie gewünscht etwas Milch, aber keinen Zucker hinzu.

»Nein. Ich habe nichts gemerkt«, sagt sie dann mit einem tiefen Seufzer. »Wir schlafen seit ein paar Jahren getrennt, und Philipp hatte ja heute frei.« Sie sei spät heimgekommen gestern Abend, er habe die Kinder bereits ins Bett gebracht.

»Er schläft unten, in seinem Arbeitszimmer, das ist ein großer Raum weiter hinten im alten Gebäude. Dort hat er eine Schlafcouch, seinen Fernseher, alles, was er braucht. Ich kann es Ihnen nachher zeigen.« Ihr Schlafzimmer sei oben, direkt neben ihrem Büro.

Weber fällt auf, dass sie zwischen »Büro« und »Arbeitszimmer« unterschieden hat. Das Gehalt der beiden dürfte sich nicht einmal annähernd auf einem Niveau bewegt haben.

Sie setzt die Kaffeetasse ab und fängt an zu erzählen. »Ich kam gestern Nacht gegen zweiundzwanzig Uhr fünfundvierzig heim, nachdem ich in Saarbrücken mit einer Freundin noch etwas essen war. Ich hörte den Fernseher in seinem Zimmer, wollte ihn aber nicht mehr stören.« Dann habe sie nach den Kindern gesehen, die Nachrichten geschaut und noch ein Glas Saft getrunken. Und sich dann schlafen gelegt. Gegen halb zwölf sei das gewesen. »Im Haus war alles still. Ich nahm an, Philipp sei auch zu Bett gegangen.« Dass sein Auto nicht auf dem Gelände stand, habe sie nicht als ungewöhnlich empfunden.

»Er hat öfter an der Dienststelle geparkt, wenn er noch etwas trinken war oder ein paar Schritte laufen wollte. Er hatte ja heute frei, und es war abgemacht, dass ich die Kinder am Morgen zur Kita bringe.«

Ach, die Kinder! Wie bringt man Kindern bei, dass der Vater tot ist, geht es Weber durch den Kopf, und er fragt: »Wissen sie es schon?«

»Meine Mutter kommt heute aus dem Saarland und holt die beiden ab. Sie werden die nächsten Tage bei ihr verbringen. Bis ich hier alles geregelt habe.«

Sie klingt glaubwürdig, denkt der Polizist und ist zugleich erschüttert, wie sachlich die Frau seines toten Kollegen mit ihm spricht. Sie hat geweint, ja, aber entweder geht ihr der Tod ihres Mannes wirklich nicht so nahe, oder es ist ihr einfach zuwider, ihre Gefühle offen zu zeigen. Da wird Mara noch mal ranmüssen, denkt er, vielleicht gelingt es ihr, diese Frau zu knacken.

»Ist Ihnen in der letzten Zeit irgendetwas Ungewöhnliches an Ihrem Mann aufgefallen?« Die Frage klingt klischeehaft und wie aus einem Lehrbuch für Polizeibeamte. Und doch muss er sie stellen.

Carolines Augenlider zucken wieder. Sie hebt den Kopf, schaut in die Ferne. »Am Anfang war er nicht ganz einverstanden mit der Regelung der getrennten Schlafzimmer. Er fragte ständig, ob wir das nicht wenigstens an den Wochenenden anders machen könnten. Er kam mich immer wieder in meinem Schlafzimmer besuchen. Mal mit einem Drink, mal mit einem guten Film, den er mit mir zusammen sehen wollte. Aber irgendwann hörte das auf, ich weiß nicht mehr, wann. Vielleicht vor einem halben Jahr. Ehrlich gesagt, ist mir das gar nicht sofort aufgefallen.«

Dann zeigt sie Weber Philipps Zimmer. Es ist groß, das ehemalige Wohnzimmer seiner Eltern. Ein alter Schreibtisch aus den siebziger Jahren mit einem Drehstuhl steht mitten im Raum. In der Ecke am Fenster sind Regale aufgereiht, mit Akten, Zeitschriften, Büchern. Am anderen Ende die Schlafcouch, eine karierte Bettdecke wurde achtlos darübergeworfen. Der Fernseher steht auf einem kleinen Servierwagen mit Rollen.

An der Längsseite des Zimmers, über einem kleineren Sofa, hängen Fotos. Philipps Eltern an ihrem letzten Hochzeitstag, Caroline mit Baskenmütze vor einer Kirche, er selbst auf einem Felsen sitzend und ein Klassenfoto. Es zeigt wohl seine Abiturklasse am Dahner Gymnasium. Philipp ist ganz links in der hintersten Reihe zu sehen. Weber erkennt ihn an seinem Lächeln und an der Art, wie er dasteht, den Kopf leicht schräg gelegt. Seine blonden Haare sind ziemlich lang, bis an den Kragen seines Hemdes reichen sie. Auch Mara Winter ist auf dem Bild. Sie sitzt vorn in der Mitte, die langen Haare fallen weit über ihre Schultern herab, sie trägt einen Jeansrock und eine Lederjacke.

Weber fotografiert das Zimmer, sämtliche Regale mit den Akten, den Schreibtisch, das ungemachte Bett.

»Bitte verändern Sie nichts«, sagt er beim Hinausgehen. »Die Kollegen werden noch einmal herkommen. Und danke für den Kaffee.«

***

Fabienne Perrault ist von ihrem Nachmittagsschlaf erwacht, hat die Decke ordentlich auf das Sofa gelegt, sich einen Kaffee zubereitet und wieder das Radio eingeschaltet. Plötzlich hört sie die Nachricht, dass letzte Nacht ein Polizist erschossen wurde, nicht weit von hier. Es war Philipp. Sie kann es nicht glauben. Wie paradox und abscheulich: Während sie sich singend für ihn zurechtgemacht hat, ihre Schamhaare rasierte, sich eincremte, Parfum auftrug und die Fußnägel lackierte, lag er schon tot und kalt in der Obduktion. Wie sinnlos und banal ist jetzt das schwarze Wickelkleid, das sie in Paris in Vorfreude auf ihn gekauft hat, schießt es ihr durch den Kopf.

Sie hört die Nachricht von Philipps Tod überdeutlich, aber sie versteht sie nicht. Sie schlägt mit den Knöcheln ihrer beiden Handgelenke immer wieder auf den Tisch. So lange, bis es nicht einmal mehr wehtut. Es ist nicht wahr, es kann einfach nicht real sein. Real ist nur die Quiche, die sie für Philipp zubereitet hat und die noch immer im Kühlschrank steht, genauso wie die Flasche Wein mit dem kleinen Rest auf der Küchenvitrine.

Er wirkte gar nicht wie ein Polizist. Das weiche, fein gezeichnete Gesicht, die zarte Haut, seine gefühlvolle, aufmerksame Art. Sie sieht ihn noch am Tisch sitzen, im weinroten Pullover, wie er sie anschaut. Es war leicht, ihm eine Freude zu machen. Er liebte das silberne Besteck ihrer Großmutter mit der filigranen Gravur am Griff, den Senf, mit dem sie die Vinaigrette zubereitete, ihr mit einem Tuch zurückgebundenes Haar, ihren Geruch. Es war nicht nur der Sex. Was Philipp wollte und suchte, war Geborgenheit, eine kleine Insel, wo er so sein konnte, wie er war.

Einmal, im Winter, war sie ihm böse, weil er sich eine Zeit lang nicht gemeldet hatte. Und dann stand er plötzlich im Garten im Schnee. Er trommelte eine Art Morsezeichen auf die hölzerne Küchentür, hatte ganz rote Wangen, und ein Schwall von Kälte trat mit ihm ein, als sie ihm schließlich die Tür öffnete. Das wäre der Moment gewesen, ihm zu sagen, dass sie ihn liebte. Aber war es so? Sie umarmte ihn, und seine kalten Hände fassten in ihr Haar. Sie standen da und hielten sich fest, bis er wieder warm war, so warm wie sie.

Dass er nie wiederkommen wird, kann Fabienne nicht glauben. Sie muss etwas tun, aber sie weiß nicht, was. Sie kann auch niemanden anrufen, um über das Unvorstellbare zu sprechen, irgendeinen Trost zu hören, denn nur eine Freundin weiß von ihrer Affäre, und die ist gerade im Urlaub. In zwei Stunden wird ihr Mann von der Arbeit zurück sein. Sie geht ins Wohnzimmer und holt sich eine Flasche Birnenschnaps vom Barwagen.

Um Gottes willen – er wird ihr alles über Philipps Tod erzählen, alles, was er darüber in der Apotheke gehört hat und was er darüber denkt. Nein, bloß das nicht. Sie schenkt sich einen Birnenschnaps nach dem anderen ein und fängt plötzlich an zu weinen, Tränen fallen auf die geblümte Tischdecke, und das Aroma von reifen Birnen und der brennende Geschmack des Schnapses rinnen durch ihre Kehle. So sitzt sie am Tisch, bis sie das Auto ihres Mannes in der Einfahrt hört. Sie stellt die Schnapsflasche weg und legt sich im Schlafzimmer in ihr Bett.

»Fabienne! Wo bist du?«, ruft er von unten hinauf.

»Hier. Im Schlafzimmer.«

Schritte kommen die Treppe herauf. »Was ist denn? Bist du krank?«

»Nein, ich habe nur schlimme Kopfschmerzen. Eine Quiche steht für dich im Kühlschrank. Du brauchst sie dir nur warm zu machen.«

»Oh. Dann bleib nur liegen. Hast du schon gehört? Ein Polizist, ein Deutscher, ist hier im Wald erschossen worden. Einer aus Weidenbrünn.«

»Ja«, antwortet sie leise. »Ich habe es vorhin in den Nachrichten gehört. Lass mich aber jetzt bitte schlafen.«

Georges murmelt noch etwas. Dann schließt er die Schlafzimmertür und geht nach unten.

Reh mit Preiselbeeren

Das Polizeipräsidium Westpfalz ist ein imposanter Sandsteinbau aus dem Jahr 1893, einer Zeit, als ein Teil des Landes Rheinland-Pfalz noch zu Bayern gehörte. In dem im Stil des Neobarocks errichteten Gebäude sitzt Mara Winter im zweiten Stock ganz am Ende des Flurs in ihrem kleinen Dienstzimmer. Als sie vor vier Jahren zur Hauptkommissarin ernannt wurde, hätte ihr ein größerer Raum zugestanden, aber sie hat sich an die Bäume vor dem Fenster und den Blick auf die Bahngleise gewöhnt. Hier kann sie am besten denken.

Wenn es ihr schlecht geht oder sie in einem Fall nicht weiterkommt, denkt sie sich an den Bahnschienen entlang bis nach Paris und dort hinauf auf den Montmartre, in ihr geliebtes Bistro direkt unterhalb von Sacré-Cœur, das dennoch selten von Touristen frequentiert wird. Kaiserslautern–Paris Gare de l'Est. Knapp drei Stunden sind das. Nur einmal Umsteigen in Saarbrücken. Immer dann, wenn es ihr in Kaiserslautern zu eng wird und die kleinen, so lieblich in den Wald geduckten Dörfchen sie erdrücken, ist das ihre geistige Ausflucht.

Mara muss sich auf das, was Dr. Leimholzer, der Gerichtsmediziner, ihr erzählt, konzentrieren. »Wir dachten es uns ja schon. Direkter Durchschuss der Aorta links neben dem Herzen sowie unterhalb, rechts neben der Wirbelsäule, an der Niere.« Der tödliche Schuss sei aus nächster Nähe gekommen, als der Kommissar vermutlich schon am Straucheln gewesen ist. »Keine drei Meter«, führt Leimholzer weiter aus.

Er ist ein stämmiger Mann mit einem rötlichen Gesicht und überraschend feinen weißen Händen. Blaue Augen blicken Mara bedauernd unter den rotblonden Brauen an. Sein welliges Haar hat er nach hinten frisiert. Er ist in ihr Büro gekommen, weil er gehört hat, dass sie den Toten sehr gut kannte.

»Also …« Er räuspert sich und liest weiter aus seinem Bericht vor, den er in den Händen hält. »Es handelt sich um eine großkalibrige Waffe, ein Gewehr, wie es zur Jagd verwendet wird.« Er beugt sich vor. »Irgendwelche Waffennarren bei euch im Ort?«

»Waffennarren?«, ruft Mara aus und streicht sich eine braune Haarsträhne aus dem Gesicht. »Die Hälfte aller Männer ab vierzig ist bei uns im Jagdverein Eichenforst. Die gehen alle auf die Jagd, mehr oder weniger. Und die Franzosen auf der anderen Seite auch.«

Mara trägt ihre langen dunklen Haare zum Zopf gebunden. Weil sie angespannt ist, wirkt ihr schmales Gesicht so blass, dass ihre braunen Augen besonders hervorstechen. Bis auf einen dunkelroten Lippenstift hat sie sich nicht geschminkt. Sie hat in den letzten Stunden viel geweint, und das wird Dr. Leimholzer nicht verborgen bleiben, denn ihre Stimme klingt brüchig und heiser.

»Schreib mir bitte auf, was für ein Kaliber das Gewehr hat. Dazu brauche ich den Namen und den Hersteller. Ich höre mich dann um.«

Leimholzer spricht aus, was Mara denkt: »Der Täter ist Philipp sehr nahe gekommen, Philipp hat wohl keine Ahnung gehabt, nichts befürchtet oder geahnt. Er muss ihn also gekannt haben.«

Es gab gestern Nacht keine Ermittlungen auf dem kleinen Waldweg neben der Landstraße. Und wenn, dann wäre das eine Sache gewesen, die auch die französischen Polizisten betroffen hätte. Mara hat mit Philipps Kollegen vom Weidenbrünner Revier gesprochen. Es fand kein Einsatz an diesem Abend, in dieser Nacht statt. Nichts, was darauf hinweisen würde, was Philipp dort gewollt haben könnte.

Der Gerichtsmediziner berichtet weiter, dass Philipp Meinhard Alkohol im Blut gehabt habe, nicht allzu viel, null Komma sieben Promille. Vielleicht zwei Gläser Wein und einen kleinen Schnaps zum Abendessen. Fahren hätte er damit eigentlich nicht mehr dürfen.

»Wir haben auch eine sehr geringe Spur Cannabis in seinem Blut gefunden.«

»Was?« Mara kippt ungläubig lachend auf ihrem Stuhl nach vorn. »Philipp hat gekifft?«

»Na ja«, sagt Leimholzer. »Vielleicht hat er mal an so einem Ding gezogen. Viel ist es nicht. Schau her.« Er hält Mara Philipps Blutwerte unter die Nase.

Außerdem hätten sie einen kleinen Holzsplitter in Philipps linkem Daumen gefunden, was der Gerichtsmediziner als merkwürdig erachtet. Philipps Dienstwagen sei noch in der Kriminaltechnik. Die Ergebnisse lägen noch nicht vor.

»Wenn wir doch bloß sein Handy hätten!«

»Ja, das wäre hilfreich«, sagt Leimholzer. »Aber die Kriminaltechnik ist dran. Vielleicht können sie wenigstens die letzte Funkzelle ermitteln, in der sein Telefon eingeloggt war.«

***

Vor Franz Tischler steht ein Teller mit Fleischstücken, brauner Soße, einem roten Farbklecks und vier kleinen Knödeln. »Darauf hab ich mich seit Tagen gefreut«, sagt er zu dem Mann, der mit ihm am Tisch sitzt. Es ist Kurt Meyer, der Wirt des Restaurants »Zum Goldenen Kranz« und Bürgermeister von Weidenbrünn.

»Das freut mich, Franz! Lass es dir schmecken«, sagt der korpulente Mann mit der Halbglatze. Sein Rehgulasch mit Preiselbeeren und Knödeln gilt als das beste weit und breit. Aber es ist immer wieder schön, das auch von den Gästen zu hören.

Der Reporter spießt ein Stück zartes Rehfleisch auf seine Gabel und tunkt es in die Soße. Leicht schmatzend murmelt er: »Wunderbar«, und trinkt die Schaumkrone von seinem Bier.

»Hast du denn schon etwas erfahren?«, fragt ihn der Bürgermeister.

Tischler schnaubt. »Das Gleiche wollte ich dich gerade fragen.« Dann fährt er fort: »Wirklich gehört habe ich nichts über den Mord, nur eine Menge Gerüchte. Er soll eine Geliebte gehabt haben. Vielleicht nicht nur eine.«

Verblüfft rutschen die Augenbrauen in dem feisten Gesicht des Bürgermeisters nach oben. »Ehrlich? Dieser Leisetreter? Und gleich mehrere! Unfassbar.«

Die Männer sind im gleichen Alter, ein ganzes Stück über die Lebensmitte hinaus. Franz Tischler schreibt schon seit fast vierzig Jahren für den »Pfälzer Boten«, wo er nach der Schule zuerst als Setzer in der Druckerei angefangen hat und eher durch Zufall, als ein Reporter ausfiel, in der Redaktionsetage gelandet ist. Kurt Meyer ist seit zehn Jahren Bürgermeister in dem kleinen Ort im Wald. Seine Familie betreibt den »Goldenen Kranz« seit den 1920er Jahren, eigentlich wollte Meyer Automechaniker werden. Aber als sein älterer Bruder Anfang der achtziger Jahre bei einem Motorradunfall ums Leben kam, entschied er, das Restaurant seiner Eltern und Großeltern zu übernehmen. Er machte eine Lehre als Koch und eine weitere als Metzger. Er wollte wissen, was er tat.

In der holzgetäfelten Gaststube hat er wenig verändert. Stiche und Gemälde von Hirschen, Wildgänsen und Wildschweinen säumen seit Jahrzehnten die Wände, die Holzstühle bekommen regelmäßig eine neue Polsterung. Lediglich die Zapfhähne sind brandneu, aus vergoldetem Edelstahl blitzen sie hinter der rustikalen Theke hervor. Es gibt einen Nebenraum, den Meyer für seine politischen Versammlungen nutzt, Vereine treffen sich dort, und manchmal werden Hochzeiten oder runde Geburtstage gefeiert. Gelegentlich wird der Raum auch für einen Leichenschmaus angemietet.

»Und was für Frauen sollen das sein, mit denen sich Philipp getroffen hat?«, fragt der Bürgermeister.

»Er soll im Auto mit einer gesehen worden sein. Einmal an der Tankstelle und einmal drüben in Frankreich. Die Kassiererin an der Tankstelle hat angeblich eine Frau mit langen roten Haaren in seinem Auto sitzen sehen, während Philipp die Tankfüllung bezahlte und noch ein paar Dosen Bier kaufte. Die Bäckersfrau dagegen will ihn im Gegenverkehr in Frankreich erkannt haben und hat von einer Blonden erzählt, die auf dem Beifahrersitz gesessen habe.«

»Also, ich kenne nur eine Rothaarige hier im Ort, Blonde gibt es viele«, sagt Meyer mit anzüglichem Grinsen.

»Stille Wasser sind die tiefsten«, antwortet der Reporter. Dann trinkt Tischler sein Bier aus und greift nach der Geldbörse.

»Lass stecken, Franz. Du bist eingeladen. Und melde dich, wenn du was Neues weißt.«

»Danke! Also, dein Wild ist der Wahnsinn. So zart – und der feine Geschmack erst. Wo bekommst du das eigentlich her?«

»Aus der Region natürlich! Nur aus der Region. Der ganze Wald ist ja voll davon.« Zum Abschied gibt der Bürgermeister Franz Tischler einen herzhaften Klaps auf die Schulter.

***

Mara Winter schläft wieder in ihrem Jugendzimmer im Haus ihrer Eltern. Nur ein paar Straßen von Philipps Haus entfernt. Sie will nicht jeden Tag nach Kaiserslautern fahren, wenn sie hier vor Ort ermittelt. In der Polizeiinspektion hat Armin Weber ihr einen Tisch freigeräumt. Aber dort kann sie nicht arbeiten, nicht denken. Stattdessen hat sie in der Küche ihrer Mutter einen Rechner aufgebaut.

»Stört dich das nicht, wenn ich hier werkle?«, fragt Else Winter.

»Nein, gar nicht«, antwortet Mara und lehnt sich an ihre Mutter, die hinter ihr steht. Hier kann sie weinen, verzweifelt sein, sich aufringen und wieder weinen. Und sie weint viel. Sie kann hinaufgehen in ihr Zimmer und sich einfach aufs Bett werfen.

An der Wand über ihrem Bett hängt die Skizze eines Leuchtturms in der Bretagne, den Philipp gezeichnet hat. Daneben ein Poster von David Bowie, ein Kalenderblatt der »Sternennacht« von van Gogh und über ihrem Schreibtisch mit Füller geschrieben Brechts Worte »Wir, die wir den Boden bereiten wollten für Freundlichkeit, konnten selber nicht freundlich sein«.

Mara hat einen Bachelor in Psychologie und wollte eigentlich nur ein berufsbezogenes Praktikum im Polizeipräsidium machen. Aber dann fesselte die Polizeiarbeit sie so sehr und ließ sie nicht mehr los. Sie hat ein Gespür für Menschen, ein Auge für jedes noch so kleine Detail, und sie erkennt Zusammenhänge sofort. Außerdem hat sie sich schnell als Teammitglied, als Teil des Ganzen empfunden. »Mit einem Psychologie-Studium bist du hier auch nicht falsch«, hat der Chef des Morddezernats, Mathias Herrmann, damals festgestellt.

Nach den Sommerferien schrieb sich Mara an der Polizei-Hochschule in Hahn in der Eifel ein. Im Haus der Familie einer Schulkollegin konnte sie ein Zimmer mieten, an den Wochenenden fuhr sie nach Hause in die Westpfalz.

Philipp war überrascht von ihrer Entscheidung, begeistert war er nicht. Mit ihrem Bachelor war klar, dass Mara die gehobene Polizeilaufbahn einschlagen würde, dass sie schnell dort ankommen würde, wo sie hinwollte: im Morddezernat. Nach ihrem ersten Jahr an der Hochschule wurde sie zunächst im Streifendienst in Kaiserslautern eingesetzt. Das war ein Crashkurs in Sachen täglicher Gewalt: betrunkene Männer, die ihre Frauen schlugen, Ausschreitungen auf Volksfesten, Diebstähle in Geschäften, Einbrüche in Wohnungen, Taxifahrer, die von Fahrgästen überfallen wurden, und so weiter. Danach war sie an drei Tagen in der Woche an der Polizeihochschule und ansonsten im Morddezernat in Kaiserslautern, wo sie am Anfang viel Schreibarbeit zu erledigen hatte.

Drei Jahre später war Mara Winter an Ermittlungen beteiligt, nach fünf Jahren ermittelte sie selbst. Manchmal machte sich Philipp über sie lustig. »Du kannst nicht sehen, wenn einem Huhn der Kopf abgeschlagen wird, aber du arbeitest bei der Mordkommission.«

Da war schon etwas dran. Mara schaltet immer um, wenn im Fernsehen ein Beitrag über Schlachthäuser läuft, und sie isst nicht oft Fleisch, und wenn, dann meistens mit schlechtem Gewissen. Philipp aß gern Wild. »Diese Tiere hatten vorher wenigstens ein gutes Leben«, war seine Meinung zu dem Thema. Ja, sie muss sich bei ihrer Arbeit mit Blut auseinandersetzen. Wenn sie kommt, ist das aber meistens schon geflossen.

Schlimm war ihr erster Einsatz, bei dem ein US-Soldat in einem Vorort von Kaiserslautern seine Frau erstochen hatte, weil die sich von ihm trennen wollte. Mara bekam das Bild der Toten, die am Boden vor dem Bett gelegen hatte, monatelang nicht aus dem Kopf. »Du brauchst einen Ausgleich«, hatte Philipp damals gesagt. Und Mara, die seit ihrer Kindheit Pferde liebte, fing wieder an zu reiten.

»Ich verstehe nicht, weshalb du Philipp nicht geheiratet hast«, sagte ihre Mutter immer wieder. »Du liebst ihn doch.«

»Wenn das alles wäre«, antwortete Mara dann. »Der Alltag macht die meisten Lieben kaputt. Das will ich nicht. Ich will Philipp in Freiheit lieben.«

Aber sie war am Boden zerstört, als Philipp vor sieben Jahren die Anwältin aus Saarbrücken heiratete. Diese reiche, aalglatte Schnepfe mit der spitzen Zunge. Eine hübsche Frau, immer elegant gekleidet, mit dem dringenden Wunsch nach Kindern und einem Mann, der ihrer Karriere nicht im Weg stand. Mara hat drei Tage geheult und ihr Kopfkissen mit den Fäusten bearbeitet. Dieser Verräter!

Er habe ein Nest gewollt, hat er ihr später erklärt, nicht allein sein wollen, wenn er abends nach Hause kam, sondern gemeinsam essen, fernsehen, über den Tag reden und schließlich einen warmen Körper neben sich im Bett spüren. Und er wollte immer Kinder, das wusste sie.

Mara hat eine Tochter, neunzehn Jahre alt, Zoé, sie studiert in Hamburg Publizistik. Philipp ist nicht der Vater. In einer ihrer Trennungsphasen ist sie allein nach Griechenland gereist und lernte dort Ferdinand kennen, den Sohn eines Deutschen und einer Griechin. Sie lachten zusammen, erzählten sich viel, tanzten und tranken jede Menge Retsina. Sie mochte seine glatte, sonnendurchwärmte Haut, die schmalen Hände, die dunklen Wimpern über den grünen Augen. Zoé hat sie geerbt. Nachdem er sich die ersten Jahre ausgeklinkt hat, zahlt er nun für seine Tochter, finanziert ihr Studium mit und fährt zweimal im Jahr mit ihr in den Urlaub.

Ihre Tochter hat gefragt, ob sie kommen solle, um ihr beizustehen. Mara hat das abgelehnt. »Ich schaffe das schon. Zum Glück habe ich kaum Zeit zum Nachdenken, die Ermittlungen hier laufen auf Hochtouren. Aber vielleicht fahre ich mal für zwei Tage zu dir nach Hamburg«, hat sie ihr gesagt.

Mara wendet sich wieder ihrem Computer zu, auf dessen Bildschirm Gewehre mit langem Lauf zu sehen sind. »Ein sportliches Jagdgewehr, so ein Allrounder, das ist die Tatwaffe«, hat ihr der Gerichtsmediziner vorhin erklärt. »Dazu passen Patronen vom Kaliber 6,5 mal 57. Die eignen sich für Hochwild, also Hirsche, und Schwarzwild –«

»Ja, ich weiß«, hat Mara ihn unterbrochen, »ich weiß, was Hochwild ist und dass Schwarzwild Wildschweine sind. Ich bin im Wald aufgewachsen.«

»Gut«, knurrte Leimholzer ins Telefon, »wir suchen also eine moderne Jagdwaffe, vielleicht vom Typ Beretta Field III oder auch eine Haenel Jaeger 10.« Diese Gewehre träfen noch auf hundert Meter und mehr punktgenau, fügte er hinzu.

Aber Philipp ist aus nächster Nähe erschossen worden. Sie haben die Patronen gefunden, eine steckte in einem Baum, die andere lag ein ganzes Stück entfernt von der Leiche im Graben. Wegen der kurzen Entfernung waren es Durchschüsse, einer davon tödlich.

»Was das Schießen anbelangt, haben wir es mit einem Profi zu tun«, mutmaßte der Forensiker. »Einem, der eine solche Waffe öfter in Gebrauch hat.«

Für den nächsten Tag ist Mara mit dem Förster Peter Thomé verabredet, und danach wird sie Karl Gruber, den Vorsitzenden des Jagdvereins Eichenforst, besuchen. Diese Männer sollten wissen, wer regelmäßig auf die Jagd geht und welche Waffen die Jäger benutzen. Zusammen mit den französischen Kollegen wird Mara auch die Förster auf der anderen Seite des Tals befragen. Das Gefühl, dass Philipp den Täter kannte und dass er aus Weidenbrünn stammt, wird Mara nicht los.

Es ist der Abend vor Philipps Beerdigung. Mara hat sich ein schwarzes Kleid herausgesucht. Es hat Flügelärmel und winzige weiße Pünktchen. Dazu eine schwarze Jacke mit drei großen Knöpfen. Die Kleider hängen am Schrank in ihrem Zimmer. Sie hat einen Kranz für ihn bestellt, für ihre Jugendliebe, ihren Für-immer-Freund. Margeriten, Heidekraut und Kornblumen, mit einer Schleife, auf der steht: »Und wenn er schweigt, hört euer Herz nicht auf, dem seinen zu lauschen«.

Sie liebt diese Zeilen von Khalil Gibran über die Freundschaft. Der Text über die Liebe ist noch tiefer, noch endgültiger. Aber Philipp war verheiratet, und es gebührt ihr nicht, mit ihrem letzten Gruß seine Frau und seine Familie zu verstören.

Weiter in Gibrans Text »Über die Freundschaft« heißt es: »Wenn ihr von eurem Freund weggeht, trauert ihr nicht. Denn was ihr am meisten an ihm liebt, ist vielleicht in seiner Abwesenheit klarer.«

Mara war schon lange klar, was sie vermisste, seit Philipp nicht mehr Teil ihres Alltags war. Aber es war ihre eigene Entscheidung, sein Leben nicht für alle Zeiten teilen zu wollen, und so musste sie sich mit dem begnügen, was für sie übrig blieb. Sie hat nie interveniert, hat sich nie hineingedrängt in sein neues Leben. Tief drin war er immer da, nie wirklich fort. Aber das wollte sie sich nicht eingestehen. Obwohl sie bezweifelte, dass er wirklich glücklich war in seiner Ehe.

Dass er eine, wenn nicht gar zwei Geliebte gehabt haben soll, erstaunt Mara mehr, als es sie verletzt. Er war einfach nicht der Typ, Ausreden oder Lügen zu erfinden, um sich mit einer Frau zu treffen. Und zwei Freundinnen gleichzeitig? Das kann Mara sich beim besten Willen nicht vorstellen. Eine der beiden Frauen soll eine Französin aus dem Ort gleich hinter der Grenze sein. Mara kennt ein paar Französinnen vom Sehen, die hier oder in den Nachbarorten einkaufen, aber keine von ihnen sieht so aus, als könnte Philipp irgendein Interesse an ihr gehabt haben. Wieder denkt sie ratlos an Philipps Handy, das trotz aller Anstrengungen immer noch nicht gefunden wurde. Es könnte irgendwo im mehrere Hundert Hektar großen Wald liegen – oder der Täter hat es mitgenommen und zerstört. Beim Fund von Philipps Leiche war es abgeschaltet, sie konnten nur ermitteln, dass es zum letzten Mal im Mobilfunkbereich seines Heimatorts Weidenbrünn eingeloggt gewesen war. Auf ein französisches Funksystem hatte es nie zugegriffen. Hatte Philipp sein Handy überhaupt dabei, als er im französischen Wald, keine zehn Kilometer von seinem Wohnort entfernt, hinterrücks erschossen wurde?

Mara zieht sich eine Strickjacke an und geht mit einem Glas Cognac in der Hand hinaus in den Garten. Ihre Mutter schläft, aber Mara weiß, dass sie selbst jetzt noch nicht schlafen kann. Die Sterne strahlen klar vom Himmel herunter, hier sieht man sie viel näher und deutlicher als in Kaiserslautern. Der Wald fängt direkt hinter ihrem Elternhaus an. Sie setzt sich auf eine kleine Bank neben einer Blumenrabatte und denkt daran, wie sie und Philipp einmal in der Bretagne auf einer Klippe direkt am Atlantik im Zelt schliefen. Und wie nah die Sterne dort waren. Wie alt waren wir damals, überlegt sie. Dreiundzwanzig? Er hat im April Geburtstag und sie im Juni. Widder und Zwilling.

Sie zündet sich eine Zigarette an und blickt in den dunklen Garten. Die Umrisse der Bäume, die Sitzgruppe nahe dem Haus, der Wäscheplatz und hinter dem Zaun der Wald als dunkle Masse. Außer den Sternen über ihr glimmt nur orangerot die Glut ihrer Zigarette im schwarzen Nichts. Etwas knistert und raschelt nicht weit von ihr in den Büschen. Vielleicht eine Katze oder irgendein kleineres Nagetier? Das Rascheln setzt sich in Richtung Wald fort, und Mara lauscht angestrengt. Nach einer Weile hört sie nichts mehr. Es ist so still, als wäre sie allein auf der Welt.

Es wird ein schwerer Tag und ein noch schwererer Gang werden morgen. Den Liebsten zu Grabe zu tragen, ohne ihn so nennen zu dürfen, ist hart. Und die Beerdigung ist gleichzeitig ein sehr wichtiger Punkt bei den Ermittlungen. Es wäre nicht das erste Mal, dass sich ein Täter inmitten der Trauergemeinde fände. Wenn er aus dem Ort stammt, wäre es eher ungewöhnlich, sollte er nicht auf dem Friedhof erscheinen.

Wieder sieht sie hinauf in den Himmel zu den Sternenkonstellationen mit so wunderbaren Namen wie Cassiopeia, Haar der

Berenike, Giraffe, Kleiner Löwe, Kiel des Schiffs. Philipp hat sie alle gekannt. Astronomie war eine seiner großen Leidenschaften. Für ihn war der Himmel nicht einfach das, was sich über der Erde erstreckt. Die Sterne waren für ihn beseelte Orte, die er mit Namen kannte, wie ferne Länder, von denen man zwar weiß, dass sie existieren, die man aber noch nicht zu bereisen geschafft hat.

Eigentlich hat Mara geplant, eine kleine Totenwache für Philipp abzuhalten, mit Songs, die sie beide gern mochten. »Acrylic Afternoons« von Pulp, die CD »His and Hers« hat er ihr zum Geburtstag geschenkt. Oder »Thirty-Three« von den Smashing Pumpkins. Während einer ihrer Reisen durch Frankreich haben sie dieses Lied immer wieder gehört. Aber jetzt kann sie es nicht, hat nicht die Kraft dazu.

Plötzlich raschelt und rauscht etwas über Mara. Sie schaut nach oben, und keine drei Meter über ihr kreist eine Eule. Ein großer Waldkauz. Sie kann das helle Bauchgefieder erkennen. Bewegungslos bleibt sie sitzen. Es scheint, als umkreise die Eule sie mehrere Male. Dann steigt sie höher und fliegt fort in den Wald.

***

Philipps Leichnam liegt in der kleinen Halle hinter der Friedhofskapelle. Viel hat er nicht preisgegeben, der Körper des toten Polizisten: einen gewissen Alkoholgehalt und etwas Cannabis im Blut. Und im Magen ein leichtes Abendessen – Lachs, Bratkartoffeln und Feldsalat –, das Letzte, was Philipp gegessen hat. Den Splitter im Daumen hat man entfernt, der bleibt ein Rätsel. Das kleine Holzstück könnte von einem Zaun stammen, von einer Holzlatte oder von einem Schuppen.

***

Philipps Schwester Karin steht vor dem geöffneten Sarg, sie glaubt nicht, was sie sieht. Es ist eine Wachspuppe mit dem Gesicht ihres Bruders. So blass sind seine Wangen, die Lippen ohne

Farbe, die Wangenknochen treten stärker hervor. Die feine, gerade Nase ist sehr hell an der Spitze. Einzig die Wimpern mit ihrem leichten Schwung nach oben wirken in dem Gesicht lebendig.

Was ist hier passiert, was ist mit dir passiert, Philipp? Du warst ein besonnener Mensch, zumindest in den letzten Jahren. Im Grunde ein bodenständiger Charakter, der gern gekocht und im Garten gearbeitet hat. Nur in der Liebe, da warst du anders, das warf dir alles über den Haufen, da konntest du auch spontan und unberechenbar sein. Hast dich schnell, zu schnell, mit der Anwältin eingelassen, die du bei einem Prozess in Kaiserslautern kennengelernt hattest.

Du warst traurig, dass Mara nicht mit dir leben wollte oder konnte. Kaum ein paar Monate warst du allein, als du mit der neuen großen Liebe zusammenkamst. Du hast dich da in etwas hineingestürzt, ohne nachzudenken. Hast ihr Unterwäsche von La Perla gekauft, bist mit ihr in die Karibik geflogen. Der Sex mit ihr war sicher gut am Anfang, und sie hat gesagt, dass sie eine Familie wolle. So wie du, Philipp. Dass sie die Kinder dann größtenteils auf dich abschieben würde, um ihre Karriere weiter voranzutreiben, hast du nicht gewusst.

Und es hat dir auch nicht viel ausgemacht, oder? Du liebtest ja Lotti und Peer. Allein schon diese Namen! Hat sie sich die ausgedacht? Peer und Lotti? Nicht etwa Charlotte und dann abgekürzt Lotti. Nein, Lotti Meinhard! So steht es in der Geburtsurkunde. Aus dem pausbäckigen Mädchen mit den blonden Stirnlocken wird irgendwann einmal eine Frau, und die bleibt dann immer die Lotti. Ist das gut?

Du hast es geliebt, mit den Kindern im Wald umherzustreifen, hast ihnen jeden Busch, jeden Baum, jeden Vogel und jede Beere erklärt. Du hast ihnen morgens Kakao gekocht und Ketchup-Brote gemacht, wenn sie das wollten, hast die Taschen für den Kindergarten gepackt, ihnen die Haare gekämmt und die Nasen geschnäuzt. Und abends hast du dann für sie gekocht. Du warst ein perfekter Hausmann. Ein Hausmann mit einer Vollzeitbeschäftigung bei der Polizei.

Manchmal half euch auch Frau Gruber, die Nachbarin aus dem Haus mit dem Spitzgiebel. Sie war traurig, dass ihre Enkel so weit entfernt wohnten. Und so kam sie gern, um euch zu unterstützen. Sie holte auch die Kinder von der Kita ab und brachte sie nach Hause, wenn du keine Zeit hattest.

Ich verspreche dir, Philipp, ich werde mich um die Kleinen kümmern, auch wenn das heißt, dass ich wieder hierherziehen muss. Ich werde sie nicht deiner Witwe überlassen. Der Frau, hinter deren beständiges Lächeln man nicht blickt.

Karin beugt sich noch einmal hinunter zu ihrem Bruder. Was hast du gemacht an deinem letzten Abend? Wen hast du im Wald getroffen? Die Fragen kreisen in ihrem Kopf, während sie vorsichtig über Philipps Haar streicht. Zu gern hätte sie gewusst, wie die letzten Stunden in Philipps Leben ausgesehen haben.

***

An seinem letzten Abend, einem Sonntag, hatte Philipp den Lachs gebraten, die Kartoffeln in einer anderen Pfanne geröstet und dann das Dressing für den Feldsalat zubereitet. Peer und Lotti saßen am Küchentisch und malten.

»Das soll ein Pferd sein?«, kicherte Peer und zeigte auf das Bild seiner Schwester. »Das sieht aus wie ein Dino.« Und wirklich: Es hatte einen sehr langen Hals und einen winzigen Kopf.

»Nein! Nein!«, schrie Lotti. »Es ist ein Pferd. Es schaut sich um, darum ist der Hals so lang.«

»Räumt bitte das Malzeug weg. Das Essen ist fertig«, sagte Philipp und holte die Teller aus dem Schrank.

»Was gibt es denn?«, fragte Peer.

»Lachs mit Bratkartoffeln und Salat.«

»Lox, Lox! Ich will keinen Lox«, sang Lotti. »Ich will Bratkartoffeln mit Ketschop.«

Seufzend gab Philipp ein Stück Lachs zurück in die Pfanne. Er schenkte sich selbst ein Glas Wein und den Kindern je eine Apfelschorle ein.

»Ich muss noch mal in die Kanzlei, etwas für morgen vorbereiten«, hatte Caroline am Nachmittag gesagt. »Wartet nicht mit dem Essen auf mich. Ich gehe heute Abend mit Susanne zum Italiener.« Das »Michelangelo« war ihr Lieblingsitaliener in St. Johann, der Altstadt von Saarbrücken. Dort hatten sie beide am Anfang ihrer Beziehung Händchen haltend gesessen, bis man sie freundlich hinausgeworfen hatte.

»Mir soll's recht sein«, murmelte Philipp beim Gedanken an das Gespräch in sich hinein, während er nach dem Essen das Geschirr in die Spülmaschine räumte. Sie fuhr öfter sonntags nach Saarbrücken, das war keine Seltenheit. Die Kinder waren bereits oben in ihrem Zimmer. Er hörte sie lachen und erzählen. Lotti immer in ihrem lustigen Singsang. »Teddybär muss schlafen, la, la, la.«

Als das Nachtlicht wenig später matt im Kinderzimmer leuchtete und Peer und Lotti unter ihren Bettdecken mit den Sternen und Monden schliefen, griff Philipp nach der Likörflasche, schenkte sich ein Glas Averna ein und setzte sich auf die Terrasse. Irgendwo im Arbeitszimmer musste noch ein angebrochenes Päckchen Camel Filter sein. Er ging noch einmal zurück ins Haus, holte sich zwei Zigaretten und lauschte auf der Terrasse in die Nacht hinaus.

Gestern war Mara im Ort an ihm vorbeigefahren. Sie hatte ihn nicht bemerkt. Sie war so schnell unterwegs gewesen. Er konnte ihr schönes Profil mit der gebogenen Nase und den dichten Augenbrauen sehen. Und er hatte hundertmal überlegt, ob er sie anrufen sollte. Aber sein Leben war gerade ein Chaos. Für den nächsten Tag war er mit Fabienne verabredet, und Mara konnte nicht nur »ein bisschen« in seinem Leben sein. Sie war es entweder ganz oder gar nicht, war das Nonplusultra, gleichzeitig aber auch das größte Fragezeichen. Durch sie hatte er gelernt, dass Liebe immer weiterging, auch in der Abwesenheit. Er wusste, dass er sie immer lieben würde, aber auch, dass er diese Liebe nicht leben konnte. Jedenfalls jetzt nicht.

Ein dumpfer Schuss zerriss die Stille des Abends, irgendwo weiter hinten im Wald. »Tong« machte es, mit einem leisen Nachhall. Etwa zehn Minuten später folgte ein zweiter Schuss.

Die Jagdsaison auf Hochwild hatte begonnen, und in den Restaurants stand Wild auf den Speisekarten. Ob Herr Gruber, der nette Ehemann seiner Nachbarin, jetzt auch im Wald war?

Philipp hatte zweieinhalb Gläser Wein und einen Averna getrunken. Er ging wieder ins Haus und schaltete den Fernseher und die Nachttischlampe in seinem Zimmer an. Dann setzte er sich auf sein Bett und schaute sich halbherzig eine Dokumentation über die Osterinsel an. Irgendwann hörte er den Wagen seiner Frau auf dem Kies vor dem Haus. Hoffentlich kam sie nicht ausgerechnet heute in sein Zimmer. Er hörte sie in der Küche hantieren und schließlich ihre Schritte auf der Treppe. Er atmete tief aus und zwang sich, die Sendung zu Ende zu sehen.

Schließlich öffnete er seine Zimmertür einen Spaltbreit und lauschte nach oben. Nichts war mehr zu hören. Alles war dunkel. Er holte seine Dienstpistole aus dem Safe unterm Schreibtisch und schlich in den Flur. Dort zog er seine Stiefel an und nahm eine leichte Regenjacke mit. Fast geräuschlos schloss er die Haustür und lief durch den Garten auf die Straße. Zehn Minuten brauchte er, um zu seinem Wagen zu gelangen, der auf dem Parkplatz des Reviers stand. Er stieg ein, legte die Waffe ins Handschuhfach und fuhr los.

Wildterrine mit Pflaumen

Das ganze Dorf drängt in die kleine Sandsteinkapelle am Ortsausgang von Weidenbrünn, es sind so viele Menschen, dass einige keinen Platz mehr finden, und so steht ein Teil der Trauergemeinde im Halbkreis vor der Kapelle. Die Tür bleibt geöffnet, sodass die Trauernden den Gottesdienst mitverfolgen können.

Mara sitzt auf der linken Seite in der zweiten Reihe. Neben ihr der Kollege Armin Weber. Schräg vor sich sieht sie den dunkelblonden Pagenkopf von Caroline Rieger-Meinhard. Sie hält die Schultern gerade, aber den Kopf gesenkt. Neben ihr ihre Eltern: eine kleine Frau mit schwarzem Hütchen und ein großer Mann mit schütterem aschgrauem Haar. Philipps Schwester Karin hat sich auf der anderen Seite niedergelassen, zusammen mit einem älteren Ehepaar, das Mara noch nie gesehen hat. Die Frau hat halblange rötliche Haare und weint in ihr Taschentuch, während der Mann den Arm um sie legt. Philipps Onkel und Tante? Philipps Vater ist vor zwei Jahren gestorben, die Mutter lebt schon länger nicht mehr.

In der Reihe dahinter sitzt Kurt Meyer, der behäbige Bürgermeister des Orts, auch seine Sekretärin ist dabei. Und dort ist Ralf, Philipps bester Freund aus der Schulzeit. Er wohnt nicht mehr hier, besucht aber des Öfteren seine Eltern. Fast alle anderen Reihen sind von Kollegen der umliegenden Polizeireviere belegt, sie tragen ihre Uniformen. Schulkameraden, viele davon aus ihrer gemeinsamen Abiturklasse, haben weitere Plätze besetzt.

Auch der französische Kollege aus Weißenburg ist gekommen. Er hat seine Arme auf die Bank vor sich gestützt und nickt Mara zu.

Die beginnenden Orgelklänge kann Mara wie ein tiefes Vibrieren durch ihren ganzen Körper fühlen. Das Ave Maria. Eigentlich ist diese Orgel viel zu groß für die kleine Kapelle, und so nimmt sie sich den ganzen Raum.

In der Mitte, vor dem Altar, steht der Sarg mit Philipps Leichnam. Er ist mit einem Gesteck aus weißen Rosen und blauen Schwertlilien geschmückt. Davor ist ein Banner mit dem Polizeiwappen des Landes Rheinland-Pfalz ausgebreitet: in der Mitte der prächtige stehende Löwe, links ein rotes Kreuz auf weißem Grund und rechts ein hölzernes Rad – die drei großen Territorien Trier, Mainz und Pfalz.

Mehrere Kränze liegen unterhalb des Sarges, darunter Maras eigener mit dem Heidekraut, den Margeriten und der weißen Schleife.

Der Pfarrer Tobias Degen hält die Trauerpredigt. Er lobt Philipp als einen loyalen Mitbürger, wunderbaren Vater, treuen Kollegen und guten Ehemann. Nichts von dem, was er sagt, ist wirklich falsch. Aber mit dem leiernden, traurigen Ton aus dem feuchten Mündchen des kleinen Pfarrers erscheint Mara Philipps Beschreibung absurd.

Der Organist spielt ein Präludium von Bach. Mara sieht auf ihre Hände. Am linken Ringfinger steckt der Türkis, den ihr Philipp zum achtzehnten Geburtstag geschenkt hat. Sie merkt nicht, dass sie weint, aber auf einmal ist der Deckel des Gesangbuchs auf ihren Knien feucht. Armin Weber dreht sich zu ihr und drückt ihre Hand.

Philipp war katholisch, Mara als Protestantin ist die Liturgie dieses Trauergottesdienstes fremd. Die Messdiener in ihren langen Gewändern ziehen durch die Kapelle und wedeln zum Abschluss mit den Weihrauchgefäßen. Diesen Geruch mag Mara, wenn sie ihn auch nicht aus dem Gottesdienst kennt. Zum Glück spielt niemand »See You in Heaven« oder irgendwas von Coldplay. Das hätte sie jetzt nicht ertragen.

Armin Weber erklärt ihr leise, dass der Gottesdienst erst am Grab zu Ende sein wird. Die Sargträger kommen und heben den Sarg auf einen kleinen Wagen, der mit viel Grün geschmückt ist. Der Pfarrer positioniert sich dahinter, und im Anschluss reiht sich die Trauergemeinde ein.

Über den Hauptweg zieht die Prozession über den Friedhof. Wolken treiben über den Himmel. Es ist windig. Ein Teil der Gemeinde stimmt mit dem Geistlichen den Wechselgesang »In paradisum« an. »Zum Paradies mögen Engel dich geleiten.« Philipp hat sich jedes Paradies verdient. Aber doch nicht jetzt schon! Mara hätte ihn so gern alt werden gesehen. Und vielleicht wäre sie doch gern mit ihm gemeinsam alt geworden. Irgendwo am Meer, in der Bretagne.

Am Grab erfolgt wieder ein Wechselgesang. »Gegrüßet seist du, Maria, voll der Gnade, der Herr ist mit dir. Du bist gebenedeit unter den Frauen …« Der Sarg wird nun in die Erde gesenkt.

Mara kann nicht hinschauen. Sie wirft einen Blick über die Trauergemeinde, über all die Menschen, die bis ans Ende der Gräberreihe stehen. Ihr Blick fällt auf eine schöne, große Frau weit hinten, die ihre blonden Haare hochgesteckt hat. Es kommt ihr vor, als sähe die Frau über die Entfernung hinweg auch zu ihr. Im Ort ist Mara ihr noch nie begegnet. Sie wäre ihr aufgefallen.

Ein großer Teil des Jagdvereins ist ebenfalls hier. Sie tragen ihre grünen Festtagsjanker. Nicht weit von ihnen entfernt erkennt Mara Silvie Thomé mit ihrem Mann, dem Förster. Silvie ist blass und sieht aus, als hätte sie tagelang geweint. Peter Thomés Gesicht wirkt wie versteinert. Hinter dem Förster und seiner Frau entdeckt Mara den Reporter vom »Pfälzer Boten«.

Der Chef der Polizeidirektion in Kaiserslautern, Richard Stegner, hat offenbar doch den Weg in den Pfälzerwald gefunden. Am Morgen hat er noch zu Mara gesagt, er wisse nicht, ob er es rechtzeitig zur Beerdigung schaffe. Am Grab sagt er ein paar Worte über Philipp: »Ein Polizist, der aus Idealismus zur Polizei gegangen ist und den sein idealistisches Denken und Handeln nie verlassen hat, auch nicht nach über zwanzig Jahren Polizeidienst. Ich bin überzeugt«, sagt Stegner weiter, und Wut schwingt in seiner Stimme mit, »dass wir den feigen Mörder finden, der Philipp in seinen besten Jahren aus dem Leben gerissen hat.« Bei diesen Worten drückt er Caroline die Hand.

Nach dem Vaterunser und dem Segen des Pfarrers stellen sich Caroline, ihre Eltern und Philipps Schwester am Grab auf, um die Beileidsbekundungen entgegenzunehmen. Es tut weh, Philipps Schwester zu sehen, die die gleichen hohen Wangenknochen, das feine Lächeln und auch seine graublauen Augen hat.

Karin streckt ihr die Hand entgegen. »Komm her, Mara.« Sie umarmt sie.

»Mein Beileid«, sagt Mara.

»Auch dir, Mara, auch dir. Ich weiß, du hast ihn geliebt.« Es tut so gut, das in ihrem Kummer von der Schwester zu hören.

Mara gibt sich einen Ruck und kondoliert der Witwe ihrer Jugendliebe. Der Moment ist schnell vorbei. Den Blick gesenkt, drückt sie Caroline fest die Hand und entfernt sich vom Grab. Länger kann sie hier nicht bleiben, sie hält es nicht mehr aus. Auf dem Rückweg zum Parkplatz sieht sie wenige Meter vor sich die blonde Unbekannte. Sie überlegt, sie anzusprechen, als der Polizeichef plötzlich neben sie tritt.

»Unglaublich! Was für eine schöne Trauerfeier. Und ziemlich wahrscheinlich, dass der Mörder unter den Gästen ist.«

»Das denke ich auch«, antwortet Mara. »Schon die ganze Zeit über. Aber ich kann mir irgendwie kein Motiv vorstellen.«

»Vielleicht ist Philipp in die Schusslinie geraten. Buchstäblich«, sagt ihr Chef. »Finden wir es heraus.«

Als Mara wieder nach vorn blickt, ist die große blonde Frau verschwunden.

Zum Leichenschmaus in den »Goldenen Kranz« ist nur ein Teil der Trauergäste gekommen. Dazu eingeladen hat Philipps Schwester. Seine Frau Caroline ist nicht mehr dabei. Sie habe zurück in ihre Saarbrücker Kanzlei gemusst, heißt es. Mara ist überrascht, aber vor allem erleichtert. Sie hat der Witwe gegenüber zwar kein schlechtes Gewissen, denn sie kennt Philipp ja viel länger als sie, seit einer halben Ewigkeit, aber sie hätte es nicht ertragen, mit der Frau zwei Stunden lang am selben Tisch zu sitzen. Überhaupt sind Mara die meisten Menschen, die hier versammelt sind, schon seit ihrer Kindheit vertraut.

Die Männer vom Jagdverein stehen am Tresen und lassen sich erst mal ein frisches Bier zapfen. So eine Beerdigung macht durstig. Mara setzt sich neben Philipps Schulfreund Ralf und bestellt ein Wasser. Sie schaut sich nach Silvie Thomé um, der Frau, die Philipp gefunden hat, und nach deren Mann, dem Förster. Sie kann die beiden nirgends entdecken. Auf dem Weg zum Parkplatz sind sie noch hinter ihr gelaufen. Auch Silvie hat viel geweint. Mara möchte ein weiteres Gespräch mit ihr über den Morgen des Funds von Philipps Leiche führen. Silvie hat tagelang unter Schock gestanden. Vielleicht hat sie es nicht über sich gebracht, heute mit all den neugierigen und aufgebrachten Nachbarn konfrontiert zu sein. Mara wird sie anrufen.

An der Stirnseite ist ein Büfett aufgebaut. Es gibt Wildterrine mit karamellisierten Pflaumen und Äpfeln, Kanapees mit Roastbeef, Hirschschinken und Fisch-Soufflé. Und zum Nachtisch Mousse au Chocolat mit Beeren. Mara spürt, dass sie Hunger hat. Sie hat seit dem gestrigen Vorabend nichts mehr gegessen.

Plötzlich steht Philipps Schwester vor ihr. »Bitte trink doch ein Glas Rotwein mit mir. Einen guten Schwarzriesling. Der passt hervorragend zum Wild.«

Mara nickt, und Karin kommt mit einer Flasche und drei Gläsern zurück. Auch Ralf schenkt sie ein Glas ein. Mara bemerkt, dass ihm gerade nicht zum Reden zumute ist, und so rückt sie ein Stück zu Philipps Schwester auf.

»Stimmt es, dass Philipp eine Geliebte hatte?«, fragt die Schwester.

»Ich weiß es nicht. Ich habe es auch nur gehört. Es soll eine Französin sein.« Sie erzählt Karin von der hübschen Blonden, die sie in der Kapelle und auf dem Friedhof gesehen hat. »Ich muss es in jedem Fall herausfinden, muss mit der Frau reden«, sagt Mara und nimmt einen großen Schluck Wein.

»Ja, ich weiß«, sagt Karin. »Du bist nicht ganz privat hier. Wahnsinn, dass das nun in deinen Zuständigkeitsbereich fällt. Was ist denn mit Philipps Kollegen Armin Weber? Weiß der, warum Philipp nachts im Wald unterwegs war?«

»Angeblich nicht. Weber war zu Hause und hatte Rufbereitschaft, Philipp hatte am nächsten Tag frei. Er war mit seinem eigenen Wagen unterwegs.«

Karin schenkt Wein nach und erzählt Mara von der Zeit, als ihr Bruder sehr verliebt in ein Mädchen aus seiner Klasse war und sie den ganzen Tag nichts anderes hörte als »Mara, Mara, Mara«.

»Als ihr euch das erste Mal getroffen habt, hat er Mama vorher tagelang genervt, damit sie ihm eine neue Jeans kauft. Und er hörte immerzu den Song …«

»›It's Only Love‹ von Simply Red. Ja, das hat er mir später gestanden.«

»Wie alt wart ihr da? Sechzehn?«

»Fünfzehn.«

Und sie reden über Philipp, bis es dunkel geworden ist hinter den Fenstern des Gasthauses.

Rote Berberitzen und Wilder Spinat

Es ist ein stiller Märchenwald im Tal, noch kaum Morgen zu nennen. Der Tau lässt die Grenzen verschwimmen zwischen dem geduckten, dichten Tannenwald auf der einen Seite und dem Laubwald, der sich auf der anderen Seite steiler bergan zieht. Ein junger, mächtiger Rothirsch steht mitten auf der Lichtung, und sein Atem dampft in die Luft. Er hebt leicht den Kopf, sein Geweih ist noch nicht vollständig entwickelt. Ein Zielfernrohr ist auf ihn gerichtet. Spürt er das? Weiß er, dass er im Bruchteil einer Sekunde einen übermächtigen Schmerz spüren und krachend unter all seinem Gewicht zusammenbrechen wird? Weiß er, dass das Zielfernrohr genau auf den Bereich unterhalb seines linken Schulterblatts gerichtet ist?

Noch einmal hebt der Hirsch seinen Kopf, die Nüstern weiten sich, er schnaubt in den Morgennebel, stößt ein tiefes, kehliges Röhren aus und läuft mit weiten Sprüngen in den dichten Nadelwald. Keine Sekunde später zerreißt ein Schuss die Luft. Aber das Projektil verfehlt sein Ziel, es durchbricht den Stamm einer kleinen Weide weiter hinten in der Lichtung. Es ist jetzt Herbst, Brunftzeit, und der Hirsch hat eine Hirschkuh gewittert. Das hat ihm sein Leben gerettet. Oft ist es genau umgekehrt.

Silvie Thomé hat beides gehört – das Röhren und den Schuss. Wie die Geschichte ausgegangen ist, ob der Jäger den Hirsch erlegt hat, weiß sie nicht. Sie ist wie immer frühmorgens im Wald unterwegs, sie liebt die Stille und den Moment, in dem die Dinge langsam Gestalt annehmen. Sie setzt sich auf einen Sandsteinblock am Wegesrand, um einen Moment auszuruhen, und streichelt den Kopf ihres Hundes. Es ist ein großer rotbrauner Rhodesian Ridgeback mit dem Namen Maxim. Er begleitet ihren Mann Peter häufig auf die Jagd, und er hat gelernt, sich im Wald absolut ruhig zu verhalten. Die beiden – Silvie mit ihren roten Haaren und der braunen Outdoorjacke und ihr Hund mit dem glänzenden Fell – scheinen in den rotgoldenen Farben des Herbstlaubs völlig aufzugehen. Vor zwei Wochen war der Wald hier noch fast vollständig grün.

Neben Silvie steht ihr Weidenkorb. Auf einer Wiese nahe den Sandsteinfelsen, die in turmartigen Formationen in die Höhe ragen, hat sie Sauerampfer und Beifuß gepflückt. Sie weiß, wo die Goldnessel wächst und wo sie die kleinen, rot leuchtenden Früchte der Berberitze ernten kann. Aus diesen Früchten lässt sich Tee kochen, und eine stärkere Essenz des Suds wird verwendet, um leichtere Entzündungen zu heilen oder damit zu gurgeln. Die Goldnessel kann man in Eintöpfe geben, sie schmeckt würzig und leicht nach Pilzen.

Im letzten Jahr hat Silvie nicht weit von hier einen Platz entdeckt, an dem Stauden des Guten Heinrichs, auch Wilder Spinat genannt, wachsen. Unsere Vorfahren aßen ihn, bevor der heutige Spinat kultiviert wurde, ebenfalls als Gemüse oder Salat. Beim Sammeln dieser Pflanze ist Vorsicht geboten, das weiß Silvie. Denn nur allzu leicht wird der Gute Heinrich mit dem hochgiftigen Aronstab, Arum maculatum, verwechselt. Etliches Weidevieh ist am Genuss dieser Pflanze bereits verendet. Silvie hat nicht vor, jemandem nach dem Leben zu trachten. Aber ein schönes Spinatgemüse aus den Blättern des Aronstabs, gut gesalzen und mit viel Muskat abgeschmeckt, wäre sicher eine Möglichkeit, böse Menschen loszuwerden.

Silvie kichert bei diesem Gedanken und setzt die Wanderung mit ihrem Hund fort. Ein bisschen voller muss ihr Kräuterkorb heute noch werden. Den Guten Heinrich will sie unbedingt wieder finden.

Ein paar Minuten später überquert Silvie einen Wirtschaftsweg, als ein Jeep mit großer Ladefläche heranbraust. Sie kann sich gerade noch in die Böschung retten. Zwei Männer mit khakifarbenen Wollmützen sitzen darin. Sie erkennt Stefan, den Sohn des Bürgermeisters. Den anderen Mann – er hat einen dunklen Bart – hat sie noch nie gesehen. Auf der Ladefläche ist eine

Menge Wild gestapelt: Hochwild – Rehböcke – und drei oder vier Wildschweine. Gut ein Dutzend Tiere.

Moment mal! Dürfen die an dieser Stelle überhaupt jagen, fragt sich Silvie.

Sie kommen aus der Richtung des Tals, wo der französische Forst liegt. Und der Boden, auf dem sie steht, ist das Revier ihres Mannes. Hat Peter ihnen das erlaubt? Sie wird später mit ihm reden müssen.

Vor gut zwei Wochen hat sie tiefer im Wald eine Grube entdeckt, in der sich eine große Menge verrottendes Wild befand. Der Hund war von dem entsetzlichen Gestank angezogen worden und fortgelaufen, sodass sie dem Tier ins Unterholz folgte. Es waren Kadaver, Knochenreste, Köpfe von Rotwild und Wildschweinen. Zwar ist es nicht verboten, Abfälle von erlegtem und verarbeitetem Wild im Wald zu entsorgen, aber das muss immer in dem Revier geschehen, in dem das Wild getötet wurde.

Sie hat Peter die Stelle gezeigt, und es hat sich herausgestellt, dass keiner der Jäger, die er kannte, die Abfälle hier abgelegt hat. Es war eine große Menge Wildkadaver, bestimmt zwanzig Stück. Sie solle sich nicht aufregen, hat Peter gesagt. »Ich kümmere mich darum.«

Ein paar Tage später hat sie einen verendenden Rehbock gefunden, der sich nur noch quälte. Sie ist nach Hause gerannt, hat ihr Gewehr geholt und das arme Tier erlöst.

Silvie hat das Gefühl, dass die Fälle von Wilderei zuletzt zugenommen haben. Aber es ist nicht leicht, mit Peter darüber zu sprechen. Er ist überhaupt schweigsamer und schwieriger geworden in letzter Zeit. Er sitzt immer häufiger auch abends an seinem Computer, wenn er nicht im Wald unterwegs ist. Früher haben sie am Abend geduscht, oft sogar zusammen, und dann unter eine Decke gekuschelt vor dem Kamin eine Flasche Wein getrunken oder sich einen alten Monty-Python-Film angeschaut.

Gleichzeitig hat ihr Mann ein merkwürdiges Misstrauen ihr gegenüber entwickelt, fragt immer häufiger, wo sie hinfahre oder wo sie gerade herkomme. Es passiert, dass er höhnisch auflacht, wenn sie ihm erzählt, sie sei drüben bei Sabine auf dem Hof gewesen, um Ziegenkäse zu kaufen, und dann hätten sie noch ein bisschen geredet. Vor einigen Wochen hat sie ihn dabei erwischt, wie er ihr Handy aus der Jackentasche zog. Sie war wütend. »Spinnst du?«, hat sie ihn angebrüllt. »Dass du nun schon meine Nachrichten kontrollierst! Was willst du da finden? Du bist doch derjenige, der sich seit Wochen in seinem Zimmer verbarrikadiert.«

Sie hat versucht, mit ihrem Sohn und ihrer Tochter darüber zu reden. Der Sohn, Markus, lebt noch zu Hause, aber er spielt in einer Band und ist fast jeden Abend mit seinen Freunden im Proberaum. Marie hat sich das Wochenendhaus am Weiher ausgebaut und wohnt dort mit einer Freundin und ihren Hunden.

»Papa ist eifersüchtig«, hat der Sohn gesagt. »Nimm das doch als Kompliment!«

Und die Tochter hat gemutmaßt: »Vielleicht hat Papa Probleme, über die er nicht reden will – oder vielleicht ist er krank. Sprich in einem ruhigen Moment noch mal mit ihm. Ihr habt euch doch immer so gut verstanden.«

Auf diesen Moment wartet Silvie nun schon seit Wochen.

Und dann hat sie beim Kräutersammeln, zu dem sie ein paar Freundinnen mitgenommen hatte, Philipps Leiche im Wald entdeckt. Sie hat an diesem nebligen Morgen etwas Blaues im Graben neben dem Weg leuchten gesehen. Und gedacht, es sei ein blauer Müllsack oder eine verlorene Jacke. Sie ist hingerannt, den Hund hatte sie zum Glück nicht dabei. Maxim war mit ihrem Mann in der Nacht davor auf der Pirsch gewesen, er schlief in seinem Korb in der Küche.

Und dann sah sie, dass es Philipp war. Philipp, den sie seit der Schulzeit kannte und der einer der wenigen Menschen im Ort war, denen sie wirklich vertraute. Das viele Blut, das von seinem Rücken in den Waldboden sickerte. Der ausgestreckte Arm, der wie ein Hilferuf wirkte. Und die Augen, die gebrochenen Augen, die konnte sie gar nicht ansehen.

»Weg! Bleibt da weg!«, hat sie ihren Freundinnen zugerufen. »Da ist ein Toter. Da ist jemand ermordet worden. Es ist Philipp.«

In der Jugend hat sie einmal mit Philipp auf einer Party geknutscht, da waren er und Mara mal wieder für eine Weile getrennt, und sie war noch nicht mit Peter zusammen. »Was bist du doch für eine schöne Hexe«, hat er zu ihr gesagt und gelacht.

»Aber du liebst Mara«, hat sie geantwortet. »Gib dir keine Mühe, das zu verbergen. Du bist jetzt nur sauer auf sie.«

Er wusste, dass das stimmte. Sie haben einen Joint zusammen geraucht, im Dunkeln, auf der Treppe von Ralfs Elternhaus, wo die Party stattfand. Von da an waren sie Freunde.

**

Am Tag nach Philipps Beerdigung wacht Mara mit Kopfschmerzen auf. Sie fühlt sich elend und zerschlagen, hat kaum geschlafen. Sie ruft in Kaiserslautern an und nimmt sich einen Tag frei.

Ihrer Mutter geht es schon seit Tagen nicht gut, sie hat Schmerzen in der Hüfte und läuft schlecht. Mara stellt ihren Sessel nach draußen in die Sonne und sagt: »Heute koche ich, Mutti.«

Die Mutter protestiert nicht, sondern genießt es, mit einem Tee in der Sonne zu sitzen und in Zeitschriften zu blättern.

Mara findet grüne Bohnen und im Tiefkühlfach noch eine Beinscheibe vom Rind; Kartoffeln und Karotten gibt es auch. Sie wird einen Grüne-Bohnen-Eintopf machen. Es war ein harter Tag gestern, und trotzdem hat sie das Gefühl, sich nicht richtig von Philipp verabschiedet zu haben.

Das Licht fällt schräg durch das Küchenfenster, als Mara die Bohnen putzt, und da kommt ihr auf einmal der Hochsitz in den Sinn. Der Hochsitz im Kiefernwald, der Treffpunkt ihrer Jugend. Dort haben sie sich zum ersten Mal geküsst – und vor drei Jahren zum letzten Mal. Sie war auch ohne Philipp oft dort, in Zeiten von Trennung oder Streit, in Jahren der Abwesenheit. Sie braucht ein Ritual, um von Philipp Abschied zu nehmen, etwas, das nur sie und ihn betrifft.

Nach dem Essen macht sie zum ersten Mal seit Jahren einen Mittagsschlaf und steht erst kurz vor Sonnenuntergang auf. Sie duscht lange heiß und bereitet sich einen Kaffee zu. Dann zieht sie das grüne Kleid, in dem sie Philipp zum letzten Mal bewusst gesehen hat, und ihre dicke schwarze Wolljacke an. Sie packt eine Flasche Rotwein, einen Becher und ein Windlicht ein und ein Foto, das noch in ihrer Schreibtischschublade gesteckt hat. Es zeigt sie und Philipp unter einem Baum sitzend.

»Mutti! Ich geh noch in den Wald, an den Hochsitz, wo Philipp und ich immer waren. Du weißt schon.«

Die Mutter sieht von ihrem Buch auf. »Muss das sein? Allein? Gerade jetzt, wo das mit Philipp passiert ist?«

»Keine Sorge. Ich nehme mein Handy und die große Taschenlampe mit.« Und sie holt ihre Walther PP aus dem Safe, den ihr verstorbener Vater hinter der Bar im Wohnzimmerschrank installiert hat.

An der Tankstelle kauft sich Mara noch ein Päckchen Zigaretten und ein Feuerzeug. Sie hat seit Monaten nicht mehr geraucht, aber heute ist ihr danach.

Als sie den Waldweg erreicht, ist es fast schon dunkel. Der Weg schlängelt sich zuerst durch einen Laubwald und geht dann rechts in einem Kiefernwald weiter. Hier sieht man die Hand vor Augen nicht mehr, und Mara schaltet die Taschenlampe ein. Links und rechts von ihr knackt und raschelt es im Gebüsch. Im Schein der Lampe huscht ein kleines Tier über den Boden. Oben in den Zweigen einer Kiefer knackt es auch. Dann hört sie über sich ein Rauschen. Sicher eine Eule auf der Jagd, denkt sie. Sie leuchtet nicht nach oben, denn sie will das Tier nicht erschrecken.

Nach gut zwanzig Minuten ist Mara am Hochsitz angekommen. Er sieht morscher aus als beim letzten Mal. Sie steckt die Taschenlampe in den Rucksack und klettert vorsichtig Stufe für Stufe nach oben. Die oberste Stufe ist rau und verwittert, sie fühlt mit der Hand daran, rüttelt, um zu sehen, ob sie standhalten wird. Da löst sich ein Holzsplitter und pikst ihr in die Hand. »Mist!«

Mara verlagert ihr Gewicht auf die vorletzte Stufe und schwingt vorsichtig ein Bein auf das kleine Plateau des Hochsitzes. Dann hält sie sich mit beiden Händen an der Seite fest und zieht das andere Bein nach. Sie atmet erleichtert auf. Die kleinen Bänke an beiden Seiten des Hochsitzes sind in Ordnung. Sie stellt ihren Rucksack auf dem Boden ab und schaut in die Ferne. Sie ist fast auf gleicher Höhe mit den Baumwipfeln. An der Frontseite geht es tief hinunter ins Tal, eine spitze Schneise zwischen den Bäumen. Auch das Tal ist in ein dunkles Blau gehüllt. Mara zündet das Windlicht an und stellt es auf das Bänkchen ihr gegenüber. Es flackert ein bisschen, dann brennt die Kerze ruhig und stetig.

Seltsam, hier oben brauche ich nichts, um Philipp nahe zu sein, denkt sie. Keine Musik, keine Bilder, ja nicht einmal Worte. Dabei wollte sie ihm noch so viel sagen.

Sie öffnet den Rucksack, nimmt die Weinflasche heraus und schenkt sich einen vollen Becher ein. Der Wein ist trocken, aber samtig und schmeckt würzig nach reifen Trauben. An ihrem rechten Handballen entdeckt sie einen kleinen Riss und etwas Blut. Das morsche Holz beim Hochklettern! Ein Splitter steckt nicht darin, aber sie leckt die Wunde aus.

»Hier bin ich nun, Philipp«, sagt Mara ganz leise vor sich hin und zündet sich eine Zigarette an. Und sie erzählt ihm das, was aus ihrem Herzen kommt und was sie ihm nicht sagen konnte, als er noch gelebt hat. »Es tut mir so leid, Philipp, dass ich mich nicht ganz für dich entschieden habe und dass ich immer dachte, zwischen dir und meiner Freiheit wählen zu müssen. Aber ich war nie wirklich frei ohne dich. Jedenfalls nicht für einen anderen.« Sie flüstert hinein ins Dunkel, ins Kerzenlicht, in ihren Weinbecher und in das schwarze Tal: »Hier bin ich, Philipp. Und ich bleibe bei dir. Wo immer du auch bist.« Es ist still, nichts ist zu hören, nicht das kleinste Geräusch. Mehr gibt es nicht zu sagen. Ihr wird klar, dass Philipp es die ganze Zeit gewusst hat, er kannte sie zu gut.

In ihr schweigt es auch. Sie trinkt den samtigen roten Wein, und zum ersten Mal seit Tagen fühlt sie so etwas wie Trost.

Etwas Ewiges, das nicht weggeht. Das sie umgibt, hier, mitten in der Nacht, im dunklen Wald. Etwas, das ihr bleiben wird, weil es schon immer da war. Sie trinkt den letzten Becher aus und löscht die Kerze mit den Fingern. Dann packt sie alles, auch die Zigarettenkippen, in ihren Rucksack und klettert nach unten.

Die oberste Stufe lässt sie aus, das geht beim Abwärtsklettern leichter. Vorsichtig tastet sie sich Stufe für Stufe mit den Füßen nach unten. Die unterste knirscht bedenklich.

Mara springt den letzten halben Meter nach unten. Gut, dass sie ihre Stiefel angezogen hat. Aber sie ist auf etwas getreten. Was ist das da unter ihrem Fuß? Dieser harte Gegenstand? Sie bückt sich und schiebt das Laub beiseite. Da glänzt etwas silbern metallisch. Es ist ein Handy. Es muss Philipps Handy sein.

Mit dem Handy und der Taschenlampe läuft sie den Waldweg entlang und hört kein Rascheln und kein Knacken mehr. Sie läuft und läuft, bis sie atemlos bei ihrem Auto ist. Sie zittert so sehr, dass sie kaum den Schlüssel herumdrehen kann. Später wird sie nicht mehr wissen, wie sie überhaupt nach Hause gekommen ist.

Sie klopft leise an der Tür ihrer Mutter und sagt: »Mama? Ich bin wieder da. Alles gut! Und ich habe Philipps Handy gefunden.«

Das Handy ist – natürlich – aus. Aber es scheint nicht kaputt zu sein. Zum Glück hat es nur wenig geregnet in den letzten Tagen. Nur der Bildschirm hat einen minimalen Riss.

Speckpfannkuchen mit Löwenzahnsalat

Mara hat Philipps Handy in der Kriminaltechnik abgegeben und ist nun auf dem Rückweg von Kaiserslautern nach Weidenbrünn. Davor war sie noch in ihrer Kaiserslauterer Wohnung oben am Berg, nicht weit von der Pfalzgalerie entfernt.

Von ihrem Küchenfenster hat sie einen schönen Blick über die Stadt. Es ist eine ruhige Straße, und mit dem Fahrrad ist sie in knapp zehn Minuten am Präsidium. Schon seit über zehn Jahren wohnt Mara im Erdgeschoss des Altbaus mit den gelben Backsteinziegeln. Frau Weidner, die Vermieterin, lebt im selben Haus. Manchmal trinken sie einen Tee zusammen.

Aber auch diese Wohnung birgt Erinnerungen an Philipp. Er hat ihr geholfen, die Wände zu tapezieren und zu streichen, als sie einzog. In dieser Zeit waren sie mal wieder zusammen, fast vier Jahre am Stück. Er arbeitete in seinem Heimatort, aber an den Wochenenden kam er zu ihr nach Kaiserslautern. Sie kochten zusammen, saßen bei Kerzenlicht in dem kleinen Garten hinter dem Haus, gingen essen, manchmal auch ins Theater. Er hat den Holztisch in der Küche abgeschliffen, an dem sie noch immer so gern sitzt, und das gelbe Regal mit den großen Fächern im Bad eingebaut. Und im Kinderzimmer das Hochbett für Zoé.

Sie hat frische Wäsche und Kleider aus ihrer Wohnung geholt, dazu zwei Packungen Earl-Grey-Tee und das Fotoalbum ihrer letzten Reise mit Philipp. Im Auto schaltet sie die Nachrichten im Radio ein, hört aber nicht zu und muss immer wieder darüber nachdenken, wie Philipp sich in den letzten Jahren verändert hat. Nach außen ist er der Gleiche geblieben, aber sowohl im Privatleben als auch im Beruf muss er Geheimnisse gehabt haben, die er zumindest nicht mit ihr geteilt hat.

»Bist du denn glücklich, Philipp?«, hat sie ihn nach der Kerwe auf dem Hochsitz gefragt.

»Glücklich? Ist man das denn nicht immer nur in kurzen Momenten? Ich habe eine nette, kluge Frau, zwei hübsche, gesunde Kinder. Ich sollte wohl glücklich sein.«

Aber er war nicht glücklich, das weiß sie jetzt. Er stand sehr unter Druck, bei der Erziehung der Kinder und in seinem Beruf.

Hinter Pirmasens biegt Mara ab und fährt an mehreren Ortschaften vorbei durch den Wald in ihren Heimatort.

An der Tür kommt ihr ihre Mutter entgegen. »Du hast Besuch«, sagt sie mit einem Blick zur Küche. »Es ist der Kommissar aus Frankreich.«

Mara seufzt. »Mit dem habe ich heute nicht mehr gerechnet.«

Yannick Briand sitzt in einem alten dunkelblauen Troyer am Tisch und hält mit beiden Händen eine bauchige Teetasse. Er lächelt amüsiert, als er das Erstaunen in ihrem Gesicht bemerkt. »Wie Sie sehen – ich fühle mich schon ganz zu Hause. Ihre Mutter hat mir einen wunderbaren Tee gemacht und mir einiges über Sie erzählt. Sie wollten Psychologin werden?«

Mara schüttelt den Kopf und wirft ihrer Mutter einen wütenden Blick zu.

Die zuckt nur die Schultern, lächelt und geht ins Wohnzimmer, wo sie den Fernseher einschaltet.

»Seien Sie nicht böse mit ihr. Ich habe sie ein bisschen nach Ihnen ausgefragt.«

Er sei am Nachmittag noch einmal am Tatort gewesen, erzählt er Mara. Die Kollegen von der französischen Spurensicherung hätten unweit von der Böschung, dort, wo Philipps Leiche lag, einen Knopf gefunden. Einen braunen Knopf, den habe er Mara mitgebracht. Außerdem habe er festgestellt, dass es außer den Reifenspuren noch etwas Ungewöhnliches an der Stelle gebe. Einige Meter weiter im Wald seien die Zweige umgeknickt, direkt neben dem Weg.

»Es sieht so aus, als hätte dort jemand Ihren Freund belauert«, sagt der Franzose. »Ich habe die Stelle fotografiert und schicke morgen noch mal die Spurensicherung hin.«

Heute sieht Monsieur Le Commissaire schon besser aus, trotz des alten Pullovers, denkt Mara. Ihr fällt auf, dass er eine ungewöhnliche Augenfarbe hat, zwischen Grau und Grün changierend – je nach Lichteinfall. Seine Augen blitzen unter buschigen Brauen, was zu seiner lebhaften Mimik beiträgt. Er hat eine leichte Adlernase, und wenn er lacht, sieht er beinahe liebenswert aus. An den Händen hat er grüne, rote und schwarze Flecken.

Er bemerkt ihren Blick. »Oh! Das ist Ölfarbe. Die geht schwer ab. Ich habe letzte Nacht noch lange gemalt.«

Was für ein Original, dieser Typ! Unglaublich.

»Was malen Sie denn?«

»Ach«, ruft er aus, »die Schreckgespenster meiner Seele. Sie würden es vielleicht Expressionismus nennen, aber ich lasse mich nicht so gern einordnen. Tagsüber habe ich mit so vielen Menschen zu tun, da schließe ich mich abends lieber mit meinen Farben ein.«

Sie erfährt, dass er schon häufiger ausgestellt hat, in Weißenburg und in Straßburg, mit einer Pariser Galerie sei er im Gespräch.

Mara nimmt sich auch einen Tee und erzählt Yannick Briand, wie sie Philipps Handy gefunden hat.

»Das ist – wie sagt man? – extraordinaire. Bemerkenswert. Sie sind anscheinend ein Mensch mit einer hervorragenden Intuition.«

»Vielleicht«, antwortet Mara zögernd. »Aber es erklärt nicht, weshalb er in jener Nacht auf dem Hochsitz war. Immerhin ist das ein ganzes Stück vom Tatort entfernt. Der Hochsitz liegt in einer völlig anderen Richtung.«

»Das ist wahr. Aber wir müssen auch dort die Spuren sichern, nicht?«

Mara stimmt ihm zu und zeigt ihm den Kratzer an ihrem Handballen. »Das Holz ist an einigen Stellen morsch, gesplittert. Ich habe das beim Hochklettern selbst zu spüren bekommen. Und Philipp hatte einen Holzsplitter im Finger. Ich weiß jetzt, wo er den herhatte.«

»Habt ihr hier ein Problem mit Wilderern?«, fragt der Kommissar unvermittelt.

»Nicht dass ich wüsste. Aber es gibt sehr viel Wild, wie auch bei euch. Und in jedem Restaurant steht im Moment Wild auf der Karte. Es gibt auch viele Jäger, aber die meisten jagen ganz offiziell. Das dachte ich jedenfalls bis jetzt.«

Sie dreht sich zum Herd um, wo auf einem Teller noch Speckpfannkuchen liegen, die ihre Mutter gebacken hat. Eine Schüssel mit Löwenzahnsalat steht nicht weit davon auf der Anrichte.

»Darf ich Ihnen noch etwas anbieten? Möchten Sie vielleicht etwas essen?«

»Non, non. Das ist nicht nötig. Ich muss dann auch wieder heim und an meinem Bild weiterarbeiten. Aber rauchen wir doch noch eine Zigarette vor der Tür. Rauchen Sie?«

»Ja«, sagt Mara. »Heute schon.«

Kurz darauf stehen sie draußen in der Dämmerung und rauchen.

Er drückt seine Zigarette in einem alten Blumentopf am Fenster aus und geht zur Gartenpforte. »Bis morgen. Zehn Uhr?«

»Das passt«, sagt Mara und kehrt ins Haus zurück.

**

Oberhalb des Wirtschaftsweges, an dessen Rand Philipps Leiche gefunden wurde, schlängelt sich ein kleiner Wanderpfad entlang. Zwischen diesem und dem breiteren Wirtschaftsweg sind mehrere Zweige umgeknickt, das Gras ist zertreten. Es sieht aus, als hätte sich hier jemand einen Weg durch Büsche und Gestrüpp gebahnt.

Die französischen Polizisten untersuchen vorsichtig jeden Zweig, jeden Ast und den Boden unter den Büschen. Liegt vielleicht irgendwo eine Zigarettenkippe herum, die der Täter fallen gelassen hat? Hängen irgendwo Fasern von Kleidung an einem Zweig?

Nach über drei Stunden haben sie nur ein paar geknickte Äste gefunden, sonst nichts. Das kann von Menschen oder auch von

Wild verursacht sein, wer weiß das schon? So viele Wanderer durchstreifen hier täglich den Wald, besonders an den Wochenenden.

**

Die Suche im Gelände unterhalb des Hochsitzes war für Mara und Kommissar Briand unergiebig. Kein Zigarettenstummel, kein weggeworfenes Stück Papier, kein Stückchen Stoff, keine Textilfasern. Nichts. Mara ist noch einmal nach oben geklettert und hat ein paar Stückchen Holz aus der morschen Stufe gebrochen, um sie später mit dem Splitter aus Philipps Finger abgleichen zu können.

Nun sitzen sie auf einem Baumstamm wenige Meter vom Hochsitz entfernt und trinken Kaffee aus der Thermoskanne, die Yannick Briand mitgebracht hat.

Der Kommissar sieht Mara von der Seite an. »Ich möchte mir gar nicht vorstellen, wie es für Sie ist, in dieser Sache zu ermitteln. Wie schaffen Sie das nur?«

Mara hält ihren Kaffeebecher umklammert. »Es ist schwer, unglaublich schwer. Ich fange jeden Tag von Neuem an. Philipp hätte es genauso getan.« Sie macht eine Pause und sagt dann mit einem zynischen Lachen: »Stellen Sie sich vor, mein Chef hat mich tatsächlich nach einem Alibi für die Nacht von Philipps Tod gefragt.«

Yannick sieht sie verblüfft an. »Und? Haben Sie eines?«

Mara nickt. »Wir haben den Geburtstag meiner Mutter gefeiert, und ich habe noch überlegt, Philipp anzurufen, mich dann aber dagegen entschieden. Zu viele Komplikationen. Aber nachts musste ich dann doch an ihn denken und habe noch fast eine ganze Flasche Rotwein getrunken. Dann habe ich mitten in der Nacht zwei Stunden mit meiner Tochter gechattet, weil ich nicht schlafen konnte. Sie wäre auch gern zur Beerdigung gekommen, konnte aber nicht weg aus Hamburg.«

Briand schenkt Mara noch einen Schluck Kaffee aus der Thermoskanne ein. »Eine andere Frage …«, setzt er dann an,

»was ist eigentlich mit der Frau Ihres Jugendfreundes? Was ist sie für ein Typ? Käme sie für die Tat in Frage?«

Mara schüttelt den Kopf. »Mein Kollege Armin Weber hat die Handydaten von Frau Rieger-Meinhard überprüft, und das Handy war wohl die ganze Nacht im Haus eingewählt.« Sie trinkt einen großen Schluck von ihrem Kaffee. »Was für ein Typ sie ist? Sie kommt mir recht unterkühlt und sachlich vor, aber auch äußerst gewissenhaft. Ich denke, sie hat sich sehr auf Philipp verlassen, gerade bei der Erziehung der Kinder und im Alltag. Ohne ihn ist sie doch jetzt viel schlechter dran. Außerdem war es ja ein Jagdgewehr, mit dem er erschossen wurde, und sie besitzt keinen Schein dafür, dürfte mit einer solchen Waffe also wahrscheinlich nicht vertraut sein.«

Der Kommissar setzt den Kaffeebecher ab, stützt sich mit den Händen auf dem Baumstamm ab und lehnt sich zu ihr herüber. »Das klingt schlüssig. Ich kann mir auch schwer vorstellen, dass diese Frau ihre Kinder nachts allein gelassen hat, um ihren Mann im Wald zu erschießen.« Er seufzt. »Ich verspreche Ihnen, wir werden den Mörder Ihres Freundes finden.«

Einen Tag später bekommt Mara eine Mail aus dem Kriminaltechnischen Institut mit der Telefonnummer von Fabienne Perrault. Philipp hatte am Abend vor seinem Tod mit der Französin Kontakt. Sie lebt in einem kleinen Ort nicht weit von Weißenburg.

Mara ruft sie direkt an. »Hallo, hier ist Mara Winter von der Mordkommission in Kaiserslautern. Verstehen Sie mich?«

»Ja sicher! Mais oui! Was kann ich für Sie tun?«

»Sie waren offenbar eine der letzten Personen, zu denen Philipp Meinhard Kontakt hatte. Ich würde gern mit Ihnen sprechen. Wann hätten Sie denn Zeit?«

Die Stimme klingt offen, melodisch, klar. »Wenn Sie wollen, gleich nachher. So gegen zwei Uhr?« Fabienne Perrault erklärt Mara, wie sie am leichtesten zu ihrem Haus findet. »Es ist das letzte in der Straße. Leicht nach hinten versetzt.«

»Verstehe. Es wird noch der Kommissar aus Weißenburg

dabei sein, Monsieur Yannick Briand. Der Fall betrifft Deutschland und Frankreich, weil –«

»Ja, ich weiß. Das ist in Ordnung. Ich werde da sein, um mit Ihnen beiden zu sprechen.«

* * *

Fabienne atmet schwer durch die Nase aus, nachdem sie das Gespräch beendet hat. Sie hat diesen Anruf seit Tagen erwartet und deswegen kaum schlafen können. Lange wird sie die Beziehung mit Philipp nicht mehr vor ihrem Mann geheim halten können. Was wird er sagen? Hat er nie etwas geahnt? Sie weiß es nicht. In jeder Minute vermisst sie Philipp schmerzlich. Aber sie hat gleichzeitig Angst, dass ihre Familie nie mehr das sein wird, was sie ist, wenn ihre Affäre herauskommt. Dieses Restchen heile Welt aus klassischer Musik beim Frühstück am Sonntagmorgen, gemeinsamen Kinobesuchen, Familienfesten und dem Weihnachtsmarkt in Straßburg. Was wird Charlotte, ihre Tochter, sagen? Sie ist fünfzehn, kein Kind mehr. Wird sie nicht schlecht denken von ihrer Mutter, die den Vater so hintergangen und verletzt hat? Es hilft alles nichts, sie wird sich der Sache stellen müssen.

Ein paar Stunden später stehen Kommissarin Mara Winter und ihr französischer Kollege vor Fabiennes Tür. Die beiden sind etwa gleich groß. Mara Winter ist eine schöne Frau. Große Augen, klassisches Profil, die dunklen Haare im Nacken zu einem Knoten geschlungen. Sie trägt einen dunkelblauen Blazer und dazu eine weite Nadelstreifenhose. Es kommt Fabienne vor, als sähe die Polizistin sie neugierig an. Ahnt sie etwas?

Der Kommissar ist der Typ älterer Naturbursche, seine welligen grauen Haare fallen ihm vorn in die Stirn. Er hat eine khakifarbene Outdoorjacke, verwaschene Jeans und abgetragene Timberlands an. Unter kräftigen Augenbrauen scheint er sie kritisch zu mustern.

Sie treten ein, wollen lieber Kaffee als Tee und sehen sich neugierig in der Küche um.

»Arbeiten Sie schon lange zusammen?«, bricht es aus Fabienne heraus.

»Nein«, antwortet der Kommissar. »Wir kannten uns bis vor ein paar Tagen noch gar nicht.«

»So ist es«, ergänzt Mara. »Es ist unser erster gemeinsamer Fall.«

***

Mara ist überrascht von der Erscheinung und dem Auftreten der Frau, die offenbar Philipps Affäre war. Sie wirkt elegant, selbstbewusst, aber ohne jede Spur von Arroganz. Sie hat langes rotblondes Haar, ein ebenmäßiges Gesicht, schmale Hände, tiefblaue Augen. Sie lächelt viel, aber über ihren offensichtlichen Kummer kann das nicht hinwegtäuschen.

Fabienne ist der Typ Frau, der immer weiß, was sich gerade in der Handtasche befindet, sich einen Wochenplan für die Mahlzeiten ihrer Familie macht, schon seit Jahren Elternsprecherin an der Schule der Kinder ist, beim Autofahren Chansons hört und mitsingt, eigentlich lieber in Paris leben würde als in der Provinz, das Abitur mit Auszeichnung bestanden und ein paar Semester studiert hat, dann schwanger wurde und schließlich zugunsten der Kinder den Beruf einschränkte und irgendwann ganz aufgab. Eine Frau, die sich nun entsetzlich langweilt, weil sie unausgelastet ist und nicht weiß, wohin mit den Gedanken, den Gefühlen, den Ambitionen und dem Talent.

Trotz der brennenden Stiche, die sie quälen, wenn sie sich vorstellt, wie Philipp vor gar nicht langer Zeit diese schönen Arme mit den Sommersprossen gestreichelt, diesen Mund über dem energischen kleinen Kinn geküsst, diese Bluse aufgeknöpft und ihren Nacken dabei liebkost hat, kann Mara nicht umhin, die Französin sympathisch zu finden. Die Frau hat Stil und strahlt Wärme aus.

Vielleicht ein Steinbock, denkt Mara. Aber wäre sie fähig, jemanden umzubringen? Weil sie nicht verlassen werden wollte? Weil sie auf einmal doch der nackte Zorn gepackt hat?

»Wie war denn Ihr letzter Kontakt zu Philipp? Sie waren doch seine Geliebte, oder?«

»Ja«, sagt Fabienne, »das war ich. Wir haben uns vor einem Jahr näher kennengelernt. Am Freitag, bevor er starb, hat er mich angerufen und gefragt, ob ich am Montagmittag Zeit hätte. Er hatte frei an diesem Tag. Er wollte gegen zwölf, halb eins hier sein. Und dann hätte er Zeit gehabt bis kurz vor vier. Danach hätte er die Kinder aus dem Kindergarten abholen müssen. Wir hatten uns gut vierzehn Tage nicht gesehen. Er habe Stress zurzeit, hat er am Telefon gesagt. Er war ein bisschen kurz angebunden, konnte nicht lange reden. Ich habe ihm zugesagt. Meine Tochter flog an dem Sonntag ohnehin mit der Schule nach England, und mein Mann kommt unter der Woche nie vor neun Uhr abends nach Hause.«

»Und wo waren Sie am Sonntagabend beziehungsweise in der Nacht vor Montag?«, will Kommissar Briand wissen.

»Wir waren am Samstag in Paris, sind ganz früh losgefahren, um Charlotte am Sonntag zum Flughafen zu bringen. Es wäre zwar auch ein Bus von der Schule in Weißenburg gefahren, aber wir dachten, es wäre schön, mal wieder gemeinsam zwei Tage in Paris zu verbringen. Wir sind mit Charlotte essen gegangen, haben ihr noch ein paar hübsche Sachen gekauft für die Reise.«

Mara und Yannick Briand nicken.

»Wir haben in einer schönen kleinen Pension nicht weit vom Gare de l'Est übernachtet. Dort waren wir schon öfter. Am Sonntagvormittag sind wir noch ein bisschen über den Montmartre gebummelt und anschließend zum Flughafen gefahren. Es dauert immer, bis man aus Paris wieder draußen ist, darum sind wir danach direkt nach Hause gefahren.«

»Wann sind Sie wieder hier angekommen?«, fragt Mara.

»Gegen dreiundzwanzig Uhr wird das gewesen sein, schätze ich. Wir waren gut sechs Stunden unterwegs.« Sie macht eine Pause, trommelt mit den Fingern auf den Tisch. »An der Raststätte habe ich gemerkt, dass Philipp mir eine SMS geschrieben hatte. Ob es bei unserem Treffen bleibe. Ich schrieb nur kurz zurück: ›Ja sicher! Ich freue mich.‹ Das war das letzte Mal, dass ich von ihm gehört habe.«

Mara notiert sich ihre Aussage in ein kleines Heft.

»Und was geschah dann? Wie ging der Abend weiter?« Kommissar Briand lehnt sich im Stuhl nach vorn.

»Wir waren beide hundemüde nach der langen Fahrt. Ich habe uns ein paar Brote gemacht, und jeder hat noch ein Bier getrunken. Dann haben wir vielleicht noch eine Stunde ferngesehen, bevor wir uns schlafen gelegt haben. Georges, mein Mann, muss ja morgens früh raus, er hat in Weißenburg eine Apotheke. Die macht um acht Uhr dreißig auf, und er ist gern früher dort. Er verlässt das Haus immer kurz vor halb acht.«

»Können Sie schießen?«, fragt Mara unvermittelt, und Yannick Briand blickt sie überrascht an.

Fabienne Perrault scheint von der Frage nicht sehr beeindruckt. »Schießen? Nicht wirklich. Vor Jahren hatte ich mal ein Gewehr in der Hand, das war auf einem Fest, beim Tontaubenschießen. Georges hat mir gezeigt, wie man das Gewehr halten muss. Aber ich glaube, ich war nicht sehr gut.«

»Und Ihr Mann? Schießt der?«, fällt der Kommissar ein. »Geht er auf die Jagd?«

Fabienne stützt den Kopf auf die Hand. »Früher. Früher hat er mal gejagt, in irgendeinem Verein. Aber dazu hat er jetzt keine Zeit mehr. Sein Gewehr hat er aber noch.«

»Hat jemand von Ihnen beiden das Haus in der Nacht, als Sie von Paris nach Hause kamen, verlassen?«, fragt Mara weiter.

Fabienne sieht sie direkt und mit klarem Blick an. »Ich denke nicht. Ich bin sofort eingeschlafen, war, wie gesagt, hundemüde. Und Georges auch. Meist schläft er sogar vor mir ein, und ich höre ihn dann neben mir atmen.«

Dass das an dem Abend auch so gewesen sei, könne sie nicht mit absoluter Sicherheit bezeugen, sagt Fabienne. Aber als sie nachts wach geworden sei, weil sie auf die Toilette musste, habe er friedlich schnarchend im Bett gelegen.

»Wann war das?«, will der Kommissar wissen.

»Gegen halb vier, vier«, antwortet sie.

Eine seltsame Ehe, denkt Mara. Das ist entweder wahr, oder die geben sich gegenseitig ein Alibi. Im Fall des Falles.

»Wir werden auch noch mit Ihrem Mann sprechen müssen«, erklärt Mara und stellt ihre Kaffeetasse auf den Tisch. »Bitte fassen Sie das Gewehr nicht an. Und sagen Sie das auch Ihrem Mann. Jemand von der Forensik kommt später und holt es ab. Auch die Munition, falls vorhanden.«

**

Fabienne Perrault sieht die beiden Kommissare noch eine Weile in ihrer Einfahrt stehen und reden.

Der Franzose gestikuliert lebhaft, während seine deutsche Kollegin den Kopf schüttelt. Halten die beiden Georges oder etwa sie selbst für Philipps Mörder? Sie beobachtet, wie sie zu ihren Autos gehen, zieht die Gardine vor das Fenster und macht sich dann in der Küche daran, das Abendessen vorzubereiten.

**

Die Nummer von Fabienne Perrault war nicht die letzte auf Philipps Handy. Denn spät am Abend vor seinem Tod hat er offenbar noch mit einer anderen Frau Kontakt gehabt: Silvie Thomé.

Hatte Philipp auch mit der Freundin aus Kindertagen ein Verhältnis? Das kann sich Mara nicht vorstellen. Zumal er nicht die Zeit dazu gehabt hätte. Aber was wollte Silvie an einem Sonntagabend von Philipp? Und komisch, dass sie nichts davon erwähnt hat, nachdem sie Philipps Leiche gefunden hatte. Anscheinend hat sie bisher niemand gefragt, wann und wo sie Philipp das letzte Mal lebend gesehen hat. Das wird Mara tun müssen. Sehr bald.

Zu Hause angekommen, trinkt Mara mit ihrer Mutter noch einen Kaffee auf der Terrasse. Es ist zwar nicht mehr sehr warm, aber die Sonne hat sich über dem Wald durch die Wolken ihren Weg gebahnt, und Mara hat Kissen auf die Gartenstühle gelegt.

Heute läuft Else Winter wieder besser. Und sie hat einen Apfelkuchen gebacken. Mit Mitte siebzig ist ihre Mutter noch immer eine schöne Frau. Sie hat die Haare nie gefärbt und trägt stets einen Einschlagknoten. Von ihr hat Mara das klare Profil und die ausdrucksstarken Augenbrauen geerbt.

»Ich habe heute Philipps Geliebte kennengelernt«, sagt sie.

Die Mutter hat schon von der Affäre mit der Französin aus dem Ort nicht weit hinter der Grenze gehört. »Ich kann das immer noch nicht glauben. Das passt so gar nicht zu Philipp«, sagt sie und gibt ihrer Tochter ein Stück Apfelkuchen auf den Teller.

Mara sieht ihre Mutter irritiert an. »Und das soll nicht einmal seine einzige Affäre gewesen sein.«

Nach drei vergeblichen Versuchen erreicht Mara Silvie Thomé auf dem Handy. »Du warst die Letzte, mit der Philipp direkt vor seinem Tod Kontakt hatte. Warum hast du nichts davon gesagt?«

Silvie schweigt.

»Hallo? Silvie? Warum hast du das nicht gleich erwähnt? Du hast ihn doch gefunden!«

»Ich …«, fängt Silvie an. »Es gibt Dinge, die du nicht weißt. Aber bitte, lass uns persönlich darüber sprechen, nicht am Telefon. Hast du morgen Zeit?«

»Ja sicher. Gegen Mittag vielleicht? Magst du ins Café Reiter kommen, um halb eins?«

Das Café Reiter ist eigentlich eine Bäckerei mit kleinem Café im Nachbarort. Von der Terrasse aus blickt man über das Tal, und mittags werden zwei oder drei warme Gerichte angeboten, die von der Oma der Familie Reiter zubereitet werden. Dampfnudeln mit Wein- oder Vanillesoße oder Pilzomelette mit Salat.

»Ja, ich komme«, sagt Silvie, und Mara hat den Eindruck, dass ihre Stimme leicht zittert. »Café Reiter, halb eins.«

Roter Herbstmond

Ein kugelrunder roter Mond hängt über den Baumwipfeln am dunklen Himmel wie ein vergessener Luftballon von einer Kindergeburtstagsfeier. Yannick Briand sieht ihn von seinem Fenster aus, während er einen Klecks grüne Farbe auf seine Leinwand tupft. Mara Winter sieht ihn nicht. Sie schläft mit dem Kopf tief in ihr Kissen vergraben. Der Förster Peter Thomé betrachtet ihn von seinem Hochsitz aus, und Silvie Thomé bewundert ihn, als sie ihren Geländewagen abseits des Wegs im Wald parkt.

✳✳✳

Irgendwo hier müssen sie sein, denkt Silvie und lässt ihren Hund aus dem Wagen. Als sie Stefan Meyer und den anderen Mann kürzlich in dieser Gegend gesehen hat, mit dem vielen Wild auf der Ladefläche des Jeeps, waren sie aus dieser Richtung gekommen. Nur einige alte Grenzsteine weisen darauf hin, dass ein paar Baumgruppen hinter ihr der französische Teil des Waldes anfängt.

Bald wird es zu dämmern beginnen, und das Wild wird schemenhaft aus den Bäumen hervortreten. Langsam und bedächtig. Wie ein Scherenschnitt, in den Bewegung kommt. Wunderschön ist das. Erst wenn es richtig hell ist, sieht man das rotbraune Fell zwischen dem Geäst.

Silvie holt die Thermoskanne mit dem Tee aus ihrem Rucksack und überlegt, ob sie bis zum Hochsitz weitergehen soll oder ob es sicherer ist, hier am Auto zu warten. Der Hund hebt den Kopf und schnüffelt ins Gebüsch.

»Schhhh, Maxim! Du darfst jetzt nicht weglaufen. Bleib dicht bei mir.«

Der Hund schmiegt sich an ihre Beine. Er ist ein großer, kräftiger Rüde. Geht ihr ein ganzes Stück bis übers Knie. Er ist ein sensibles Tier, und manchmal hat sie das Gefühl, dass er in letzter Zeit lieber mit ihr als mit Peter im Wald unterwegs ist.

Peter trinkt. Zu viel, deutlich mehr als sonst.

Kürzlich hat sie aus seinem Arbeitszimmer vier oder fünf Wein- und Schnapsflaschen geräumt. In wenigen Tagen hatte er die geleert. Und er wird immer unbeherrschter, schreit herum, knallt mit den Türen. Oder er schweigt eisern. Traurig, wie er sich verändert hat. Er ist heute auch im Wald. Mit Taila, der einjährigen Bracke. Sie soll lernen, mit Peter auf die Jagd zu gehen.

Den roten Mond sieht Silvie inzwischen durch die Bäume. Es ist jetzt nicht mehr stockdunkel wie noch vor einer Stunde. Das Schwarz geht in Dunkelblau über und dann ganz langsam in ein gräuliches Blau. Noch eine Weile wird das dauern. Sie setzt sich einen Moment zum Aufwärmen ins Auto. Philipp Meinhard hat ihr versprochen, den Wilderern auf die Spur zu kommen.

Dass der Wald bejagt wird – werden muss –, steht außer Frage. Aber Nacht für Nacht eine große Stückzahl Wild aus dem Wald zu holen wie bei einer Traubenlese, aus reiner, brutaler Profitgier – das ist ganz entsetzlich und gehört bestraft.

Nun ist Philipp tot. Wo sind seine Ermittlungsergebnisse? Hatte er schon mehr herausgefunden als sie? Musste er deshalb sterben? Er hat gesagt, manche dieser profitgeilen Typen würden direkt aus dem Auto heraus schießen, um das Wild dann schnell aufzuladen und unerkannt davonzufahren.

Sie selbst hat auch schon den einen oder anderen Hirsch geschossen, aber sie kann nicht behaupten, dass ihr das Freude gemacht hätte. Der Schuss hallte immer lange in ihrem Inneren nach. Während sie anlegte, blieb sie ganz ruhig. Aber nach dem Schuss fing sie an zu zittern. Und der gebrochene Blick des Tieres hat sie jedes Mal mitten ins Herz getroffen. Gleichzeitig war sie erleichtert, wenn das Tier direkt tot war. Das ist das Mindeste.

Von irgendwo weiter hinten am Weg hört Silvie plötzlich das Geräusch eines Motors. Sehr weit weg kann das Fahrzeug nicht sein. Schnell macht sie an ihrem Suzuki Jimny das Licht aus und steigt vorsichtig aus. Sie nimmt den Hund am Halsband, geht ein Stück tiefer in den Wald hinein und lehnt sich atemlos an einen Baumstamm. Sie fühlt die Rinde unter ihren Händen und den warmen Körper des Hundes an ihrem Bein. Da knallt ein Schuss durch die dämmerige Stille. Sie spürt, dass der Hund sich losmachen will, um dem Wild hinterherzujagen. Energisch zieht sie Maxim an sich heran und streichelt seinen Kopf. Vielleicht hätte sie ihn doch zu Hause lassen sollen.

Das Tier hat sich gerade beruhigt, als ein zweiter Schuss das Halbdunkel zerreißt. Jetzt ist Maxim nicht mehr zu halten. Er rennt los, in die Richtung, aus der der Schuss kam. Verzweifelt ruft Silvie nach ihm, nicht laut, aber so eindringlich sie kann. Sie folgt ihm durchs Unterholz. Da es so still ist, kann sie hören, wie Maxims Pfoten irgendwo vor ihr durch den Wald hetzen.

Kaum ist sie dem Tier ein paar Minuten hinterhergelaufen, brüllt eine Männerstimme: »Was macht denn der Scheißköter hier?« Und dann – zu ihrem Entsetzen – hört sie einen weiteren Schuss und ein fürchterliches Aufjaulen.

»Maxim!« Jetzt rennt Silvie, so schnell sie kann. »Oh Gott! Haben die Arschlöcher etwa meinen Hund erschossen?«

Ein Zweig schlägt ihr ins Gesicht, ihre Füße straucheln, sie fängt sich noch einmal und rennt weiter. Tastet im Laufen nach ihrem Handy. Sie wollte das Fahrzeug der Wilderer fotografieren. Wäre sie mit dem Hund doch nur im Auto geblieben.

Was knackt da im Gebüsch neben ihr?

»Maxim!«, will sie wieder rufen, aber da wirft sie ein harter, stumpfer Schmerz mitten auf ihrer Brust zu Boden. Den Knall hört sie nicht einmal mehr, er ist eins mit dem Schmerz.

Sie fällt in Zeitlupe nach hinten, sieht irgendwo die Augen eines Rehs und noch einmal den roten Mond, der sich jetzt blasser vom grauen Morgenhimmel abhebt. Dann wird alles dunkel.

***

Mara Winter ist noch im Schlafanzug, als sie vor dem Haus das Zuschlagen einer Autotür hört, und kurz darauf klingelt es. Es ist Armin Weber. Er sieht auch verschlafen aus, trägt aber seine Uniform, ohne Mütze. Seine braunen Haare wirken ungekämmt.

»Silvie! Silvie Thomé ist verschwunden.« Entsetzt schauen seine blauen Augen sie an.

»Was?« Sie lehnt sich an den Türrahmen. »Das kann doch nicht sein. Ich bin nachher mit ihr verabredet. Seit wann wird sie vermisst?«

»Peter hat mich angerufen, das war vor etwa einer Stunde. Als er von der Pirsch zurückkam, war ihr Auto nicht da. Und von ihr und dem Hund keine Spur. Du weißt schon, der große Ridgeback.«

Mara schüttelt ungläubig den Kopf. »Aber sie ist doch öfter so früh im Wald unterwegs –«

»Nein, das war diesmal anders«, unterbricht Weber sie. »Thomé hat an den Stellen, wo sie normalerweise zum Kräutersammeln hingeht, schon gesucht. Nichts! Wir haben eine Einheit aus Pirmasens hingeschickt, und die haben gerade eben ihr Auto im Wald gefunden. Von ihr selbst und dem Hund fehlt jede Spur. Und ihr Handy ist auch aus. Die Hundeleine liegt auf dem Rücksitz.«

»Das klingt gar nicht gut. Komm doch kurz rein, Armin. Ich ziehe mir schnell etwas an, und dann fahre ich mit dir mit.«

Mara rennt die Treppe hinauf, schlüpft in eine weite Jeans und einen dunkelgrünen Pullover. Dann eilt sie wieder hinunter und nimmt ihre Dienstwaffe aus dem Safe.

»Wir können, Armin!«

***

Ein Name hallt durch den Wald. Das Tal hinunter und auf der anderen Seite wieder hinauf: Silvie! Dreißig Männer und Frauen der Bereitschaftspolizei stapfen durch das Gehölz, auf dessen Boden die Blätter langsam eine dicke Schicht bilden. Das Rascheln und Trampeln der Polizeistiefel hört man schon von Weitem.

Sie schauen hinter jeden Busch, jeden Baumstamm, jeden Hügel und alle Felsbrocken. Sie rufen auch nach dem Hund. Mit Stöcken stochern sie im Laub, schieben größere Äste beiseite. Es ist heute klar und kalt. Die Trupps haben sich aufgeteilt, ausgehend von dem Ort, an dem Silvies kleiner Geländewagen im Wald entdeckt wurde. Zwei Kilometer in die eine Richtung und zwei Kilometer in die andere. Den Berg hinauf und das Tal hinunter. Kann sie gestürzt sein, sich verletzt haben? Und wo ist ihr Hund? Er war offenbar nicht angeleint.

***

Mara und Armin Weber nähern sich Silvies grauem Jimny. Schon von Weitem erkennt Mara Lisa Fröhlich, ihre Klassenkameradin aus der Polizeischule. Lisa stammt aus Pirmasens, wohin sie nach ihrer Ausbildung auch zurückgekehrt ist. Sie leitet zusammen mit Kommissar Marc Ohlert den Einsatz der Bereitschaftspolizei. Zu keinem Menschen könnte der Name Fröhlich besser passen. Lisa ist eine schlaksige, quirlige Frau, die selbst tragischen Situationen immer einen komischen Aspekt abgewinnen kann. Ihre gewellten braunen Haare lassen sich nicht bändigen, und ihre Nase ist mit Sommersprossen gesprenkelt.

»Was ist denn da los bei euch?«, fragt sie Mara. Ab und an dringt der pfälzische Dialekt bei ihr durch, obwohl sie sich bemüht, Hochdeutsch zu sprechen. Mara hat Lisa Fröhlich zuletzt vor einem Dreivierteljahr in Pirmasens im »Kilkenny Pub« getroffen. »Ich hätte dich noch angerufen«, sagt Lisa jetzt und tritt näher an die Kollegin heran. »Um dir mein Beileid zum Tod von Philipp auszusprechen.« Sie legt Mara die Hand auf den Arm.

»Schon gut«, antwortet Mara. »Ich weiß ja, du bist immer im Stress. Aber schön, dass du an mich gedacht hast.«

Lisa bietet Mara einen Schluck Kaffee aus ihrer Thermoskanne an. »Und was ist mit der Frau hier? Was kann da passiert sein?«

»Ich weiß es nicht. Silvie kennt den Wald wie ihre Westentasche. Ich kann mir nicht vorstellen, dass sie sich verlaufen hat. Und sie hat doch auch den Hund dabei. Ich hab ehrlich gesagt kein gutes Gefühl.«

»Ich geb dir recht. Handy aus, nicht heimgekommen. Klingt nicht gut. Wir sehen uns nachher.«

Zusammen mit Armin Weber und ein paar anderen Polizisten läuft Mara den Waldweg entlang, neben dem Silvies Auto steht. Er führt zu den hohen Sandsteinfelsen und gabelt sich dort. Von dieser Stelle aus kann man entweder fünf Kilometer in den Ort laufen oder zwei Kilometer nach rechts bis zum Forsthaus, in dem Silvie lebt. Es hat in den letzten Tagen wenig geregnet. Der Boden ist trocken, und von den Bäumen wirbelt beständig neues Laub. Reifenspuren sind hier schwer auszumachen.

Von weiter vorn hören Mara und Armin Weber die anderen Polizisten immer wieder nach Silvie und dem Hund rufen. Sonst ist es still. Eine Gruppe Vögel fliegt über ihnen. Mara will auch rufen, aber sie bringt es nicht fertig. Immer wieder hat sie eine Vision: lange rote Haare, die unerwartet hinter einem Baumstamm oder der nächsten Wegbiegung auftauchen. In ein paar Stunden hätte sie mit Silvie beim Kaffee gesessen und sich angehört, was ihr die Förstersfrau nicht am Telefon sagen wollte. Was war das nur?

In ihre Gedanken hinein klingelt ihr Telefon. »Frau Winter, wir haben was! Hier liegt ein totes Reh. Gar nicht weit weg vom Auto, ein Stück oberhalb des Weges.«

Mara teilt dem Anrufer mit, wo sie sich gerade befinden.

»Sie müssen umkehren. Bleiben Sie am Telefon, ich sage Ihnen, wo wir sind.«

Eine Viertelstunde später stehen sie vor dem toten Rehbock. Eigentlich ist es noch ein Kitz. Mara schätzt es auf ein halbes Jahr. Die Ansätze der Hörner, genannt Rosen, sind gerade so zu sehen. Blut ist um das Tier herum in den Waldboden eingesickert, auf fast einem Quadratmeter. Das ist eine Menge für so ein Reh, denkt Mara.

»Warum wurde es hier liegen gelassen?«, fragt Weber in die Runde.

»Wahrscheinlich, weil die Wilderer es eilig hatten«, ruft ihm einer der Polizisten zu.

»Das ist zu viel Blut für ein Kitz«, entfährt es Mara. »Die Forensiker müssen herkommen.«

Und sie finden weitere Spuren: Gebüsch und Äste sind zwischen der Stelle im Wald und dem Weg darunter geknickt. Blutspuren gibt es dort keine. Aber für Mara sieht es so aus, als wäre ein Körper von dem Platz zwischen den zwei Bäumen, wo jetzt das Kitz liegt, hierhergeschleift worden. Vielleicht in einem Plastiksack oder auf einer Plane.

»Bitte verschwindet jetzt alle, bis die Forensiker da sind.«

Das Rufen und Suchen geht unterdessen weiter, von den Sandsteinfelsen bis zur anderen Seite hinunter ins Tal. »Silvie!«

Die Rufe verhallen ungehört. Es gibt keine Spur von der Frau und ihrem Hund.

Nach drei Stunden treffen sie sich wieder am Ausgangspunkt. Die Suche hat nichts ergeben. Sie muss ausgeweitet, das Team verstärkt werden.

»Wir müssen das große Besteck auffahren«, sagt Armin Weber.

»Ja«, antwortet Mara. »So schnell wie möglich.«

Aber sie hat keine große Hoffnung. Wenn das dort am Boden wirklich Silvies Blut ist, dann kann sie nicht weit gekommen sein. Dann ist sie tot.

Bald hört man das Knattern von Hubschrauberflügeln über den Baumwipfeln.

Der Bereich mit dem toten Wild ist abgesperrt worden, die Kriminaltechniker nehmen Bodenproben. Mehrere Säcke blutdurchtränkter Erde werden eingepackt. Auch das tote Kitz wird in die Forensik nach Kaiserslautern gebracht. Vielleicht finden sich DNA-Spuren an dem Tier. Nicht weit vom Fundort des

Rehs entfernt wurde ein abgebrochener Berberitzenzweig entdeckt. Mara fragt sich, ob der Silvie aus der Jackentasche gefallen ist.

Jetzt sind es gut hundert Männer und Frauen, die den ganzen Wald in einem Umkreis von zehn Quadratkilometern durchkämmen. Außer den Polizisten helfen Freunde und Nachbarn bei der Suche nach der vermissten Förstersfrau. Mit dem Lärm, dem Rufen und dem Stapfen Hunderter Füße dürfte nun auch das letzte Stück Wild aus diesem Teil des Waldes geflohen sein, rüber auf die französische Seite.

Mara hat Yannick Briand angerufen und ihm von Silvies Verschwinden berichtet. Er ist unterwegs, um gemeinsam mit Mara Peter Thomé zu befragen. Der Ehemann der Vermissten wurde gebeten, zu Hause zu warten, falls Silvie sich doch in irgendeiner Form melden sollte.

Ein Sturm von Presseanfragen prasselt auf Mara und ihr Team nieder. Beim Tod von Philipp wurden nur handverlesene Journalisten in das Präsidium in Kaiserslautern bestellt, und Maras Chef hat sich den Fragen der Reporter gestellt. Aber jetzt ist eine große Pressekonferenz unausweichlich.

Mara wird von Martin Richter, dem Redaktionsleiter des »Pfalz Kurier«, angerufen. Der ist das intellektuelle Pendant zum »Pfälzer Boten«, der sich volksnah gibt, auf Fremdwörter weitgehend verzichtet und über jeden noch so kleinen Verein berichtet. Dennoch hat der »Pfalz Kurier« bei Weitem mehr Leser.

Martin Richter ist kein unsympathischer Mann. Sehr direkt, aber dabei immer höflich, fragt lieber zweimal nach, wenn ihm etwas unklar ist. Und er hat einen dezenten schwarzen Humor. Mara kennt ihn schon aus der Zeit, als die Frau in Enkenbach von ihrem Mann, dem US-Soldaten, getötet wurde. Was er schreibt, hat Hand und Fuß. Er recherchiert gründlich, was nicht allen in der Region gefällt. Mara mag ihn. Er hat eine weiche, melodische Stimme mit leichtem Pfälzer Anklang.

Vor einem halben Jahr hat sie ihn zufällig im Zweibrücker Outlet getroffen, als er seiner Tochter ein Paar Stiefel kaufte.

Nach seiner Scheidung hat er offenbar zum zweiten Mal geheiratet. Er ist jetzt ergraut, und seine Haare sind kürzer als früher, aber seine blauen Augen strahlen wie immer, und er hat auch noch den neugierigen, offenen Blick. Er hätte ihr gefallen können, aber wie viele Männer hat er, kaum getrennt, schon die nächste Beziehung.

»Halte dich zurück mit der Berichterstattung«, bittet Mara ihn. »Es wird bald eine große Pressekonferenz geben, falls Silvie Thomé nicht gefunden wird. Wir wissen auch nicht mehr, als dass sie nicht nach Hause gekommen ist und ihr Auto mitten im Wald steht.«

Mara hört ihn unwillig seufzen. »Du weißt ja, ich schreibe nicht einfach drauflos. Aber bitte ruf mich heute Abend noch mal an und sag mir, wie die Suchaktion gelaufen ist.«

»Geht klar. Ich melde mich bei dir.«

Franz Tischler vom »Pfälzer Boten« ist kurz nach Mara an der Stelle aufgelaufen, wo Silvies Jeep steht, aber Kommissarin Fröhlich ist es gelungen, ihn abzuwimmeln und zu vertrösten.

Das Forsthaus von Weidenbrünn ist ein zweistöckiger Bau aus rotem Backstein mit einer hölzernen Tür und Fensterläden. Neben der Haustür rankt sich Wein hoch. Ein großer Garten umgibt das Haus. Vorn leuchten die letzten Sonnenblumen. Es gibt ein kleines Gewächshaus, in dem Silvie ihre eigenen Tomaten züchtet, und hinter dem Haus Obstbäume und einen Kräutergarten. Ein wunderschöner Ort.

Der Förster hat die Tür nur angelehnt. Als Mara und Yannick Briand eintreten, kommt laut bellend die Bracke angesprungen.

»Aus!«, ruft Peter Thomé aus einem der Zimmer.

Mara bückt sich und streckt dem Hund die Hand entgegen, woraufhin er an ihr schnuppert.

Peter Thomé eilt ihnen entgegen. Er trägt eine alte Strickjacke und sieht vollkommen übernächtigt aus. Seit Mara ihn zum letzten Mal gesehen hat, scheint er abgenommen zu haben. Dunkle Schatten liegen unter seinen braunen Augen. Mara stellt ihm den Kommissar aus Weißenburg vor.

»Wir ermitteln gemeinsam im Mordfall meines Kollegen Meinhard.«

Thomé nickt Yannick Briand zu und reicht ihm die Hand, dann führt er die Kommissare in sein Esszimmer und bittet sie, dort Platz zu nehmen. »Ich verstehe das nicht. Silvie hat mir kein Wort gesagt, dass sie wegwollte. Als ich mit Taila in den Wald ging, war sie auf der Wohnzimmercouch eingeschlafen.«

»Wann war das?«, will Mara wissen.

»Kurz nach drei Uhr. Ich wollte, dass unser neuer Hund lernt, sich in der Nacht sicher im Wald zu bewegen.«

»Und wie hast du gemerkt, dass Silvie weg war?«

»Ich bin gegen halb sechs zurückgekommen. Da war ihr Auto nicht mehr in der Garage, und den Hund, also unseren Maxim, hatte sie mitgenommen.« Thomé reibt sich die Augen.

»Unseren Sohn Markus konnte ich nicht fragen. Er arbeitet in Dahn in einem Laden für Kletterzubehör und hat dort gestern bei einem Freund übernachtet.«

»Aber geht Silvie nicht oft früh zum Kräutersammeln raus?«

Thomé hält sich mit beiden Händen an der Lehne eines hölzernen Stuhls fest.

»Doch. Aber nicht so früh. Sie macht sich erst auf den Weg, wenn die Sonne schon aufgegangen ist. Manchmal etwas früher. Aber wie gesagt – sie schlief auf der Couch, als ich ging. Und Maxim, unser Großer, lag im Flur auf seiner Decke. Das sah für mich nicht so aus, als wollte sie später raus.«

»Couch?«, fragt Yannick Briand. »Schlafen Sie nicht gemeinsam in einem Zimmer?«

»Meistens schon. Aber wenn Silvie abends fernsieht, dann schläft sie manchmal auf der Couch im Wohnzimmer ein.«

»Hast du geschossen in der Nacht?« Mara sieht zu Thomé auf, der immer noch am Tisch steht. »Ich meine, hast du Wild erlegt?«

»Ja«, sagt der Förster. »Kleineres Wild. Drei Hasen und ein paar Stück Federwild. Ich wollte es langsam angehen lassen mit unserer Taila.« Die Bracke hat sich zu Füßen des Försters gelegt und schaut erwartungsvoll zu ihm hoch. »Sie sollte mir das Wild anzeigen. Und das hat sie wirklich gut gemacht – für das erste Mal.«

Er beugt sich zu dem wedelnden Hund hinunter und holt ein Leckerli aus seiner Westentasche. Die Bracke gibt ein quietschendes Geräusch von sich und verschlingt den Leckerbissen auf einmal.

»Können wir das Wild sehen?«, schaltet sich Yannick Briand ein.

»Kein Problem. Kommt mit.«

Die Wildkammer des Försters ist ein großer Raum hinter der Garage. Er besteht aus einem Tisch, auf dem das Wild zerlegt wird, und mehreren Gefriertruhen. Dahinter befindet sich der Kühlraum.

»Die Hasen habe ich schon ausgenommen. Es sollte Hase geben heute Abend bei uns«, sagt der Förster.

Er zeigt Mara und Yannick Briand die felllosen, nackten Hasenkörper, die im Kühlraum an Haken hängen.

»Nachher sind die Fasane und die Wildtauben dran.«

Wie ein Stillleben liegen die Vögel auf dem Tisch, das Gefieder leuchtet goldbraun, und die Krallen sind ausgestreckt.

An der Wand hängt die blaue Schürze des Försters. Das gleiche Blau wie bei den Kitteln im OP. Und ebenso wie diese ist die Schürze voller Blutflecke.

»Silvie hilft mir immer, die Fasane zu rupfen. Sie ist dabei noch schneller als ich.«

Nach dem Ausnehmen der Hasen habe er versucht, Silvie telefonisch zu erreichen. Das Telefon sei aber ausgeschaltet gewesen. In der Küche habe er sich gewundert, dass der Tisch nicht für das Frühstück gedeckt gewesen sei.

»Das macht sie normalerweise immer, wenn sie weiß, dass ich von der Jagd zurückkomme, und bevor sie selbst in den Wald geht. Sie bereitet den Kaffee vor, füllt Wasser in die Maschine, gibt das Pulver in den Filter, sodass man nur noch auf den Knopf zu drücken braucht. Sie stellt die Marmelade und den Honig raus, und Teller und Tassen stehen auch parat. Manchmal ruft sie an und fragt, ob sie Brötchen mitbringen soll.«

»Und wann hast du angefangen, dir Sorgen zu machen?«, hakt Mara ein, als sie wieder zurück im Haus sind.

»Gegen acht Uhr, als es noch immer keine Nachricht von ihr gab. Der Hund bekommt um diese Zeit sein erstes Fressen. Und für mich sah es so aus, als wäre sie überstürzt aufgebrochen. Die Decke lag einfach so hingeworfen auf dem Sofa. Nur ihre Jacke und ein Paar Stiefel fehlen. Und in der Küche steht der Korb, in dem sie immer ihre Kräuter sammelt.«

»Gibt es einen anderen Mann, bei dem Ihre Frau sein könnte?« Yannick Briand sieht den Förster forschend an.

Mara bemerkt, wie etwas in Peter Thomés Augen zu lodern beginnt. Seine Augenbrauen ziehen sich zusammen.

»Nicht dass ich wüsste. Aber wenn das so wäre, soll sie besser gleich bei ihm bleiben.«

»Wir werden sehen«, sagt Yannick Briand. »Aber in solchen Fällen lässt man sein Auto nicht einfach im Wald stehen.«

Im Grunde befürchten alle drei, dass Silvie nicht mehr zurückkommen wird.

Mara und Yannick verabschieden sich. Als sie ins Auto steigen, kreist immer noch der Hubschrauber über dem Wald.

Coq au Vin

Heute gibt es bei den Perraults Coq au Vin mit Rosmarinkartoffeln und karamellisiertem Weißkohl. Dieses Gericht liebt Georges besonders. Mit einem großen Messer und viel Druck hackt Fabienne den Kohlkopf in zwei Hälften. Das nackte Hähnchen tropft in einem Sieb in der Spüle aus, ein blassrotes Rinnsal läuft in das Becken.

Nachher steht ihre Beichte an, sie ist unausweichlich. Den Besuch der Kommissare wird sie nicht länger verschweigen können und damit auch nicht die Beziehung zu dem ermordeten Polizisten Philipp. Fabienne gibt sich einen Ruck und reißt sich zusammen, um das Lieblingsgericht ihrer Familie mit genau so viel Hingabe wie sonst zu kochen.

Ein paar Stunden später duftet es in der Küche wunderbar nach gebratenem Hühnchen, Wein und reifen Äpfeln. Die Hühnerbrüste und -schenkel garen in einer reichhaltigen Soße. Über die Jahre hat sie ihr eigenes Rezept für das bekannte Gericht entwickelt. Mit dem Huhn brät sie außer Zwiebeln noch drei geschnittene süßsaure Äpfel mit, die sie mit einem Glas Calvados tränkt. Dann kommt das Huhn in den gusseisernen Topf, der schon ihrer Oma gehört hat, und wird während des Garens nach und nach mit einer ganzen Flasche Wein übergossen. Gegen Ende gibt sie die Äpfel hinzu und zum Schluss die Sahne. Gleichzeitig bräunen im Ofen die Rosmarinkartoffeln in einer Kasserolle, und in einem anderen Topf schmort der Weißkohl, den Fabienne klein geschnitten, angebräunt und etwas karamellisiert hat.

»Immer wenn du das kochst, hast du einen Wunsch bei mir frei«, hat Georges einmal gesagt, als sie ihm ihr Coq au Vin avec des pommes serviert hatte. Heute ist es mehr als ein Wunsch, es ist eine bange Frage, eine unbestimmte Angst, die in ihr zittert. Wie wird Georges reagieren, wenn sie ihm erzählt, dass der tote Polizist ihr Liebhaber war?

Charlotte ist seit gestern aus London zurück. Sie ist begeistert, sprüht vor Freude, wenn sie erzählt, wie sie mit ihren Freundinnen durch Notting Hill gebummelt ist. Dort hat sie sich ein mit Goldfischen bedrucktes blaues Kleid gekauft. Ihrer Mutter hat sie einen Marmeladentopf mit einer Birne auf dem Deckel mitgebracht und ihrem Vater einen Teddybären in der Uniform der Life Guards. In einem der ältesten Plattenläden Londons, auf der Portobello Road, hat sie den süßesten Jungen Englands kennengelernt. Er heißt Jacob und hat braune Locken.

Charlottes blonde Haare fliegen um ihren Kopf, ihre grünen Augen strahlen, während sie redet und gleichzeitig versucht, ein bestimmtes Foto auf ihrem Handy zu finden. »Er will Musiker werden, und er sammelt alles von den Kinks. Er stammt aus Colchester, und er spielt in einer Band.«

»Was spielt er denn, ich meine, welches Instrument?«, erkundigt sich Georges, als sie beim Abendessen sitzen.

»Er spielt Bass, aber er kann auch Schlagzeug. Hier – das ist er!«, ruft sie aus und hält ihren Eltern das Handy unter die Nase.

Sie sehen einen schlanken jungen Mann in einer Lederjacke, dessen braune Haare sich um sein Gesicht kringeln. Lässig lehnt er an einer alten Laterne.

»Wir waren dann noch ein Eis essen, Jacob und ich. Und er hat mir ein paar Songs vorgespielt, die er mit seiner Band aufgenommen hat. Paper Birds heißen sie.«

»Er sieht wirklich cool aus«, sagt Fabienne. »Aber vielleicht können wir erst mal essen. Später kannst du uns ja einen Song von ihm vorspielen.«

»Oui, Maman.« Charlotte streicht sich eine Haarsträhne aus dem Gesicht. »Du weißt ja, wie sehr ich dein Coq au Vin liebe. Vielleicht lernt ihr Jacob bald kennen. Er will mal nach Frankreich kommen. Wir schreiben jeden Tag auf Whatsapp.«

Georges tunkt genüsslich sein Hühnerfleisch in die aromatische Soße, nimmt dann einen Bissen von den knusprigen Kartoffeln und spült mit einem frischen Riesling nach. »Du hast dich wieder einmal selbst übertroffen, Fabienne. Das könntest du wirklich jedem Sternerestaurant verkaufen«, lobt er.

Fabienne lächelt, senkt dann aber den Blick und trinkt einen großen Schluck Wein.

Währenddessen erfahren sie und Georges, dass Jacob am Tag der Abfahrt noch an den Bus von Charlottes Klasse gekommen ist, um sich von ihr zu verabschieden. Er hat ihr einen kleinen Jadestein geschenkt, seinen Talisman.

Georges hat bereits die zweite Portion Hühnchen auf seinem Teller, und er hat sich auch noch einen Nachschlag von dem Kohl geholt.

»Ah. Das ist reichhaltig, aber wunderbar. So wunderbar«, stöhnt er, während er Fabienne noch einen Schluck Wein nachschenkt.

Charlotte steht auf und geht in ihr Zimmer, um mit Jacob zu chatten.

»Es hat sie wirklich erwischt«, sagt Fabienne mit einem Schmunzeln. »Er gefällt mir auch besser als der pickelige Jacques vom letzten Jahr.«

»Du hast recht. Dieser junge Mann scheint Stil zu haben – und einen guten Musikgeschmack.«

»Wie alt wird er sein? Sechzehn, siebzehn?«

»Ja – das schätze ich auch. Möchtest du noch einen Digestif, meine Liebe?«

»Ja, gern. Bleiben wir doch beim Calvados.«

»Du warst heute recht still beim Abendessen. Ist irgendwas passiert?«

»Nein. Ich denke nur nach. Ich möchte dir etwas sagen, und ich weiß nicht, wie.«

Georges schenkt sich auch einen Calvados ein. »Was ist es? Was willst du mir sagen?« Er sieht Fabienne besorgt an.

»Es geht um den getöteten Polizisten, den Deutschen. Die Polizei war deswegen hier. Eine Kommissarin aus Kaiserslautern und ihr Kollege aus Weißenburg.«

Georges atmet laut aus. »Hier? Bei dir? Bei uns? Warum?«

Fabienne leert das Glas Calvados mit einem Schluck, stellt es ab und schenkt sich noch mal nach.

»Weil ich ihn kannte. Gut kannte.«

Georges begreift offenbar immer noch nicht. Er kneift die Augen zusammen, als würde er in ein zu helles Licht sehen. »Weshalb kanntest du ihn? Woher?«

»Weil …« Fabiennes Stimme bricht. »Weil er mein Geliebter war.«

Für einen Moment scheint es, als würde Georges am Tisch zusammensacken. Er sieht Fabienne nicht an. Er starrt auf irgendeinen Punkt mitten auf dem Tisch. So sitzt er bestimmt zwei Minuten lang da, und Fabienne wagt es nicht, irgendetwas zu sagen.

Dann springt er plötzlich auf und hebt die Fäuste in die Luft.

Jetzt wird er mich schlagen, denkt Fabienne.

Stattdessen lässt er sie auf den Tisch krachen, dass die Gläser klirren.

»Wann hat das angefangen?«, flüstert er mit unbändigem Zorn in der Stimme. »Wann?«

Fabienne sieht links an seinem Ohr vorbei. Sie bemerkt, dass er einen Leberfleck am Rand der Ohrmuschel hat. Der ist ihr bisher nie aufgefallen. »Vor einem Jahr«, sagt sie leise. »Ich dachte, es wäre nach ein paar Wochen vorbei.«

Georges steht wieder auf, und Fabienne duckt sich vorsichtshalber. Aber er läuft nur ziellos durch den Raum und bleibt am Fenster stehen. Er legt die Hände vor seine Augen, Fabienne hört ihn schluchzen. Er weint. Und unter Tränen sagt er: »Wie ist das traurig! Du betrügst mich monatelang. Aber das Schlimmste ist – du fürchtest dich vor mir.«

Fabienne weint auch. Sie sieht zu ihrem Mann auf. »Ich weiß, das ist eine schreckliche Situation, in die ich uns da gebracht habe. Und ich muss dir sagen, ich weiß nicht, wie alles weitergegangen wäre, wenn Philipp nicht gestorben wäre.«

»Hättest du mich für ihn verlassen?«, fragt Georges mit hohler Stimme.

»Ganz ehrlich? Ich weiß es nicht. Und ich glaube auch nicht, dass er seine Frau verlassen hätte. Er hing sehr an seinen Kindern.«

Georges schnäuzt sich die Nase und trinkt noch einen Schluck Schnaps.

»Und wo …? Wo hast du mit ihm …? Doch nicht in unserem Ehebett?«

Fabienne streckt ihm die Hand entgegen. »Georges! Bitte sprich leiser. Ich möchte nicht, dass Charlotte es so erfährt.«

»Wo hast du …?«

»Sag ruhig ›gefickt‹! Auf dem Sofa im Wohnzimmer. Ich habe es ausgeklappt.«

Sie sieht, wie ihrem Mann die Gesichtszüge entgleisen.

»Das Sofa kommt weg!« Seine Stimme bebt vor Wut. Er lehnt eine Weile am Türrahmen zwischen Ess- und Wohnzimmer. »Und ich kann auch nicht hierbleiben. Ich werde eine Weile in dem Zimmer über der Apotheke wohnen.«

Es gelingt Fabienne nicht, ihren Mann umzustimmen. Sie versucht es auch gar nicht lang. Sie kann nicht um Philipp trauern, wenn Georges im Haus ist.

Sie muss weinen und nachdenken.

Es ist ein großes Zimmer, oberhalb der Apotheke. Ein Bad und eine Dusche gibt es dort auch. Georges wird sich eine Kochplatte besorgen müssen. Und ein Klappbett. Das alte Samtsofa, das dort steht, ist schon recht durchgesessen.

»Heute Nacht bleibe ich noch hier«, teilt Georges ihr mit. »Ich habe zu viel getrunken.« Er nimmt seine Aktentasche und marschiert ins Gästezimmer.

Fabienne findet in dieser Nacht keine Ruhe. Und sie nimmt an, dass es nicht nur ihr so geht. Sie schlafen vermutlich beide nicht, in den beiden Zimmern, die einander am Gang gegenüberliegen.

Am frühen Morgen treffen sie sich in der Küche, wo Fabienne gerade den Kaffee zubereitet hat.

»Ich gehe jetzt. Du wirst es Charlotte sagen müssen. Fährst du sie heute zur Schule? Vielleicht möchte sie auch einen Tag zu Hause bleiben.«

»Ich rede mit ihr. Und ich überlasse es ihr, ob sie dann zur Schule will oder nicht.«

»Gut.« Georges nimmt seinen Mantel von der Garderobe im Flur. Es ist ein brauner Tweedmantel, den er seit fünf Jahren trägt und ohne den sich Fabienne ihren Mann im Herbst und Winter gar nicht vorstellen kann.

»Warte bitte noch kurz, Georges. Die Kommissare wollen auch mit dir reden. Sollen sie in die Apotheke kommen, oder willst du sie lieber hier treffen?«

»Besser in die Apotheke. Ich rufe den Kommissar an, ich regle das.«

Die Tür schließt sich, und Georges ist weg. Fabienne bleibt zurück, mit einem grauen Tag und der Angst, ihrer Tochter alles erklären zu müssen.

Sie hat Georges nicht gesagt, dass sie den Kommissaren erzählt hat, dass sie wach gewesen sei in der Nacht von Philipps Tod und dass Georges neben ihr geschlafen habe. Sie weiß nicht mehr, warum sie das behauptet hat. Denn sie ist in jener Nacht nicht aufgewacht. Sie war so müde von der langen Fahrt, dass sie bis zum Klingeln von Georges' Wecker durchgeschlafen hat.

Sie hat ihrem Mann instinktiv ein Alibi gegeben, was ihr im Nachhinein völlig sinnlos erscheint. Denn Georges ist kein Mensch, der zu gewalttätigen Übersprungshandlungen neigt. Die Faust auf dem Tisch ist das Äußerste bei ihm. Außerdem hat er bis zum gestrigen Abend nicht einmal geahnt, dass seine Frau einen Geliebten hatte. Da ist sich Fabienne sicher.

Sie geht mit müdem, bleischwerem Herzen die Treppe hinauf, um ihre Tochter zu wecken.

***

Im Wald ist es wieder still. Kein Geknatter von Hubschrauberflügeln mehr, kein Gestampfe von Hunderten Füßen, kein Geraschel im Laub. Die Suchtrupps sind für heute abgezogen. Später am Abend, wenn es richtig dunkel ist, soll noch ein weiterer Hubschrauber kreisen, mit einer Wärmebildkamera. Jetzt dämmert es, aber heute wird hier kein Jäger mehr auf die Pirsch gehen.

Mara und ihr Kollege Yannick Briand waren bis fast zum Schluss mit dabei. Mara hat doch noch nach Silvie, ihrer alten Schulkameradin, und nach Maxim, deren Hund, gerufen. Aber es hat nichts genützt. Die Ahnung, immer weiter ins Leere hineinzurufen, wuchs von Stunde zu Stunde.

»Lassen Sie uns etwas essen gehen«, sagt Yannick. »Sie sehen unglaublich erschöpft aus. Ich wette, Sie haben heute noch gar nichts gegessen.«

Mara blickt ihn von der Seite an. Sein Dreitagebart sieht eher wie ein Sieben- oder Achttagebart aus. »Stimmt. Nur ein Joghurt heute früh. Und ja, ich habe Hunger. Vielleicht drüben bei euch, in Roppeviller? In der kleinen Auberge? Weil ... Bei uns im Lokal haben die Wände Ohren. Da können wir nicht frei sprechen.«

»Gut. Die Auberge dürfte heute aufhaben. Fahren wir!«

In der Auberge »La Chouette«, zu Deutsch »Die Eule«, ist es sehr warm. Der kleine Holzofen wurde befeuert, obwohl es nachts noch nicht wirklich kalt ist. Der kleine Gastraum mit den dunklen hölzernen Wänden ist mit ein paar Tischen und zwei Eckbänken an beiden Enden des Raums ausgestattet.

Mara und Yannick setzen sich auf die hintere der beiden Eckbänke nahe am Fenster, durch das man in den Wald sieht.

Mara war schon ein paarmal hier, nach dem Wandern. Es gibt einen Weg, der von ihrem Nachbarort an einer wunderschönen Felsformation vorbei durch den Wald direkt nach Roppeviller führt. Es ist ein offizieller Wanderweg, und er heißt bezeichnenderweise »Chemin de Helmut Kohl«, also »Helmut-Kohl-Weg«.

Mara muss lachen, wenn sie sich den großen, korpulenten Mann in Wanderstiefeln hier im Wald vorstellt. Aber tatsächlich soll er auf dem nach ihm benannten Weg gern gewandert sein, und er kam sogar zu dessen Einweihung.

Mara teilt Yannick, der inzwischen zwei Rosé-Schorlen bestellt hat, ihre Gedanken mit.

Auch der Franzose lacht laut auf. »Am besten noch in Kniebundhosen!«

»Die wird er das eine oder andere Mal angehabt haben«, bemerkt Mara mit einem Schmunzeln.

Sie essen Flammkuchen. Er mit Zwiebeln und Speck, sie mit Frühlingszwiebeln und einer Extraportion Käse – gratinée –, und sie teilen sich einen großen Salat.

An die Bedienung, die gleichzeitig auch die Inhaberin des Lokals ist, kann sich Mara noch von einem ihrer letzten Besuche erinnern. Es ist eine Frau um die sechzig mit gewellten grauen Haaren. Sie hat ein nettes Zwinkern in den Augen und spricht den Elsässer Dialekt, der wie eine Mischung aus Französisch und Pfälzisch klingt. Sie kennt Yannick Briand mit Namen, nennt ihn aber »de Herr Kommissar«, mit sehr kehligem französischem R.

Bis auf drei ältere Männer an der Theke und zwei jüngere, die an einem kleinen Tisch Karten spielen, ist das Lokal leer. Es ist ein Wochentag, und die meisten Bewohner des Orts essen zu Hause oder schauen gerade die Nachrichten.

Nur am Wochenende und an Feiertagen wird das »La Chouette« von deutschen Wanderern gestürmt. Irène Balledier wechselt sich mit ihrem Mann beim Kochen ab. Heute ist er dran und morgen wieder sie. An den Wochenenden helfen die Oma und ein junges Mädchen aus dem Dorf mit.

Die Flammkuchen sind bald fertig, und Mara und Yannick essen schnell und fast ohne zu reden. Die Erschöpfung des Tages ist spürbar.

Die Wirtin bringt noch einen süßen Flammkuchen als Nachtisch und sagt: »'s isch traurig mit dere Frau, die wo fort isch. Isch hann se vom Siehe gekennt. Wo konn die sinn?«

»Ich fürchte, sie ist nicht mehr am Leben«, entfährt es Yannick.

Die Wirtin hält einen Augenblick inne, scheint erschrocken ob dieser Vorstellung. Dann entfernt sie sich kopfschüttelnd vom Tisch ihrer beiden Gäste.

Mara sieht Yannick fragend an. »Könnte sie nicht auch irgendwo festgehalten werden?«

»Nein, das glaube ich nicht. Das viele Blut. Und wo ist der Hund?«

»Morgen werden wir wissen, ob es ihr Blut ist. Mal ehrlich, Yannick, was halten Sie von Silvie Thomés Ehemann?«

»Glauben Sie, er hat etwas damit zu tun? Die Zeit hätte er gehabt. Darüber, wann er wieder nach Hause gekommen ist, kann er die Unwahrheit sagen. Der Sohn war schließlich nicht daheim.«

»Er wirkte sehr nervös«, gibt Mara zu bedenken. »Und schon auf der Beerdigung von Philipp hatte ich den Eindruck, dass etwas nicht stimmt zwischen den beiden.«

»Sie kennen Silvie schon lange? Schon seit der Schulzeit?«

»Ja, sie saß in der Grundschule neben mir. Und auch später waren wir auf demselben Gymnasium. Wir haben immer viel Blödsinn zusammen gemacht.«

»Und was war sie für ein Mensch, später? Hat sie Probleme gehabt?«

»Nicht dass ich wüsste.« Mara trinkt einen Schluck Schorle. »Sie liebt den Wald, genauso wie ihr Mann. Und sie kennt jede noch so kleine Pflanze, die hier bei uns wächst. Manchmal hält sie Vorträge über ihr Wissen.«

»So leid es mir für den Mann tut: Wir werden das Forsthaus auf den Kopf stellen müssen.« Yannick stützt entnervt den Kopf auf die Hand.

»Sie hat Philipps Leiche gefunden. Kann es sein, dass sie dabei etwas entdeckt hat, was sie uns nicht sofort sagen wollte? Am Telefon sprach sie davon, persönlich mit mir reden zu wollen.«

Der Kommissar antwortet nicht und schaut sie schweigend an.

Mara weiß nicht, wie sie diesen Blick deuten soll. »Was meinen Sie? Glauben Sie wirklich, dass Silvie nicht mehr zurückkommen wird?«

»Ich fürchte«, sagt Yannick langsam, »wir müssen uns darauf einstellen, sie nicht mehr lebend zu finden. Mit jeder Stunde, jedem Tag, der vergeht, wird wahrscheinlicher, dass sie tot ist.«

Wieder sieht sie Silvie durch den Wald irren, barfuß, in einem gelben Sommerkleid. Nie ist sie weit entfernt, mal lugt sie hinter einem Baumstamm hervor, mal rennt sie durchs Geäst, mal begegnet sie ihr auf einer Lichtung, wo sie tanzt und sich mit unglaublicher Geschwindigkeit dreht. Aber so schnell Mara auch läuft, nie kann sie die Frau mit den roten Haaren erreichen. Schon ist sie hinter dem nächsten Stamm verschwunden, oder sie löst sich mitten auf einer Wiese vor ihr in Luft auf. Mara will nach ihr rufen, aber ihre Stimme versagt.

Sie wacht auf, spürt, dass ihr rechter Arm, auf dem sie gelegen hat, beim Schlafen taub geworden ist. Das passiert ihr öfter, dann hat sie manchmal solche Albträume. Der Druck auf den Arm mache sich nachts in den Gedanken bemerkbar und könne üble Träume auslösen, hat sie gelesen.

Nach diesem Traum schläft Mara nicht mehr richtig ein. Sie döst und wälzt die Ereignisse der letzten Tage in ihrem Kopf herum. So liegt sie da bis zum Morgengrauen.

Sie steht auf, macht sich einen Kaffee. Und dann kommt der Anruf.

Blutgruppe B Rhesus-positiv. Mindestens zwei Liter menschliches Blut sind im Waldboden versickert. Der Gedanke, dass Silvie höchstwahrscheinlich tot ist, lässt sich nicht mehr verdrängen.

Heute rückt die Hundestaffel aus Enkenbach an. Zwölf Hunde mit ihren Trainern – Belgische Schäferhunde und ein paar Labradore. Yannick Briand ist schon wieder auf dem Weg. Sie wollen das Forsthaus noch einmal gründlich durchsuchen, der Förster hat ihnen seine Zustimmung dafür gegeben.

Das Frühstücksgeschirr lässt Mara für ihre Mutter auf dem Tisch stehen, den restlichen Kaffee füllt sie in eine Thermoskanne.

Über Nacht hat es geregnet, aber als Mara in ihr Auto steigt, treibt der Wind die Wolken schon wieder fort. Vielleicht kämpft sich die Sonne doch noch durch.

Mara fährt durch den Ort zum Waldrand, dort geht es ein Stück am Wald entlang bis zur Abzweigung zum Forsthaus, wo sie mit dem Kommissar verabredet ist.

Aus den Augenwinkeln sieht sie im Gras eine Bewegung. Irgendein Tier mit rötlichem Fell. Vielleicht ein verletztes Reh?

Sie stößt ein paar Meter zurück und hält an, steigt aus und sieht, wie sich das Tier von der Böschung auf den Weg hochkämpft. Nein, das ist kein Reh. Es ist ein großer Hund. Langsam geht Mara auf ihn zu, und er kommt jaulend näher. Es ist Maxim, Silvies Ridgeback.

Offenbar ist er verletzt, denn er schleppt sich mehr, als dass er läuft. Der Hund hält die Rute flach und wedelt. Offenbar erkennt er Mara. Sie hat Silvie mehrfach besucht und war auch immer auf den Sommerfesten, die ihre ehemalige Schulfreundin im Forsthaus veranstaltet hat.

»Maxim!«, ruft Mara. »Was ist nur mit dir passiert?«

An seiner linken Seite, zwischen Rücken und Flanke, klebt Blut. Er scheint eine recht große Wunde zu haben. Sie steigt wieder ins Auto, fährt noch näher an das Tier heran und führt es am Halsband zur Hintertür. Nach mehreren Versuchen gelingt es ihr, den großen, schweren Hund ins Auto zu hieven. Dabei jault er laut auf.

Im Nachbarort gibt es einen guten Tierarzt, dort war ihre Mutter immer mit Mirka, der braunen Setterhündin, die immerhin dreizehn Jahre alt geworden ist. Hoffentlich hat die Praxis schon auf, denkt Mara. Sonst muss ich den Arzt rausklingeln.

Von unterwegs versucht sie, Peter Thomé zu erreichen, aber er geht nicht ans Telefon. Yannick Briand müsste inzwischen am Forsthaus sein. Sie schickt ihm eine SMS.

Als sie beim Tierarzt ankommt, ist der gerade dabei, seine Praxis aufzuschließen. Mara erzählt ihm aufgeregt, dass sie den Hund der vermissten Silvie Thomé gefunden hat, und zieht ihn mit sich zum Auto.

»Ich kenne den Hund, und ich kenne auch Frau Thomé«, sagt Dr. Berner. »Er sieht schwach aus, als hätte er eine Menge Blut verloren. Schaffen wir es, ihn gemeinsam reinzutragen?«

»Ich denke schon.« Die Kommissarin streichelt den Rüden, während der Tierarzt ihn vorsichtig aus dem Wagen zieht. Dann schiebt sie ihre Hände unter das Tier.

»Meine Mutter war mit unserem Hund jahrelang bei Ihnen. Ich bin Mara Winter.«

»Ach ja, der braune Setter. Ein ganz sensibles Tier.«

»Sagen Sie es ruhig: Mirka war ein bisschen neurotisch.«

Bald darauf liegt Maxim auf dem Behandlungstisch, der Arzt legt ihm sofort eine Infusion.

»Er hat Blut, aber auch sehr viel Flüssigkeit verloren«, erklärt er Mara.

Dann reinigt er die Wunde. Während der ganzen Zeit berührt Mara den Hund vorsichtig am Kopf und an den Ohren.

Kopfschüttelnd untersucht der Arzt die Wunde an der linken Flanke des Hundes. »Unfassbar! Das sieht eindeutig nach einem Streifschuss aus, Frau Winter.«

Maras Telefon klingelt. Es ist Yannick Briand.

»Ich hätte Sie auch gleich angerufen. Haben Sie meine SMS nicht bekommen? Ich habe Silvies Hund gefunden. Er ist verletzt. Ich bin mit ihm beim Tierarzt.«

Nein, die SMS habe er nicht gelesen, sagt er. Aber er habe auch Neuigkeiten für Mara. Heute klingt sein Französisch besonders durch, er scheint aufgeregt zu sein. »Nachdem Sie nicht gleich da waren, habe ich an der Tür geklopft. Der Sohn der Familie hat mir aufgemacht, Markus. Sein Vater ist total besoffen, hat er gesagt.«

Mara ist sprachlos.

»Er liegt noch im Bett. Der junge Mann hat den Förster nicht wach gekriegt.«

»Was machen wir jetzt? Können wir trotzdem ins Haus?«

Yannick brummelt irgendwas.

»Yannick? Was meinen Sie? Ich wollte ohnehin noch ein bisschen bei dem Hund bleiben. Ich hoffe, dass er durchkommt.«

»Okay. Dann fahre ich jetzt zur Tankstelle hinterm Ort. Die haben Kaffee und auch etwas Gebäck.«

»In Ordnung. Und ich komme dorthin, sobald ich kann. Dann starten wir einen neuen Anlauf im Forsthaus. Ich gebe der Spurensicherung den Fundort des Hundes durch.«

Der Tierarzt hat dem Ridgeback ein starkes Schmerzmittel verabreicht, die Infusion wird dafür sorgen, dass sich der Kreislauf des Tieres wieder stabilisiert. Seine Wunde hat er mit einem festen Verband abgedeckt.

»Operieren werde ich ihn vorerst nicht. Es steckt auch keine Kugel im Fleisch. Ich muss schauen, dass er sich erst mal wieder etwas erholt. Wer kümmert sich denn nun um ihn?«

»Ich werde das machen«, hört Mara sich sagen. »Wer denn sonst? Sein Frauchen ist fort, und Herr Thomé ist wohl ziemlich durch den Wind.«

»Die nächsten Tage muss ich ihn ohnehin hierbehalten. Ich hoffe, dass er es schaffen wird, aber ich denke schon. Er ist ja noch recht jung und stark.«

Mara streichelt dem Rüden noch einmal zart über die Ohren. »Wenn es dir wieder besser geht, kommst du erst mal zu mir, okay?«

Der Hund sieht sie aus goldbraunen Augen eindringlich an.

***

Markus ist ein großer, dünner Junge. Die dunklen Haare hat er von seinem Vater geerbt und die grünblauen Augen von seiner Mutter. Er sieht blass und verweint aus.

»Es tut mir sehr leid, aber mein Vater schläft immer noch. Ich habe ihm ein paar Aspirin gegeben und ihm einen Tee gekocht. Er ist völlig durchgedreht.«

Trotzdem öffnet der Bub ihnen die Tür und bittet sie herein. Mara gibt es einen Stich, wie sie ihn da so stehen sieht, barfuß, in Jeans, die ihm viel zu weit sind, und einem verwaschenen blauen T-Shirt mit »Ramones«-Schriftzug.

»Ich habe letzte Nacht wieder bei einem Freund geschlafen. Ich halte es hier ohne Mama nicht aus. Und als ich heute ganz früh hier ankam, war er immer noch am Saufen. Er heulte laut und schrie und rief Mamas Namen. Es war furchtbar.«

»Das tut mir so leid, Markus. Wir tun alles, um deine Mama zu finden.« So gern würde Mara den Jungen umarmen. Aber sie hat Angst, damit alles noch schlimmer zu machen. So legt sie ihm nur kurz die Hand auf die Schulter.

»Kommt doch mit in die Küche. Ich mache einen Kaffee. Und dann zeige ich euch Mamas Zimmer. Es stört euch doch nicht, dass unser Hund in der Küche ist? Taila hat sich unter den Tisch geflüchtet, als Papa so ausgerastet ist.«

»Kein Problem, wir kennen den Hund schon«, sagt Yannick. »Und Kaffee ist eine wunderbare Idee. Der an der Tankstelle war scheußlich.«

Mara zögert. Sie hat Markus noch nicht gesagt, dass sie dem Hund, mit dem seine Mutter unterwegs war, begegnet ist.

Erst als sie mit ihren Kaffeetassen am Küchentisch sitzen, erzählt sie es ihm. »Er ist in Sicherheit, und es geht ihm gut. Er wird es schaffen, hat der Tierarzt gesagt. Ich werde mich um ihn kümmern, bis … wir deine Mutter gefunden haben.«

Markus starrt nur vor sich hin und streichelt Taila, die immer noch unter dem Tisch sitzt. Dann heult er los. Fast lautlos. Alle paar Atemzüge lang zieht er die Nase hoch.

»Ist jemand da, der sich um dich kümmern kann?« Markus tut der Kommissarin unendlich leid. Alle im Ort wissen um das enge Verhältnis zwischen Silvie und ihren Kindern. »Ich weiß, du bist erwachsen. Aber du kannst das nicht allein mit deinem Vater schaffen.«

»Meine Großeltern, Papas Eltern, wollen nachher kommen, und mein Onkel aus München ist auch unterwegs.«

Maras Blick fällt auf einen Kalender an der Wand, einen Monatsplaner. »Darf ich mir den mal anschauen?«

»Klar«, sagt Markus und schnäuzt sich in ein Küchenpapier. »Papa hat ja gesagt, dass ihr euch umschauen dürft. Er hat mir gestern am Telefon erzählt, dass ihr kommt. Ich zeige euch gleich alles.«

Mara betrachtet den Kalender, der für diese Woche nicht sehr voll ist. Dort stehen nur zwei Termine. »Markus, elf Uhr dreißig – Zahnarzt«. Das wäre heute gewesen. Und für den folgenden Tag: »Sabine«, ohne Uhrzeit.

»Wer ist Sabine?«, will Mara wissen.

»Sabine Menger. Sie hat drüben bei Hinterweidenthal den Hof mit den Ziegen. Sie ist eine Freundin von Mama. Sie kauft da immer unseren Käse.«

»Stimmt. Ich weiß, welchen Hof du meinst. Ich war vor ein paar Monaten mal dort. Wie lange ist deine Mama denn schon mit Sabine Menger befreundet?«

»Ach, schon drei oder vier Jahre. Die beiden verstehen sich wirklich gut. Mama fährt immer mindestens einmal pro Woche bei ihr vorbei. Sie bringt ihr auch Kräuter aus dem Wald. Für den Käse.« Markus nimmt sein Handy und geht in den Flur. »Sorry. Ich muss kurz meine Oma anrufen. Sie wollten noch etwas zu essen mitbringen.«

Draußen hört man die Hunde der Suchstaffel bellen. Yannick schaut aus dem Fenster. »Glaubst du, die melden sich bald?«, fragt er Mara leise.

Die schüttelt nur den Kopf. »Das tun sie nur, wenn sie etwas finden. Sie sind ja erst seit drei Stunden unterwegs.« Unter dem Tisch schmiegt sich die Bracke an Maras Bein.

»Was für ein Wahnsinn«, seufzt der Kommissar. »Der arme Junge.«

Markus zeigt den Kommissaren das obere Esszimmer, das Silvie zu einem Kräuterraum umfunktioniert hat. Hier trocknet sie ihre Kräuter, sie hat sie an einem Seil entlang der Wände aufgehängt. Es duftet unglaublich würzig. Auf Regalen stehen Gläser mit anderen Kräutern, die die Förstersfrau in Öl oder andere Essenzen eingelegt hat. Der Geruch nach Thymian und Lavendel, aber auch nach etwas Holzigem, das Mara nicht zuordnen kann, dominiert.

Am Fenster befindet sich Silvies Schreibtisch mit ihrem Laptop, über der Stuhllehne hängt ihre braune Strickjacke. Es liegen Zettel herum, auf denen sie sich in geschwungener Handschrift Kräutermischungen notiert hat. »Gundelrebe, Labkraut und Pippau«, liest Mara. »Als Gewürz oder Tee zu verwenden«, hat Silvie notiert. »Frisch – zum Salat oder in die Gemüsesuppe.« Außerdem: »Kornelkirsche, Weißdornbeere und Berberitze.

Getrocknet als Tee oder Gewürz, gelöst in Alkohol mit etwas Honig, Zucker und rosa Pfefferkörnern als Likör oder Dessertgewürz.«

»Das ist absolut faszinierend«, befindet Yannick.

»Ja. Was für ein Wissensschatz«, stimmt Mara zu.

»Mama will in der dunklen Jahreszeit noch Duftessenzen und Seifen herstellen, für Weihnachten«, erzählt Markus.

Auf dem Schreibtisch steht ein Foto der Familie, mit Silvie, die sich an ihren Mann lehnt, und den Kindern, die auf einem Baumstamm unterhalb der Eltern sitzen. Ein Hund schaut zu Markus hoch. »Das war Dusty, unser alter Jagdhund.«

»Was macht eigentlich deine Schwester?«

»Sie ist in Kaiserslautern an der Uni. Sie macht dort ein Fotoseminar. Heute Abend will sie auch kommen.«

»Den Laptop deiner Mama müssen wir mitnehmen. Ist das okay?«

Markus sieht die Kommissare traurig an. »Ja. Das ist schon in Ordnung.«

Der Junge führt die beiden durch weitere Räume des Hauses. Alles wirkt normal, nichts scheint außergewöhnlich. Im Bad hat Silvie Wäsche gewaschen, ist aber nicht mehr dazu gekommen, sie aufzuhängen. Ihre Haarbürste liegt auf der Kommode, neben einer Tube Bio-Rosengesichtscreme und einem Flakon Neroli-Parfum. Mara kann sich an den frischen, zitronigen Duft erinnern, den sie immer an Silvie wahrgenommen hat. Nach wie vor ist es für sie kaum vorstellbar, dass sie einfach wie vom Erdboden verschwunden sein soll.

Die Couch im Wohnzimmer sieht immer noch so aus, als wäre gerade jemand von dort aufgestanden. Die Wolldecke liegt zerknautscht darauf, auf dem Tisch ein angebrochenes Päckchen Salzstangen und ein Weinglas mit einem angetrockneten Rest Rotwein.

Mara zieht einen Einweghandschuh aus ihrer Jackentasche und bittet Markus um eine Haushaltstüte oder etwas Frischhaltefolie. »Das Glas nehmen wir auch mit, zur Sicherheit. Danke, dass ihr nichts verändert habt.«

Der Junge geht bereitwillig in die Küche, aber Mara registriert seine fragenden Augen.

»Was soll denn da drin sein?«, will er wissen.

»Wahrscheinlich nichts«, sagt Yannick. »Aber nachdem der Wein wohl das letzte Getränk war, das deine Mutter hier im Haus getrunken hat, müssen wir das untersuchen.«

»Wann wollten denn deine Großeltern hier sein?«, fragt Mara Markus, als er mit einer verschließbaren Tüte zurückkommt.

»So in einer Stunde etwa.«

»Dann hab ich eine Bitte. Die Kriminaltechniker müssen sich hier ebenfalls umsehen und auch einige Sachen von deiner Mama mitnehmen. Kleidung, ihre Haarbürste, so etwas in der Art. Könnt ihr vielleicht zum Mittagessen in ein Gasthaus gehen, bis die hier fertig sind? Je weniger Menschen sich hier aufhalten, desto besser. Das ist natürlich alles auf freiwilliger Basis, und wenn dein Vater nicht will –«

»Doch! Er hat ja schon gesagt, dass ihr euch umschauen dürft. Er wird nichts dagegen haben. Ich wecke ihn nachher und frage ihn. Wie lange wird das dauern, das mit den Kriminaltechnikern?«

»Vielleicht zwei, drei Stunden. Dein Vater sollte währenddessen aber hierbleiben.«

Markus nickt verstört.

Mara und Yannick verabschieden sich. Taila, die Bracke, die ihnen beim Gang durch das Haus gefolgt ist, legt sich im Flur in den großen Hundekorb von Maxim.

»Ich rufe dich heute Abend noch mal wegen Maxim an!«, ruft Mara dem Jungen beim Hinausgehen zu.

»Oder wenn es Neuigkeiten wegen Mama gibt«, antwortet er leise.

»Ja natürlich«, sagt Mara.

Im Auto flucht sie leise vor sich hin. »Scheiße! Jetzt haben wir den Jungen noch verzweifelter zurückgelassen, als er zuvor schon war.« Sie reibt sich müde die Augen.

»Ich sehe nicht, wie wir das hätten anders machen können. Wir müssen die Frau doch irgendwo finden. Und wir müssen ausschließen, dass ihr schon vor dem Verlassen des Hauses etwas passiert ist und jemand anders das Auto in den Wald gefahren hat«, beruhigt sie Yannick und legt seine Hand kurz auf ihre.

»Versuchen Sie, sich irgendwie abzugrenzen, auch wenn Sie Silvie kennen und auch wenn es schwerfällt. Sie dürfen mir nicht zusammenbrechen.«

Mara lächelt ihn an. »Ich tue mein Bestes.«

Ihr Telefon klingelt. Es ist ihr Chef Richard Stegner.

»Ich habe für übermorgen eine Pressekonferenz angesetzt. Wir müssen uns vorher dringend besprechen. Ihr französischer Kollege und Armin Weber von der Weidenbrünner Polizei sollten auch dabei sein.«

»Auf jeden Fall«, sagt Mara. »Sollen wir ins Präsidium kommen?«

»Nein, wenn das klargeht, komme ich morgen früh ins Weidenbrünner Revier. Dann habt ihr es nicht so weit. Übermorgen müsst ihr ja sowieso nach Kaiserslautern. Zehn Uhr? Passt das?«

Sie gibt die Frage an Yannick weiter.

»Klar«, sagt der. »Ich werde da sein.«

»Herr Stegner? Yannick Briand sitzt gerade neben mir. Er ist dabei. Und Armin Weber wird sowieso im Haus sein.«

»Gut. Dann ist das geklärt. Ich bringe unsere Pressesprecherin Simone Lassik mit. Wir sehen uns morgen.«

✳✳✳

Georges Perrault sitzt in seinem Zimmer über der Apotheke »Pharmacie du Cerf«, der »Apotheke zum Hirschen«. Er schaut auf die schmiedeeiserne Laterne vor dem Fenster, die einen gelben Schein auf das Straßenpflaster malt. Dahinter steht ein Fachwerkhaus, puppig und klein, in dem sich das Restaurant »Au Lapin d'Or« befindet, auf Deutsch »Zum Goldenen Hasen«. Komisch, Hase hat er dort noch nie gegessen. Haben die das überhaupt auf der Karte, fragt er sich. Stattdessen hat er sich dort vor einer Stunde Würstchen mit Püree und Kraut geholt, ein Gericht, das Fabienne eher selten zubereitet. Er hat eine Extraportion scharfen Senf verlangt. Dazu zwei Flaschen helles Bier.

Er hat sich inzwischen häuslich eingerichtet, so gut es ging. Eigentlich sind es eineinhalb Räume, denn hinter dem Zimmer gibt es über Eck noch eine große Nische. Dort hinein hat er das Sofa gestellt. Vorher stand dort sein Schreibtisch. Der hat nun an der Kopfseite am Fenster seinen Platz gefunden. Das sieht viel besser aus, und hier hat Georges auch mehr Licht. Am anderen Fenster stehen ein Sessel, ein runder Tisch und zwei kleinere Stühle. Der Sessel ist gerade geliefert worden, nachdem er in der Mittagspause einen Abstecher ins Möbelhaus gemacht hatte. Ein blaues Ungetüm mit Veloursbezug und verstellbarer Lehne. Sogar eine Massagefunktion hat er. So etwas wäre Fabienne nie ins Haus gekommen. »Das hat doch keinen Stil«, hätte sie abfällig gesagt. Und vielleicht stimmt das auch. Vielleicht ist dieser Sessel stillos, aber man sitzt wunderbar bequem darin, denkt Georges. Und nur darauf kommt es an.

Er muss sich damit behelfen, sein Geschirr im Waschbecken im Bad abzuspülen, er hat auch noch keine Kochplatte und keinen Kühlschrank. Eine Weile wird er von Brioches und Marmelade leben müssen und sich mittags oder abends etwas aus dem Restaurant holen.

Morgen wird ein neues Bett geliefert. Die Couch hängt in der Mitte durch, und nach ein paar Nächten würde ihm der Rücken wehtun. Das Möbelstück, das er bestellt hat, nennt sich »Tagesbett«. Es hat einen Rahmen ringsum, tagsüber kann man die Bettwäsche in einem eingebauten Kasten verstauen und das Bett mit einer Decke und mehreren Kissen als Sofa tarnen. Den Begriff »Tagesbett« hat er vorher noch nie gehört, aber er hat der netten Dame im Möbelhaus seine Situation erklärt, und sie hat ihm dazu geraten.

Seit seiner Studentenzeit in Paris hat Georges nicht mehr allein gelebt. Er hat Fabienne in Montparnasse, wo sie beide wohnten, kennengelernt, gemeinsam sind sie nach dem Studium in ihre elsässische Heimat zurückgekehrt. Zunächst haben sie bis zur Heirat in Fabiennes Elternhaus in zwei Zimmern im Dachgeschoss gewohnt, bevor sie wenige Monate später das schöne Haus am Wald bezogen.

Georges liebt dieses Haus. Er freut sich jedes Mal, wenn er in die Straße einbiegt und das Licht in den Fenstern sieht. Auch der große Ahornbaum im Garten scheint ihn zu begrüßen, und wenn er an das von Fabienne gekochte Abendessen denkt, breitet sich ein wohliges Gefühl in seinem Magen aus.

Er ist nicht einmal mehr wütend auf Fabienne. Und immer wenn ihm der tote Polizist aus Deutschland in den Sinn kommt, stirbt die grimmige, stechende Eifersucht. Es ist nur so, dass er auf eine Situation wie diese nicht vorbereitet war. Das war nicht vorgesehen in seinem Lebensplan. Er hat immer gedacht, seine Frau und er würden in sanften Schritten nebeneinander alt werden, Enkelkinder bekommen und später, wenn er die Apotheke aufgegeben hätte, mehr reisen. Fabienne hat doch mit dem Haus und auch sonst absolut freie Hand. Sie hat die Einrichtung ausgewählt, den Garten angelegt, sucht regelmäßig neue Dekostoffe aus, ersteht auf Auktionen edles Geschirr. Er war sich so sicher, dass sie zufrieden ist. Dass sie sich langweilte, auf diese Idee wäre er nie gekommen.

Was Georges am meisten wurmt, ist, dass er nicht weiß, wie die Geschichte ausgegangen wäre, wenn der Polizist nicht gestorben wäre. Hätte sich Fabienne seinetwegen von ihm scheiden lassen?

Georges atmet kurz und heftig durch die Nase aus. Sie wisse es nicht, hat sie gesagt, und er wird es nun auch nie erfahren. Der Mann tut ihm plötzlich nicht mehr leid, da kann er tot sein, so viel er will. Es ist keine Genugtuung, die Georges empfindet, keine Häme. Aber plötzlich ist da auch nicht mehr die leiseste Spur von Mitleid oder Bedauern. Der Mann ist weg, und das ist gut so.

Morgen Abend wollen die beiden Kommissare kommen und ihn zu dem Mord befragen. Was soll er ihnen sagen? Dass er müde war und wie ein Stein geschlafen hat in jener Nacht? Fabienne hat das ja bezeugt. Dass er den Mann nie gesehen hat und nichts von seiner Existenz ahnte, das kann er den Polizisten auch noch erzählen.

Was er vielleicht nicht erwähnen sollte, ist, dass er vor ein paar Monaten zufällig ein Buch aus dem Regal gezogen hat, um darin zu blättern. Einfach so, aus einer plötzlichen Laune heraus. Und dass darin ein Foto steckte, auf dem ein Mann mit blonden Haaren abgebildet war, der vor einem verschneiten Wald in die Sonne lächelte.

Nein, das wird er den Polizisten nicht sagen. Und auch nicht, dass er das Buch ein paar Tage später noch einmal zur Hand genommen hat und das Foto verschwunden war. Es war ein Kunstband über Fresken und Ornamente in alten Häusern in Paris. So etwas liebt Fabienne.

Vielleicht, hat er damals gedacht, hat Fabienne diesen Kunstband irgendwo ersteigert, und das Foto war ganz einfach in dem Buch, als sie es kaufte. Er hat sie nie darauf angesprochen.

Und weil sich zu Hause nichts geändert hatte, Fabienne genauso wie immer war und alles, was daheim vor sich ging, dem ganz normalen, voraussehbaren Lauf der Dinge entsprach, hat er das Foto im Bildband bald wieder vergessen. Es hatte nichts mit ihm oder seiner hübschen blonden Frau zu tun, das hat er sich zumindest eingeredet.

Georges schaltet seinen Laptop ein, schaut die Nachrichten und öffnet die zweite Flasche Bier. Er lehnt sich in dem neuen Sessel zurück und zieht die Vorhänge am Fenster zu. Bald wird er sich schlafen legen.

Graslilie und Purpur-Hasenlattich

Es klopft an der Hintertür des Restaurants »Zum Goldenen Kranz«. Dort im Hof befindet sich die Laderampe für die Lieferanten. Der Koch Ernst Baringer steckt den Kopf zur Tür hinaus. Draußen steht ein junger Mann mit mürrischem Gesichtsausdruck. Es ist kurz nach sieben Uhr, vielleicht ist er noch etwas verschlafen.

»Isch bring des Wild fer de Chef, wie versproche. Sie kenne misch doch? Isch war mitm Sohn vum Chef schunn emol do. Isch bin de Niklas«, sagt er.

Stimmt, Baringer erinnert sich. Er hat ihn schon einmal gesehen, zusammen mit Stefan, dem Sohn des Chefs.

Mit einem kleinen Transporter ist der Mann nahe an die Laderampe herangefahren. »Es sinn dreißig Kilo Wild, wie versproche. Hirsch und Reh. Des meischde is schunn filetiert. Helfe Sie mer?«

Baringer zieht seine Schürze an und geht mit dem Mann zum Transporter. Das Wild ist in Kisten und Plastikwannen verpackt und größtenteils eingeschweißt.

»Ihr habt gute Vorarbeit geleistet«, sagt Baringer, während er schnaufend eine Kiste Wild über die Laderampe hebt. »Sag dem Stefan Danke!«

»Jo, mach isch. Alles heit Nacht frisch geschoss.«

Sie tragen das Wild durch das Lager über einen kleinen Flur in den Kühlraum des Restaurants.

»Des derft euch erst emol reiche für die nächste een, zwä Woche. Unn wonn ihr mehr brauche, no rufe äfach an.«

Baringer bedankt sich noch einmal, nachdem sie alle Kisten und Plastikwannen in den Kühlraum getragen haben. »Was kriegen Sie denn dafür?«

»Um die tausendvierhundert Euro, hat de Stefan gesaht. Awer des Geld konn de Chef a morje dem Stefan gebbe.« Niklas hebt zum Gruß die Hand und springt von der Laderampe in den Hof. »Gute Zeite. Bis bald emol.«

Das Fleisch sieht wirklich frisch aus, leuchtend rot und mit kaum einem Hauch Fett. Und es kommt keinen Tag zu spät. Von überall aus der Region strömen die Leute ins Lokal zum Wildessen – und wirklich viel an Wild hatten Sie nicht mehr.

Nachdem er die Ware im Kühlraum und einen Teil davon in Kühltruhen verstaut hat, wäscht sich Baringer die Hände und geht wieder zurück in die Küche. Das Mittagessen muss vorbereitet werden. Neben Wildschwein-Gulasch stehen heute unter anderem Kastanien-Hackbraten aus Hase und Rehrücken auf der Speisekarte. Baringer gibt die gekochten Kastanien zusammen mit dem gewürfelten Hasen- und Rehfleisch in den Fleischwolf.

Dann schaltet er das Radio ein. Die regionalen Acht-Uhr-Nachrichten laufen gerade. Nach Silvie Thomé, der Frau aus dem Forsthaus, wird immer noch gesucht. Auch heute wird wieder eine Sondereinheit hier im Wald unterwegs sein.

Baringer betätigt den Mixer, nachdem er drei Eier, Gewürze, Zwiebeln und Knoblauch hinzugegeben hat. Uwe, sein zweiter Koch, wird heute erst um zehn kommen. Seine Frau ist krank, und er muss die Kinder zur Schule fahren.

***

Auf das Relief, das die Göttin Diana mit zwei männlichen Figuren zeigt, fällt an diesem Morgen kaum Licht. Die Sonne hat sich noch nicht durch die hohen Bäume bis zur Felsformation gearbeitet, in die das Relief gehauen wurde.

Diana, die Göttin der Jagd und des Mondes, die Beschützerin der Mädchen und Frauen, scheint in der Bewegung erstarrt. Mit der einen Hand zieht sie einen Pfeil aus dem Köcher, während die andere den Bogen hält. Sie ist gerade dabei, ein Stück Wild zu erlegen. Das Relief, fein in den rötlichen Sandstein gemeißelt, stammt aus der gallorömischen Epoche, dem 3. Jahrhundert nach Christus. Das Bildnis der schönen Göttin findet sich gerade noch auf der deutschen Seite des Waldes. Direkt dahinter beginnt Frankreich.

Historiker haben lange herumgerätselt, wer die beiden männlichen Figuren an der Seite der Jägerin auf dem Bild sein könnten. Herkules als neu erschaffener Gott mit dem immer noch menschlichen Gelüst auf Wild und Dianas Bruder Apollo als Jagdgehilfe? Rechts von Diana ist ein großer, kräftiger Mann zu sehen, der eine Lanze hält. Über seine Schulter fällt ein weiter Überwurf. An Dianas linker Seite hält ein schlanker, ebenfalls großer Mann eine Astgabel als Zepter in der Hand. Vielleicht handelt es sich auch um den Kriegsgott Mars, der von Silvanus, dem römischen Gott des Waldes, begleitet wird?

Da die Römer diese Gegend lange Zeit beherrscht haben, ist die letzte Version die wahrscheinlichere. Obwohl das Relief fast zweitausend Jahre lang Wind, Sturm, Schnee und Eis standgehalten hat und erstaunlich gut erhalten ist, gibt es keine Inschrift und kein exaktes Datum, die das abschließend belegen könnten. Die von den Römern erschaffene nahe gelegene Straße lässt den Schluss zu, dass das Kultbild mit der Göttin Diana Schutz und Hilfe bieten sollte in diesem einsamen, abgelegenen Teil des Waldes.

Yvette Balledier, die Oma der Besitzerin des kaum einen Kilometer von dem Relief entfernt liegenden Lokals »La Chouette«, fasste es an einem Abend mit Touristen einmal so zusammen: »Es isch e Weibsbild mit Pfeil und Boche mit zwä Kerl, vielleicht e Schofshirt und e Parre.« Die Gäste haben gelacht und noch einen Wein bestellt.

Im Frühling und Sommer blüht an diesem verborgenen Ort ein unglaublicher Strauß an Blumen und Gräsern, von denen viele unter Naturschutz stehen. Ein Schmuck für eine Kultstätte aus vergessenen Zeiten.

Silvie Thomé hat die seltenen Blüten, Pflanzen und Gräser archiviert und wollte ihre Entdeckungen zusammen mit dem Verband Biosphärenreservat Pfälzerwald als Buch herausgeben.

Auf Grasnarben, zwischen Felsen und Bäumen, wächst hier unter anderem die Traubige Graslilie, ein Stern aus sechs zarten weißen Blättern, oder der langstielige Bärlapp mit seiner goldenen Dolde. Noch tiefer im Wald, zwischen hohem Königsfarn, fand Silvie den Purpur-Hasenlattich, eine Pflanze, die einer Orchidee mit langen gelben Blütenstempeln gleicht. Niemals hätte sie eine dieser seltenen Pflanzen gepflückt. Sie fotografierte sie und dachte daran, eine Zeichnung von der violett-roten Blume anzufertigen.

**

Nicht weit von der Kultstätte entfernt ist die Einheit um Lisa Fröhlich mit den Leichenspürhunden Roya und Titus unterwegs. Sie sind am vorigen Abend mit ihrem Trainer Hubert Wachsmann aus München angereist und haben eine hohe Erfolgsquote beim Aufspüren toter Menschen. An eine lebende Silvie glaubt im Polizeiteam keiner mehr.

Roya ist ein dreijähriges Bloodhound-Weibchen mit langen, hängenden Ohren und einem schwermütigen Blick. Sie ist auch darauf trainiert, Leichen, die unter Wasser in einem See oder Fluss liegen, zu riechen und anzuzeigen. Titus ist ein schwarz-weißer Mischling aus Border Collie und Hovawart.

Durch Zufall hat Hubert Wachsmann das Talent von Roya entdeckt, als ein älterer Mann aus der Nachbarschaft bei einem Spaziergang in einem Graben verunglückt und dort gestorben war. Roya riss sich ein paar Tage nach dem Verschwinden des dementen Mannes los und lief fast eine Stunde zu den Feldern vor dem Ort, wo der tote Mann lag. Am Abend stand die Hündin jaulend am Gartentor und zog Wachsmann an der Jacke, um ihm zu bedeuten, er solle mitkommen. So haben sie die Leiche des Mannes gefunden. Den Rüden Titus hat Wachsmann vor einem Jahr von einem Nachbarn übernommen, der mit der Eigenwilligkeit des Hundes nicht zurechtgekommen war.

Lisa Fröhlich bringt Wachsmann und die beiden Hunde an den Platz, wo Silvie Thomés Jeep steht, unweit des Orts, an dem das tote Rehkitz und das Blut der Verschwundenen gefunden wurden. Die Hunde schnüffeln den Jeep ab, aber nach kurzer Zeit ziehen sie von selbst zu der Stelle weiter, wo das Blut in den Boden gesickert ist. Dort rennen die Tiere zunächst wie wild im Kreis herum. Dann legt sich Roya auf den Boden und stößt ein lautes Jaulen aus, während Titus aufgeregt zu bellen anfängt und weiterwill.

»Wir gehen davon aus, dass Frau Thomé hier gestorben ist oder zumindest schwer verletzt wurde«, erklärt Lisa Fröhlich dem Hundetrainer. »Ich finde es erstaunlich, wie die Hunde hier reagieren. Normalerweise nehmen sie Leichengeruch doch erst wahr, wenn ein Körper bereits mindestens vier Stunden tot ist. Habe ich jedenfalls gelesen.«

»Das stimmt. Mich erstaunt das ehrlich gesagt auch.«

»Zumal ich nicht glaube, dass die Tote stundenlang hier gelegen hat. Wir haben Schleifspuren zum Weg hin gefunden. Ist es denkbar, dass die Hunde riechen, dass hier jemand gestorben ist?«

Wachsmann zupft nervös an seiner Jacke. »Unmöglich ist das nicht. Diese beiden sind zwar auf Leichengeruch trainiert, aber ich kann mir durchaus vorstellen, dass sie klug genug sind, eine Verbindung herzustellen.«

Kommissarin Fröhlich zieht erstaunt eine Augenbraue nach oben. »Das bedeutet, es ist möglich, dass die Hunde jetzt nicht mehr nach irgendeiner Leiche suchen, sondern nach der von Silvie Thomé, auch wenn sie sie noch nicht als Leiche gerochen haben?«

»Ja«, antwortet Wachsmann zögernd. »Das könnte durchaus sein. Das ist zwar noch nicht genau erforscht, aber der Geruchssinn von Hunden ist immens. Sie können zum Beispiel riechen, wenn ein bestimmter Mensch an einer Autobahnraststätte von einem Fahrzeug in ein anderes umgestiegen ist. Noch stundenlang später. Es hängen winzige Partikelchen in der Luft. Auf diese Weise sind schon einige Täter gefasst worden. Und ich denke, es gibt Tiere, die so klug sind, dass sie einen Zusammenhang zwischen einem gerade gestorbenen Menschen und dessen Leiche herstellen.« Dabei schaut er auf Titus, der neben Roya am Boden liegt. »Allerdings ist die Arbeitsweise in dem Fall eine andere. Die Tiere müssen wissen, auf welchen Geruch sie sich konzentrieren sollen. Und deshalb machen wir nun eine kurze Pause.«

Er erklärt Lisa Fröhlich, dass er Geruchsproben mit Leichengeruch dabeihat, kleine Stoffstücke, die mit einer Leiche in Berührung gekommen sind und in Röhrchen aufbewahrt werden. Daran lässt er die Tiere riechen, bevor er ihnen erneut das Kommando zum Suchen gibt.

»Quer durch den Wald werden sie den Körper nicht transportiert haben«, denkt Lisa Fröhlich laut.

Und so laden sie die Hunde ein und fahren ein Stück auf dem Wirtschaftsweg entlang. Dann steigen sie aus, und Hubert Wachsmann lässt die Hunde an den Geruchsproben schnuppern. Sie sind an ihren langen Schleppleinen befestigt und wollen sofort los, nachdem sie das Kommando »Such!« erhalten haben.

***

Mara Winter sitzt mit Yannick Briand, ihrem Chef Richard Stegner, der Polizeipsychologin Kathrin Immerhalt, Polizeiwachtmeister Armin Weber und der Pressesprecherin des Präsidiums Kaiserslautern, Simone Lassik, in der kleinen Revierstube in Weidenbrünn. Kaffee dampft aus mehreren Tassen, und Stegner hat mit Puderzucker bestäubte Berliner mitgebracht. An der Stirnseite des Raums hängt ein Whiteboard.

»Ihr wisst alle, morgen ist die Pressekonferenz. Und wir müssen denen ja irgendwas sagen. Trinkt erst mal alle einen Schluck, und dann fangen wir an.«

Stegner ist ein großer Mann, etwas kräftig um die Mitte herum, und er hat ein stoisches Gemüt. Er räuspert sich, steht auf und tritt vor sein Team. »Es gibt Neuigkeiten. Das auf dem Waldboden gefundene Blut stammt von Silvie Thomé. Heute Morgen hat mir die Forensik die Ergebnisse durchgegeben.«

Im Raum wird es plötzlich ganz still. Im Grunde weiß jeder, was das bedeutet. Mara Winter lässt den Kopf sinken.

Stegner macht einen Schritt auf sie zu. »Mara, ich bitte

dich, an die Tafel zu gehen und aufzuschreiben, was wir bisher haben. Und wenn wir uns auf die Fakten geeinigt haben, dann besprechen wir, wie viel davon wir nach draußen dringen lassen.«

Mara und die anderen Teilnehmer stimmen zu. Sie beißt in ihren Berliner und spült mit einem Schluck Kaffee hinterher. In diesem Zimmer hat auch Philipp gesessen, nun geht es um seinen Tod. Und sie ist in der Verantwortung.

Yannick Briand scheint zu begreifen, was in ihr vorgeht, denn er stupst sie leicht mit dem Ellenbogen an und zwinkert ihr zu. Den Rest Kaffee trinkt Mara in einem einzigen langen Schluck, obwohl er noch ziemlich heiß ist.

»Ja, was haben wir?«, fragt sie in die Runde, während sie ans Whiteboard geht.

»Leider nicht viel, fürchte ich«, meint einer der Kollegen.

Mara zählt die bekannten Fakten auf: »Philipp Meinhard wurde nachts im Wald erschossen, von hinten, aus nächster Nähe. Das deutet darauf hin, dass er den Täter kannte und ihm wohl vertraute. Was wir nicht wissen, ist, was er um diese Uhrzeit dort wollte. Und genau das ist das Problem. War er privat dort oder nicht? Denn nur wenn wir das wissen, können wir ein Motiv ausmachen und kommen an den Täter heran.«

Stegner, Weber und die Polizeipsychologin nicken.

»Was wir in jedem Fall wissen, ist, dass Philipp eine Geliebte hatte, die verheiratet ist.«

»Was ist mit deren Mann?«, will Stegner wissen.

»Seine Frau hat ihm quasi ein Alibi gegeben«, merkt Yannick an. »Er habe in jener Nacht tief und fest zu Hause neben ihr geschlafen.«

»Aber als Täter ausschließen würde ich ihn auf keinen Fall.« Stegner zeigt auf das Whiteboard. »Der Name gehört dahin.«

Auf der Tafel stehen Todeszeitpunkt, Todesursache und Leichenfundort.

Philipps Namen hat Mara in die Mitte geschrieben. Mit je einem Strich verbindet sie ihn mit den Namen der Menschen, die ihm am nächsten standen. Von innen nach außen ermitteln. Die engsten Personen müssen zuerst durchleuchtet werden. Das ist das A und O in einer Mordermittlung. Außer Philipps Namen stehen dort nun die Namen seiner Frau und seiner Geliebten, außerdem der von Fabiennes Ehemann Georges. »Wir haben abgeklärt, dass der Wirt vom ›Goldenen Kranz‹, Kurt Meyer, und Philipps Nachbar an dem Abend nicht geschossen haben«, sagt Mara in Richtung der am Tisch sitzenden Kollegen. »Alibis für die betreffende Nacht beziehungsweise keine Schmauchspuren an den Waffen. Das Gleiche gilt für die französischen Besitzer dieses Waffentyps.«

Yannick Briand nickt zustimmend.

»Es ist möglich, dass Philipp dabei war, ein Verbrechen aufzuklären. In dem Fall könnten auch mehrere Täter in Frage kommen.« Stegner deutet wieder auf die Tafel.

Also malt Mara zwei Kreise auf die Tafel – »Unbekannter 1« und »Unbekannter 2«.

»Ich finde, wir sollten auch Silvie Thomé mit Philipp verbinden«, sagt sie plötzlich. »Denn sie war laut Handy die Letzte, mit der Philipp am Abend vor der Tat Kontakt hatte.« Das ist so aus ihr herausgesprudelt, dass sie selbst überrascht ist, das gesagt zu haben.

Schließlich steht auch Silvies Name auf dem weißen Board, durch einen schwarzen Strich mit Philipps Namen verbunden.

»Ich weiß nicht, warum. Aber irgendwie vermute ich eine Beziehungstat.« Zum ersten Mal schaltet sich Armin Weber ein. »Wir haben so eng und so lange zusammengearbeitet. Ich kann mir nicht vorstellen, dass er ermittelt hätte, ohne mir gegenüber auch nur die kleinste Andeutung zu machen.«

Mara und Stegner seufzen.

»Was haben wir sonst noch? Indizien?« Stegner sieht Mara an.

Sie schreibt an die Tafel: ein Holzsplitter aus dem Finger der Leiche, dasselbe Holz wie bei einem gut zehn Minuten vom Tatort entfernten Hochsitz, an dem auch das Handy des Mordopfers lag.

»Was ist eigentlich aus dem Knopf geworden, den Sie gefunden haben, Kommissar Briand?«, fragt Stegner in Richtung des Franzosen.

Yannick schüttelt bedauernd den Kopf. »Nicht viel, fürchte ich. Der Knopf war aus Plastik, daran bleibt so gut wie nichts lange haften. Und er hat wohl tagelang auf dem Waldboden gelegen – bei Wind und Wetter. Mit anderen Worten: Es konnten keine brauchbaren DNA-Spuren daran gefunden werden.« Nur ein paar umgeknickte Zweige hätten sie noch gefunden, die aber alles und nichts bedeuten könnten. Zum Beispiel Wildwechsel.

»Und das ist leider alles.« Mara Winter lehnt sich neben dem Whiteboard an die Wand. Ihr ist übel vor Hunger und Müdigkeit.

»Und nun ist eine aus dem Kreis der möglichen Tatverdächtigen verschwunden. Eine Frau, die ihn schon ewig kannte – Silvie Thomé. Was sagen wir dazu?«, fragt Stegner in die Runde.

»Solange wir nicht wissen, ob sie noch lebt, können wir nicht sehr viel daraus ableiten«, antwortet Mara. »Die Ereignisse könnten miteinander in Verbindung stehen, müssen aber nicht.«

»Was werden wir bei der PK über das Verschwinden von Frau Thomé sagen?«, will die Pressesprecherin wissen.

»Wir werden sagen müssen, dass Blut gefunden wurde und dass es das Blut von Silvie Thomé ist. Da waren gestern Privatpersonen im Wald. Die haben das mitbekommen«, sagt Stegner.

Maras Telefon vibriert in ihrer Jackentasche. Sie zieht es heraus und erkennt Kommissarin Fröhlichs Nummer. Schnell geht sie in den Nebenraum.

Lisa erzählt ihr mit atemloser Stimme, dass die Leichenspürhunde im Wald eine Jacke gefunden hätten. »Es ist eine braune Outdoorjacke, die Hunde haben sie in einer Höhle entdeckt.« Jemand habe versucht, die Jacke zu verbrennen, aber das Feuer sei offenbar nach kurzer Zeit wieder ausgegangen.

»Das ist Silvies Jacke«, sagt Mara. »Ich bin mir sicher.«

Die Jacke wurde in einer Höhle gefunden, ein Stück weiter oben im Wald, bei den großen Felsen. Es habe nicht einmal eine

Stunde gedauert, bis Roya und Titus eine Spur gefunden und an ihren Schleppleinen hechelnd bergan gezogen hätten, berichtet Kommissarin Fröhlich. Sie und der Hundetrainer seien kaum hinterhergekommen. Die Höhle liegt oberhalb eines befahrbaren Weges und ist erreichbar, wenn man die Böschung durchquert. Jaulend und bellend strebten die Hunde hinein.

Sehr hoch ist die Höhle nicht, und wenn man darin steht, muss man den Kopf einziehen. Sie reicht drei Meter in den Felsen hinein und ist etwa genauso breit. Im hinteren Teil der Höhle hat jemand ein Feuer gemacht, dort liegt ein zum Teil verkohltes braunes Kleidungsstück. Es ist eine braune Jack-Wolfskin-Jacke mit vielen Taschen. Das Feuer ist ausgegangen und hat nur einen Ärmel und die Rückseite der Jacke verbrannt. Auf der Vorderseite sind das Emblem mit dem Schriftzug des Herstellers und die stilisierte Wolfspfote gut zu sehen. Deutlich erkennbar ist auch eine Menge eingetrocknetes Blut.

Mara ist vor einigen Minuten mit Yannick Briand hier angekommen und hat sofort Silvies Jacke erkannt. Sie trug sie an dem Morgen, an dem sie Philipp tot auf dem Waldweg gefunden hat.

Alles verschwimmt vor Maras Augen, sie hat das Gefühl, ihr Kreislauf spielt nicht mehr mit. Sie setzt sich an dem kleinen Abhang vor der Höhle auf den Boden. Nein, Silvie wird nicht mehr kommen, sie ist tot. Die Leichenspürhunde haben auf ihre Jacke reagiert. Das ist eindeutig. Lebend war ihre Schulfreundin aus Kindertagen also nicht mehr in dieser Höhle. Ihr Körper wurde hier zwischenzeitlich abgelegt, bevor er später wohl endgültig fortgebracht wurde.

»Ist dir schlecht?«, fragt Lisa Fröhlich. »Willst du lieber nach Hause?«

»Nein, es geht sicher gleich wieder. Ich habe nicht viel geschlafen. Aber ein Schluck Wasser wäre gut.«

Yannick Briand holt eine Flasche aus seinem Rucksack und reicht sie Mara.

»Sie isst auch viel zu wenig«, sagt er mit einem grimmigen Nicken in Maras Richtung.

Gleich wird die Spurensicherung kommen, um die Höhle zu

untersuchen und die Jacke mitzunehmen. Yannick verkündet, dass er seine Kollegin nach Hause fahren und dann mit etwas Essbarem zurückkommen werde. Sie lässt sich von ihm zum Auto führen und protestiert nur mäßig, als er ihr eine ausgedehnte Mittagspause mit Beine-Hochlegen verordnet.

Maras Mutter ist heute in Kaiserslautern bei einer Freundin, und so sieht sie nicht, wie der Franzose ihre Tochter daheim auf das Sofa bettet und ihr eine Nackenrolle unter die Füße schiebt. Das hätte ihr gerade noch gefehlt. Ihre Mutter sorgt sich ohnehin schon zu viel um sie.

»Mögen Sie Hähnchen?«, fragt Yannick. »Es gibt einen Supermarkt, der hat so einen Imbiss mit gegrillten Hähnchen. Die sind, glaube ich, ganz gut. Dazu mache ich uns einen Salat, und etwas Brot kaufe ich auch.«

»Ich habe schon ewig kein Grillhähnchen mehr gegessen«, antwortet Mara. »Ich esse nicht viel Fleisch. Aber gut, wenn Sie wollen, holen Sie uns Hähnchen. Salat klingt perfekt.«

Yannick zieht die Vorhänge am Wohnzimmerfenster zu. »Und während ich weg bin, schlafen Sie ein bisschen. Oder machen zumindest die Augen zu. Ich bin in knapp einer Stunde wieder da. Vielleicht trinke ich unterwegs noch einen Kaffee.«

Mara kann sich ein Lachen nicht verkneifen. »Aye, aye, Käpt'n! Der Haustürschlüssel liegt im Flur auf dem Schränkchen. Für den Fall, dass ich tatsächlich wegdöse.«

Kaum hat Mara den Renault des Kommissars wegfahren gehört, schließt sie die Augen und fällt in einen tiefen, traumlosen Schlaf.

Sie wacht erst wieder auf, als Yannick mit einer Salatschüssel in der Hand vor ihr steht und fragt: »Kann ich die nehmen? Ich hoffe, Sie haben gut geschlafen.«

Sie blinzelt auf die blaue Porzellanschüssel und nickt. »Wie spät ist es?«

»Kurz nach zwei. Das heißt, wir haben noch knapp eine Stunde Zeit, bevor wir auf den Hof von Silvies Freundin Sabine Menger müssen.«

Mara richtet sich schlaftrunken auf. »Macht es Ihnen etwas aus, uns noch einen Kaffee zu kochen? Das Pulver ist über dem Schränkchen, wo die Kaffeekanne steht. Da sind auch die Filter.«

»Bien sûr! Mache ich gern. Ich habe Himbeeressig gefunden. Den habe ich in das Salatdressing gegeben. Ich hoffe, Sie mögen das.«

Wenig später sitzen sie am Holztisch in der Küche, essen Hähnchen mit einem wunderbaren grünen Salat und dazu frisches Baguette.

Der Hof von Sabine Menger liegt abseits der Straße zwischen Feldern und Wald. Es ist ein schöner alter Sandsteinbau aus dem typischen rötlichen Stein der Region. Auf umzäunten Weiden stehen drei oder vier Dutzend Schafe, auf einer weiteren mindestens ebenso viele Ziegen. Zwischen den Tieren liegen zwei weiße Hirtenhunde, die aufmerksam hochschauen, als Mara und der Kommissar aus dem Auto steigen. Als sie sich der Haustür nähern, erheben sich die Hunde langsam und schnuppern in ihre Richtung, bellen aber nicht.

Sabine Menger öffnet die Tür. Sie ist eine große, kräftige Frau mit braunen Haaren, die sie mit einem Bandana zurückgebunden hat. Graubraune Augen sehen Mara traurig an. Über Jeans und Pullover trägt sie eine grüne Schürze.

»Komme rinn«, bittet sie sie herein. Sie spricht den Dialekt der Region, einen melodiösen Singsang, der dem Elsässischen nicht unähnlich ist. Er klingt nur noch etwas verwaschener.

»Iss des e traurige Sache mit dere Silvie«, sagt sie. »Ich bin gerad debei, in de Wäschkich de Käse inzekoche.« Sie sieht den Blick von Yannick Briand, der offenbar Mühe hat, ihr zu folgen, und schaltet dann auf Hochdeutsch um. »Ich mache gerade Käse in der Waschküche. Die habe ich zur Käserei umfunktioniert. Eigentlich wollte Silvie heute kommen und mir Kräuter zum Ummanteln des Ziegenkäses bringen.«

Sabines Küche, in die sie geführt wurden, ist ein riesengroßer Raum, eine ehemalige Bauernstube, die wohl einmal Küche und Wohnzimmer zugleich war. In der Mitte steht ein ausladender Tisch, an den Wänden sowohl alte hölzerne Anrichten als auch moderne Küchenschränke. Auf einem kleineren Tisch am Fenster hat sie sich einen kleinen Schreibplatz eingerichtet, dort steht auch ihr Laptop.

»Ich bin seit sechs Jahren auf dem Hof«, erzählt sie, während sie Yannick und Mara Apfelsaft in zwei Gläser einschenkt. »Ich habe mit sechs Ziegen und vier Schafen angefangen, und heute exportiere ich bis nach Frankreich und Italien. Obwohl die ja selbst sehr guten Käse haben.«

Mara und Yannick nicken anerkennend.

»Und wo haben Sie Silvie kennengelernt?«, fragt Mara.

»Beim Maifeuer auf dem Bärenbrunnerhof vor drei Jahren. Sie hat dort eine Maibowle mit Waldmeister angeboten. Und später, am Feuer, kamen wir dann ins Gespräch. Ihr Mann und ihr Sohn haben Gitarre gespielt. Silvie und ich – wir haben uns von Anfang an verstanden.«

»Wie hat sie denn zuletzt auf Sie gewirkt, wann haben Sie sie überhaupt das letzte Mal gesehen?« Mara stellt ihr Glas auf dem Tisch ab.

»Das war wohl vor zwei, drei Wochen. Sie kam völlig aufgelöst hier an. Es gab Probleme mit ihrem Mann.«

»Was denn für Probleme?«, hakt Yannick nach. »Erzählen Sie weiter.«

Sabine Menger wischt sich einen imaginären Fleck von der Schürze. »Ihr Mann hat sich zum Negativen entwickelt, das hat sie mir schon früher erzählt. Er trank, war plötzlich misstrauisch und eifersüchtig. Aber an dem Tag ist es eskaliert …«

Mara und Yannick sehen gespannt zu Sabine Menger hinüber.

»Silvie hatte sich chic gemacht an dem Vormittag, sie wollte rüber nach Weißenburg fahren, einkaufen und bummeln, vorher checkte sie noch ihre Mails. Da kam wohl ihr Mann herein und schnauzte sie an, von wegen: ›So, jetzt gehst du wohl zu deinem Liebhaber?‹ Silvie sei erschrocken hochgesprungen und habe gefragt, ob er noch alle Tassen im Schrank habe. Den genauen

Wortlaut weiß ich nicht mehr, aber so etwas in der Art muss sie gesagt haben.«

Und dann habe Peter, ihr Mann, Silvie an den Schultern gepackt und geschüttelt und immer wieder geschrien: »Wer? Wer ist es? Sag es mir endlich!«

Und sie habe versucht, sich loszureißen, und zurückgebrüllt: »Niemand, du Idiot!«

Da habe er sie an die Wand geworfen und ihr eine Ohrfeige verpasst. Sie sei weinend aus dem Haus gelaufen, während er hinter ihr herrief, sie solle zurückkommen und ihm verzeihen.

»Aus dieser Situation heraus kam sie zu mir. Ich habe ihr einen Schnaps eingeschenkt und ihr dann einen starken Tee gemacht. Sie hat die ganze Zeit geweint und gesagt, sie wolle ihren Mann verlassen.«

»Und Sie, was haben Sie gesagt?«, will Mara wissen.

»Ich habe gesagt, sie soll sich zuerst einmal beruhigen und dann darüber nachdenken, was sie wirklich will. Ich meinte, ich persönlich würde nach einer solchen Attacke sofort abhauen. Ein Mal ist schon zu viel.«

Sabine Menger geht zu einem der Holzschränke und kommt mit einer Steingutflasche und drei kleinen Gläsern wieder. »Pflaumenschnaps, selbst gebrannt. Wollen Sie auch einen?«

Mara will ablehnen. »Nein, wir dürfen nicht –«

Aber Yannick fällt ihr ins Wort: »Ach was! Ja, wir nehmen einen! Kommissarin Winter hat einen Schnaps nötig.«

Sabine Menger schenkt ein, trinkt einen Schluck aus einem geblümten Schnapsglas und fährt fort: »Sie hat sich ausgeweint bei mir, und dann habe ich gesagt: ›Wir machen uns jetzt frisch und fahren dann zusammen nach Weißenburg.‹ Das haben wir auch gemacht. Ich habe meinen Hof abgeschlossen, und wir sind los.«

»Und wie ging die Sache mit ihrem Mann weiter?«, hakt Mara nach.

»Silvie hat von unterwegs ihre Tochter angerufen und gefragt, ob sie ein paar Tage bei ihr in dem kleinen Haus am See schlafen könne. Die Tochter hat zugestimmt. Als wir am Abend aus Weißenburg zurückkamen, sind wir zuerst zum Forsthaus gefahren, um ein paar von Silvies Sachen zu holen. Ich war zur Sicherheit mit dabei, aber Peter war nicht da.«

Peter habe Silvie in den nächsten Tagen angefleht und angebettelt, zu ihm zurückzukommen, aber Silvie habe nur unter zwei Bedingungen eingewilligt: Sie würde fortan im Wohnzimmer schlafen, und wenn Peter auch nur ein weiteres Mal die Hand gegen sie erhebe, sei sie weg. Für immer.

Der Pflaumenschnaps schmeckt nach saftigen, reifen Früchten, und Mara trinkt den Rest in ihrem Glas mit einem Schluck aus. Er tut ihr wirklich gut. »Ich dachte mir schon, dass die Ehe der beiden nicht mehr gut läuft, so schlimm habe ich es mir aber nicht vorgestellt.«

Yannick ist sehr still und nachdenklich geworden. Zwischen seinen grünen Augen hat sich eine steile Falte gebildet. »Wissen Sie, ob Peter Thomé nach diesem Vorfall doch noch einmal handgreiflich geworden ist?«

»Nein, das weiß ich nicht«, antwortet Sabine Menger. »Ich weiß nur, dass sie sich seitdem wohl mehr oder weniger aus dem Weg gegangen sind und dass er immer noch extrem misstrauisch und mürrisch war.«

»Und glauben Sie, dass etwas dran war an den Vorwürfen von ihrem Mann? Hatte Silvie denn einen Geliebten?«, fragt Mara.

»Nein, soviel ich weiß, nicht. Das hat sie ja gerade so fertiggemacht, dass sie zu Unrecht bezichtigt wurde. Sie kennen sie ja, haben Sie gesagt. Silvie ist ein kontaktfreudiger, offener Typ. Dabei aber völlig geradlinig. Es kann sein, dass sie ab und zu mit ein, zwei männlichen Freunden aus der Jugend kommunizierte. Aber ich denke, sie ist auf keinen Fall fremdgegangen.«

Als Mara und Yannick sich verabschieden, will Sabine Menger noch wissen, ob es irgendetwas Neues zum Verschwinden ihrer Freundin Silvie gebe. Schweren Herzens verschweigt Mara den Fund der Jacke. Das wird erst morgen bei der Pressekonferenz öffentlich gemacht.

»Ich sag es Ihnen ehrlich, Sabine …« Mara legt ihre Hand

auf Sabine Mengers Arm. »Wir haben kein gutes Gefühl. Nach dem Gespräch mit Ihnen erst recht nicht.«

»Das ist entsetzlich, ganz entsetzlich«, sagt Mara, während sie an den Weiden mit den Schafen und Ziegen vorbeifahren. »So hätte ich Peter nicht eingeschätzt.«

»Ja, es ist schlimm. Klingt wie ein Fall für das Frauenhaus. Hinter den Kulissen spielt sich manchmal so einiges ab. Wir werden Herrn Thomé die Tage noch einmal besuchen müssen.«

»Dringend! Gleich morgen nach der Pressekonferenz. Wollen wir noch einen Kaffee trinken, bevor wir nach Weißenburg zu Monsieur Perrault in die Apotheke fahren?«

»Das können wir auch in Weißenburg machen«, schlägt der Kommissar vor. »Dort gibt es eine wunderbare Konditorei.«

Mara nickt und zwinkert ihm zu. »Alles klar. Vor allem, wenn die Mokka-Eclairs haben.«

Der dunkle Wolf

Georges Perrault hat sein Zimmer über der Apotheke aufgeräumt. Über den kleinen runden Tisch am Fenster hat er eine Decke gelegt und seinen Sessel dazugestellt. Er hätte seine Schlafcouch hinter einem Paravent verbergen sollen. Dazu hat die Zeit aber nicht gereicht. Er wird die Apotheke heute ohnehin eine Viertelstunde früher schließen müssen. Und überhaupt – es ist ja kein Geheimnis, dass er vorübergehend hier wohnt. Da können die Kommissare ruhig sehen, wo er schläft.

In der Mittagspause hat er seine Räumlichkeiten besuchertauglich gemacht. Nun wartet er in der Apotheke ungeduldig auf das Erscheinen der Polizisten. Immer wieder geht er vom Tresen an die Tür und sieht hinaus. Heute Nachmittag waren nicht viele Kunden da. Georges Perrault hofft, dass die Kommissare in einem Zivilfahrzeug kommen.

Was werden die Leute denken, wenn plötzlich ein Polizeiauto vor seinem Laden steht? Jeder hier kennt ihn. Nur gut, dass er sich auf Fabiennes Verschwiegenheit verlassen kann. Sie hat garantiert niemandem von ihrer Verwicklung in den Mord an dem deutschen Polizisten erzählt. Sie ist in allem, was sie tut, gründlich und diskret. Genauso hat sie wohl auch ihre Affäre gehandhabt. Darum hat er nichts gemerkt.

Mit einem zornigen Ruck nimmt er die Geldkassette aus der Kasse und macht sich an die Abrechnung für den Tag. Er ist gerade damit fertig geworden, die Einnahmen in sein Computersystem einzutragen, als die Türglocke schellt.

Draußen stehen eine große Frau mit langen dunklen Haaren und ein nicht mehr ganz junger Mann mit gewelltem graubraunem Haar.

Georges atmet innerlich auf. Sie sind offenbar in Zivil und in einem Privatwagen gekommen.

»Guten Abend, Monsieur Perrault. Ich hoffe, unser Treffen bringt Ihnen nicht alles durcheinander«, sagt der Kommissar. Er stellt sich als Yannick Briand vor. Yannick ist ein bretonischer Name, denkt Georges.

»Und das ist meine Kollegin Mara Winter aus Kaiserslautern«, fährt Briand fort.

Die hübsche dunkelhaarige Frau sieht nicht wie eine Polizistin aus, findet Georges. Sie trägt einen dunklen Trenchcoat und dazu einen grün-blauen Seidenschal. Sie hat einen aufmerksamen, direkten Blick.

»Guten Abend, Monsieur«, begrüßt sie ihn.

Georges hängt das »Geschlossen«-Schild an die Tür.

»Gehen wir doch hinauf«, sagt er mit einem Blick auf das Hinterzimmer. Von dort führt eine Treppe nach oben. Zu Yannick Briand gewandt merkt er an: »Ich habe eine Viertelstunde früher zugemacht. Aber das ist nicht weiter schlimm. Dafür werde ich am Samstagmittag ein bisschen länger öffnen. Das wird den Kunden schon recht sein.«

Der Apotheker bittet die beiden an den Tisch am Fenster. Dort steht außer zwei älteren Holzstühlen ein riesiger blauer Fernsehsessel. Diesen Sessel bietet Georges nun Mara Winter an.

»Nein, danke«, sagt sie. »Ich würde lieber auf einem der Stühle Platz nehmen.«

»Ich ebenso«, stimmt Yannick Briand ihr zu und scheint sich ein Lachen zu verkneifen.

Georges schenkt ihnen Kaffee aus einer Thermoskanne ein. Auf dem Tisch stehen drei blaue Keramiktassen. Dazu gibt es Butterkekse aus einer runden Metalldose.

»Seit wann leben Sie hier?«, will Kommissar Briand wissen.

»Seit ein paar Tagen. Ich habe mich mit meiner Frau gestritten.«

»Und warum haben Sie gestritten?«, hakt er nach.

»Ich denke, Sie wissen es ja ohnehin.« Georges wirft ihnen einen traurigen Blick zu. »Weil meine Frau ein Verhältnis mit dem deutschen Polizisten hatte.«

»Und Sie wussten das nicht?«, fragt ihn Mara Winter.

Sie spricht ein schönes Französisch mit einem melodischen

Akzent. Das gefällt ihm. »Nein. Bis zu dem Abend wusste ich gar nichts. Im Nachhinein kann man sich so einiges zusammenreimen. Aber ich war wirklich ahnungslos.«

»Wie haben Sie es erfahren?« Yannick Briand nimmt sich einen Butterkeks aus der Dose.

»Sie hat es mir gesagt. Ohne Umschweife. An dem Tag, an dem Sie ihr mitgeteilt haben, dass Sie mich auch sprechen wollen.«

Wie er sich dabei gefühlt habe, will die Kommissarin wissen. Ob er zornig geworden sei.

»Neigen Sie überhaupt zu Gefühlsausbrüchen? Können Sie Ihre Wut gut kontrollieren?« Briand beugt sich bei dieser Frage ein Stück weiter zu ihm nach vorn.

Georges atmet mit einem leichten Pfeifen durch die Zähne aus. »Wenn ich ein jähzorniger Mensch wäre, hätte ich ihr vielleicht eine geklebt. Sie hat es mit diesem Mann in unserem Wohnzimmer auf unserer Couch getrieben. Das ist schon ein starkes Stück.« Georges ist selbst verwundert, dass er den beiden Polizisten das alles erzählt.

»Und wenn Sie vorher gewusst hätten, dass sie Sie betrügt – noch dazu in Ihrem Haus –, was hätten Sie dann unternommen, um das zu unterbinden?«, bohrt Yannick Briand nach.

»Woher soll ich das wissen? Ich hatte ja keine Ahnung. Wahrscheinlich hätte ich sie aufgefordert, diese Affäre sofort zu beenden.«

»Und glauben Sie, sie hätte das gemacht? Hätte sie die Affäre beendet?«, fragt Mara Winter.

»Auch das kann ich Ihnen nicht mit Sicherheit sagen. Sie meinte sogar, sie wisse nicht, wie alles weitergegangen wäre, wenn der Polizist nicht gestorben wäre.«

Wieder hakt Yannick Briand nach. »Das heißt mit anderen Worten: Sie hätte Sie vielleicht verlassen. Und Sie hätten nichts dagegen tun können.«

»Das ist doch alles hypothetisch«, antwortet Georges nun etwas ungehalten. »Denn der Mann ist ja tot. Und Wenn-und-aber-Fragen bringen jetzt auch nichts mehr.« Genau diese Gedanken gehen Georges allerdings selbst jeden Tag durch den Kopf. Beim Einschlafen und beim Aufwachen. Und dazwischen auch.

»Eben«, sagt Mara Winter. »Er ist tot. Bitte schildern Sie uns doch einmal den Ablauf des besagten Sonntagabends, an dem Sie mit Ihrer Frau aus Paris zurückkamen. Und zwar bis zum Morgen.«

Georges nimmt einen großen Schluck Kaffee. »Ich sehe schon, Sie glauben wirklich, ich könnte etwas mit dem Mord an diesem Mann zu tun haben. Aber gut, ich erzähle es Ihnen.«

Und er berichtet, wie sie an jenem Tag heimgekommen sind: recht erschöpft von der langen Fahrt, aber gut gelaunt. Paris tue ihnen immer gut. Vor allem seiner Frau. Sie habe sich ein wunderschönes schwarzes Kleid gekauft, aus fließendem Stoff, leicht glänzend. Ein Wickelkleid mit elegantem Ausschnitt, hinten etwas länger als vorn.

Georges erzählt nicht, dass er seine Frau gefragt hat, für welchen Anlass sie das Kleid gekauft habe. Ob sie es zu einer Cocktailparty oder im Theater tragen wolle. Er wollte ihr das Kleid eigentlich schenken. Aber Fabienne hat abgelehnt und es mit ihrer eigenen Kreditkarte bezahlt. Was lächerlich war, denn das Geld auf ihrer Karte stammt ja auch von ihm. Abgesehen von kleineren Beträgen, die sie mit Artikeln in Kunstmagazinen verdient, leben sie ja von seinem Einkommen.

»Fabienne hat uns noch ein paar Sandwiches gemacht, mit Hühnchenbrust, Käse und Gürkchen. Und wir haben jeder ein Bier getrunken. Und während wir aßen und tranken, haben wir diese Serie auf ARTE geschaut, Sie wissen schon – die über das Verschwinden junger Mädchen in einem Dorf im Jura. Wie heißt die noch gleich?«

»›Le Loup Noire – Der dunkle Wolf‹«, sagt Yannick Briand. »Ja, die Serie läuft sonntags immer spät am Abend. Ich habe sie auch schon gesehen. Sie ist recht spannend. Erzählen Sie weiter.«

Georges sieht traurig aus. »Irgendwann nach Mitternacht war die Folge vorbei. Ich bin dann ins Bad, um mich fertig zu machen. Fabienne hat noch irgendetwas weggeräumt. Ich war schon im Bett, als sie hereinkam, und döste schon halb vor mich hin.«

Er behält für sich, dass er Fabiennes Gegenwart im Bett durchaus deutlich wahrgenommen hat: ihr Parfum, den Geruch ihrer Haare, den der Mandarinenseife, mit der sie sich gewaschen hatte, die Wärme ihres Körpers. Er sagt auch nicht, dass er ihre Schulter berührt und versucht hat, sie zu sich zu ziehen, und dass sie ihm daraufhin einen Kuss auf die Wange gegeben hat mit den Worten: »Gute Nacht, Georges. Es ist schon spät. Heute nicht mehr, bitte. Schlaf schön.« Normalerweise schläft er stets früher ein als sie. Aber in dieser Nacht hat er lange wach gelegen neben seiner Frau.

»Und dann? Haben Sie gut geschlafen?«

Georges fällt auf, dass Mara Winter grüne Sprenkel in ihren braunen Augen hat. »Ich schlief durch, bis der Wecker klingelte«, antwortet er bestimmt.

»Sie sind nicht etwa noch einmal aufgestanden und weggefahren? Oder nachts kurz auf die Toilette gegangen?«, fragt Kommissar Briand.

Dieser Polizist ist wirklich hartnäckig. Georges schenkt Kaffee nach, seine Hände zittern leicht, aber er sagt mit fester Stimme: »Ich bin einfach eingeschlafen. Und am nächsten Morgen um kurz vor sieben Uhr aufgewacht. Falls ich zwischendurch auf der Toilette war, kann ich mich nicht mehr daran erinnern.«

»Es wäre fatal, wenn Sie hier falsche Angaben machen«, mahnt ihn der Kommissar.

»Glauben Sie, ich wüsste das nicht?« Yannick Briand schafft es, ihn richtig wütend zu machen.

»Sie müssen wissen«, erklärt Briand, »wir haben Ihr Gewehr abholen lassen. Und wir können in etwa nachvollziehen, wann zuletzt damit geschossen wurde.«

Georges muss sich beherrschen, um nicht wie ein Schachtelteufel von seinem plüschigen Fernsehsessel hochzuspringen. Dann fängt er sich und sagt: »Ein paar Tage bevor wir nach Paris gefahren sind, hatten wir ein Wildschwein im Garten. Es hat den Zaun an einer Stelle rausgerissen und die Blumenrabatten umgepflügt. Das geht schon einige Wochen so, dass dieses Viech nachts in unseren Garten kommt. Ich weiß nicht mehr, an welchem Tag das genau war. Auf jeden Fall hörte ich es wieder im Garten rumoren und bin mit dem Gewehr hinaus. Ich sah es gerade noch im Wald verschwinden und bin ihm hinterher. Ich habe ein- oder zweimal geschossen, es aber wohl verfehlt.«

Yannick Briand stellt seine Kaffeetasse mit Nachdruck ab und sagt: »Das werden wir überprüfen müssen.« Er steht abrupt auf und wirft seiner Kollegin einen Blick zu.

»Ja, Monsieur … Wir müssen jetzt gehen«, sagt sie. »Vielleicht wird es nötig sein, das Gesagte zu protokollieren. Wir melden uns noch einmal.«

Während der Kommissar und seine deutsche Kollegin die Treppe hinuntergehen, räumt Georges die Tassen weg. Beinahe wäre ihm eine zerbrochen. In diesem Moment hasst er Fabienne von ganzem Herzen.

***

Der nächste Morgen mit der Pressekonferenz rast an Mara vorbei. Sie sitzt neben ihrem Chef Richard Stegner an einem Pult, daneben die Pressesprecherin. Es sind mehr Medienvertreter als erwartet gekommen, und drei Fragen scheinen die drängendsten zu sein: Ist Silvie Thomé tot? Gibt es einen Verdächtigen im Mordfall Philipp Meinhard? Stehen die beiden Fälle miteinander in Verbindung?

Sie dürfen nicht zu viel preisgeben, darauf hat sich Mara mit ihrem Chef geeinigt. Denn zwei Männer – Peter Thomé und Georges Perrault – sind in den letzten Tagen immer stärker in den Fokus der Ermittlungen geraten, aber es gibt keine Beweise, um einen der beiden dingfest zu machen. Es fällt Mara schwer, sich schwammig und ungenau zu äußern. Doch genau das muss sie jetzt tun.

»Ja, es gibt Verdachtsmomente, aber wir können sie noch keinem konkreten Täter zuordnen.«

Auf die wiederholte Frage nach dem Verschwinden von Silvie Thomé muss die Kommissarin allerdings deutlicher werden.

»Nein, wir suchen nicht mehr nach einer lebenden Person. Ihre Jacke wurde gestern von Leichenspürhunden in einer Höhle im Wald gefunden. Außerdem sehr viel Blut an einer anderen Stelle, das ebenfalls von ihr stammt. Dass sie noch irgendwo schwer verletzt liegt, ist nicht mehr wahrscheinlich. Wir müssen leider davon ausgehen, dass Silvie Thomé tot ist. Ob die Taten in direktem Zusammenhang stehen, werden wir erst wissen, wenn wir den oder die Täter gefasst haben.«

»Wie wird es jetzt weitergehen? Wo wird nach der Leiche der Frau gesucht?«, will Martin Richter vom »Pfalz Kurier« wissen.

»Jeder Zentimeter des Waldes wird durchkämmt, auf einem Gebiet zwischen Pirmasens und dem Dahner Felsenland. Auch auf der französischen Seite.« Man sieht Richard Stegners Gesicht keine Regung an.

»Ich habe gehört, der Hund der Vermissten wurde mit einer Schussverletzung gefunden. Gehen Sie davon aus, dass auch Silvie Thomé erschossen wurde?«, fragt Richter weiter.

»Das ist nicht auszuschließen«, antwortet Mara.

Nicht mehr ausschließen kann Mara auch, dass Peter Thomé seiner Frau gegenüber erneut gewalttätig geworden ist, vielleicht mit fatalen Folgen. Der Hund Maxim hätte sicher versucht, Silvie zu beschützen. Auch vor Peter. Hat er ihn darum angeschossen?

Diese Gedanken spricht Mara nicht laut aus. Die vielen Menschen in dem engen Raum, die hellen Lampen, die das Fernsehteam aufgestellt hat, die auf sie gerichteten Mikrofone, die Stimmen der Reporter und Journalisten – alles verschwimmt vor ihren Augen.

»Glauben Sie, dass der oder die Täter aus dem direkten Umfeld des Ermordeten und der Vermissten stammen?«, will eine Reporterin vom Südwestfunk wissen.

»Ich kann nicht einfach etwas glauben«, weicht Mara aus. »Allerdings ist es bei weiblichen Opfern häufiger so, dass sie in einer engen Beziehung zum Täter gestanden haben. Wir wissen noch nicht, ob es sich auch in diesem Fall um einen Femizid handelt. Wir haben ja noch nicht einmal Frau Thomés Leiche gefunden.«

Kaum zehn Minuten später hat ein Boulevardblatt auf seiner Onlinepräsenz aus Mara Winters Aussage folgenden Titel gemacht: »Femizid bei Förstersfrau? Kannte Silvie Thomé ihren Mörder?«

»Das ist scheiße, merde, absolut scheiße«, sagt Yannick Briand zu Mara, nachdem er den kurzen Artikel überflogen hat. »Das lesen doch alle. Und jeder reimt sich zusammen, wen wir im Verdacht haben.«

»Wir werden das auch nicht lange geheim halten können. Wir werden nach der Befragung von Peter Thomé noch eine gründlichere Durchsuchung des Hauses anordnen müssen. Das kriegt dann sowieso jeder im Ort mit. Und sein Jeep muss in die Kriminaltechnik.«

»Denen wünsche ich viel Spaß, bei den Mengen an Blutspuren von erlegtem Wild«, merkt Yannick an.

Hinter ihnen taucht Martin Richter auf.

»Ich will ja nicht nerven, aber hatte Silvie Thomé vielleicht einen Geliebten?«, fragt er Mara, und seine blauen Augen funkeln.

»Dazu kann ich dir nichts sagen, und das weißt du auch«, gibt Mara etwas ungehalten zurück. »Du warst der Erste, der erfahren hat, dass wir den Hund von Silvie Thomé gefunden haben. Aber mehr als das, was wir gerade gesagt haben, kann und werde ich nicht preisgeben. Du kennst doch den Begriff Täterwissen.«

Martin Richter wirkt etwas verärgert. Er bewegt sich näher an Mara heran und will offenbar noch einmal nachhaken.

Da schaltet sich Yannick ein. »Die Pressekonferenz ist vorbei. Schon seit etwa zwanzig Minuten, d'accord?«

Der Franzose scheint Richter durch seinen Einwurf erstaunt zu haben. Der Journalist schmunzelt ein wenig in sich hinein.

»Schon gut. Ich habe verstanden. Aber Mara, bitte, wenn im Wald heute noch etwas gefunden wird, dann gib mir direkt Bescheid.«

»Klar«, ruft Mara ihm zu, während sie das Polizeigebäude verlassen und sie mit Yannick zum Auto geht. Heute sind sie mit ihrem Wagen unterwegs. Sein Renault steht bei ihr daheim in Weidenbrünn.

»Der Typ ist ja nicht unsympathisch, auch nicht uncharmant, aber doch ein bisschen aufdringlich«, sagt Yannick später im Auto.

Dass er ihn wirklich sympathisch findet, glaubt Mara allerdings nicht. Sein Blick verrät eher das Gegenteil.

»Hatten Sie mal einen kleinen Flirt mit dem?« Yannick hat eine Augenbraue hochgezogen.

Mara schüttelt lachend den Kopf. »Wer ist jetzt der Neugierige? Wissen Sie was? Ich lade Sie noch auf eine Pizza ein, bevor wir zurück nach Weidenbrünn zum Forsthaus fahren.«

Peter Thomé sieht aus, als hätte er eine Woche lang nicht geschlafen. Seine Augen sind rot, das Gesicht wirkt fahl und eingesunken. Er flüstert mehr, als dass er spricht.

»Kommt rein«, sagt er und führt Mara und Yannick ins Esszimmer. Die Uhr über dem Tisch tickt laut. »Meine Eltern sind gerade mit Markus und dem Hund im Wald.«

»Wir müssen etwas Unschönes ansprechen«, sagt Mara und setzt sich gegenüber von Thomé an den Tisch. »Uns wurde berichtet, dass eure Ehe nicht mehr gut lief. Du sollst sogar gewalttätig geworden sein.«

Der Förster schlägt mit der flachen Hand auf den Tisch. »Das kommt doch von der blöden Kuh mit der Käserei, oder? Dieser Sabine!«

Yannick wirft ihm einen scharfen Blick zu. »Nehmen Sie sich zusammen. Das ist jetzt egal, von wem das kommt. Bitte beantworten Sie einfach unsere Fragen.«

Thomé wirkt, als würde er gleich zusammenbrechen. »Ja. Es ist wahr. Es hat in letzter Zeit gekriselt zwischen Silvie und mir. Ich hatte das Gefühl, sie weicht mir aus, sie entfremdet sich von mir.«

»Aber warum? Was war denn los? Hat sie dich betrogen?«, fragt Mara.

»Eben das weiß ich ja nicht. Sie hat es abgestritten, und das hat mich so wütend gemacht.«

Mara merkt, dass Yannick nur schwer an sich halten kann.

»Und auf eine bloße Vermutung hin haben Sie Ihre Frau an die Wand geworfen und sie geschlagen?«

Der Förster lässt sein Gesicht in seine Hände sinken. Seine Stimme klingt jetzt weinerlich. »Das hätte ich niemals tun dürfen, ich weiß. Aber ich habe einfach die Beherrschung verloren.«

»Ist dir das öfter passiert, dass du die Beherrschung verloren hast?« Er hebt den Kopf, und Mara sieht ihm direkt in die Augen.

»Nein. Danach nicht mehr. Nie mehr. Sie war ein paar Tage weg, bei unserer Tochter, und sie hat gesagt, wenn ich noch ein einziges Mal die Hand gegen sie erhebe, dann geht sie. Für immer.«

»Ja. Und nun ist sie weg«, merkt Yannick ironisch an.

»Ach, ich sehe schon, was Sie wollen. Sie denken, ich hätte Silvie umgebracht.« Peter Thomé hat sich wieder in seinem Stuhl aufgerichtet und sieht nun seinerseits den Kommissar wütend an.

»Ich denke gar nichts«, antwortet Yannick sehr langsam. »Wir stellen Ihnen Fragen, und wir sind gespannt auf Ihre Antworten.«

»Hör mal, Peter«, schaltet sich Mara ein, »Sabine hat uns das genau umgekehrt erzählt. Du sollst dich von Silvie entfernt, getrunken und kaum mehr mit ihr geredet haben.«

»Ich habe zu viel getrunken, trinke auch jetzt noch …«, gesteht Thomé ein. »Wir haben Schulden, Silvie weiß nichts davon. Letztes Jahr mussten wir das Dach neu decken lassen. Und da gibt die Gemeinde nur einen Teil dazu. Dann habe ich noch einen neuen Jeep gebraucht, und unsere Tochter bekommt kein BAföG, weil ich ein paar hundert Euro zu viel verdiene. Ich habe einen Kredit aufgenommen, aber ich wusste nicht mehr, wie ich den bedienen soll.«

»Und wie soll das jetzt weitergehen?«, will Mara wissen.

»Ich habe meinen Eltern alles gesagt, jetzt, wo Silvie verschwunden ist. Mein Vater hilft mir. Er hat ein paar Pfandbriefe flüssig gemacht. Ich habe mich so geschämt, mich nicht getraut, ihn um Hilfe zu bitten.«

Heute ist Yannick Briand nicht zu bremsen, er steht auf und beugt sich über den Tisch. »Und Ihre Komplexe hat dann Ihre Frau ausbaden müssen. Sie haben gesoffen und Ihre Wut an ihr ausgelassen. War es nicht so?«

Peter Thomé erhebt sich ebenso. »Es reicht mir jetzt!«, schreit er. »Vielleicht war ich ungerecht zu Silvie, das mag sein. Vieles weiß ich ja immer noch nicht. Aber dass ich sie umgebracht habe – darauf wollen Sie wohl hinaus –, das stimmt einfach nicht. Sie ist die Mutter meiner Kinder, und ich liebe sie.«

Mara berührt Yannick mit dem Fuß unter dem Tisch am Bein. Deutlicher wird Peter Thomé heute nicht mehr werden. Ihr französischer Kollege hat ihn aus der Reserve gelockt. Weiter sollte er ihn aber nicht provozieren.

Einen Moment lang ist es sehr still im Esszimmer. Es ist eine unangenehme Stille.

Mara hat das Gefühl, sie sollte Thomé beruhigen. »Peter, egal was du jetzt denkst, die Kriminaltechniker müssen noch einmal herkommen und alles auseinandernehmen. Wir ermitteln von innen nach außen. Das ist üblich. Vor allem, wenn es vor dem Verschwinden eines Menschen Streit in der Familie gab.«

»Ich weiß Bescheid. Dein Kollege hat es mir klar zu verstehen gegeben. Meine Eltern werden mit Markus ein paar Tage wegfahren, dann habt ihr hier freie Bahn. Einen schönen Tag noch. Ihr wisst ja, wo es hinausgeht.«

Der Förster steht auf, marschiert in die Küche und fängt an, die Spülmaschine auszuräumen.

»Haben Sie nicht gesehen, wie der aussieht? Und wie der redet! Er ist ja im Nachhinein noch eifersüchtig.« Auf dem Rückweg vom Forsthaus redet sich Maras französischer Kollege in Rage. »Ich denke zwar nicht, dass er das alles geplant hat. Aber er muss Silvie nachgefahren sein. Er hat gedacht, dass sie sich wieder mit ihrem Liebhaber trifft. Und dann kam es im Wald zum Streit. Er hatte sein Gewehr dabei, hat angelegt und geschossen.«

»Und wie erklären Sie sich, dass der Hund auch angeschossen wurde? Wollte er seinen eigenen Hund erschießen?« Mara ist nicht überzeugt, dass Peter Thomé Silvie getötet hat. Irgendwie passt da einiges nicht zusammen.

Yannick Briand hingegen scheint sich sicher zu sein, dass seine Theorie stimmt. »Vielleicht hat er nicht gleich getroffen und zuerst versehentlich den Hund erwischt. Er muss auf dem Weg geparkt haben, als er Silvies Auto im Wald entdeckte. Wir haben ja auch Spuren von mehreren größeren Fahrzeugen gefunden, von Reifen, die von einem Jeep stammen könnten.«

Zu Thomés Verhalten passe das Muster eines Femizids: zuerst die unglaubliche Wut, der Zorn, die Angst, verlassen zu werden, und aus dieser Angst heraus die Tat, das Vernichten des eigentlich geliebten Menschen.

»Weil du gehst, töte ich dich!« Der Kommissar schreit es fast heraus. »Das ist die fatale Logik in einer solchen Beziehungstat. Weil ich nicht ertragen kann, dass du gehst, und das die einzige Möglichkeit ist, das wirklich zu verhindern. Wer tot ist, kann nicht mehr weglaufen.«

Mara schüttelt den Kopf und nimmt den Fuß vom Gas. »Ja, es stimmt, so denken Täter oft bei Femiziden: Wenn ich dich nicht behalten kann, dann soll dich keiner haben. Aber mir kommt es in diesem Fall so vor, als wäre Peter Thomé wirklich geschockt gewesen, dass Silvie nicht mehr nach Hause kam. Er war doch ziemlich fertig an dem Morgen.«

»Es wäre nicht das erste Mal, dass ein Täter den Mord vor sich selbst verleugnet. Er verkraftet es nicht. Denn er selbst hat das getan, was er eigentlich am meisten fürchtet – den geliebten Menschen aus seinem eigenen Leben gerissen. Da gibt es kein Zurück mehr. Aber im Unterbewusstsein lauert die Schuld, das Wissen um die Tat. Und diese beiden Dinge sind ständig im Widerstreit.«

»Einerseits ist das eine sehr gute psychologische Erklärung. Aber viele Fakten passen einfach nicht zusammen. Ich glaube nicht, dass Thomé auf den eigenen Hund geschossen hat. Und dann wurde Silvie wahrscheinlich mit einer Plane die Böschung hinuntergezerrt und in ein Auto verfrachtet, das ist allein nicht leicht zu bewerkstelligen. Das Kitz wurde an die Stelle gelegt, an der Silvie starb. Das klingt mir zu kaltblütig, nicht nach einer Tat im Affekt. Und irgendwie glaube ich auch, dass wir es mit mehr als einem Täter zu tun haben.«

Yannick atmet zornig aus. »Wir müssen ja auch nicht immer einer Meinung sein, das wäre ja fast zu viel Harmonie. Ich denke, er war es. Auf jeden Fall müssen wir die Leiche Ihrer Schulfreundin finden. Denn eine Leiche gibt es. Daran besteht wohl kein Zweifel mehr.«

»Nein«, sagt Mara traurig, »daran zweifle ich inzwischen auch nicht mehr. Und morgen werden die Kriminaltechniker das Forsthaus ja noch einmal auf links drehen. Danach wissen wir hoffentlich mehr.«

Yannick antwortet nicht, sondern starrt düster vor sich hin.

Hühnchen mit Reis für den Hund

Einige Tage später ist Mara mit Maxim, dem Rhodesian Ridge-back, den sie inzwischen zu sich nach Hause geholt hat, im Wald. Es wird langsam kalt, die Laubbäume haben fast keine Blätter mehr. Am Morgen hat es schon Bodenfrost gegeben. Zu Maras Erstaunen lässt sich der Hund gut von ihr führen. Er zieht nicht, sondern passt sich ihrem Tempo an. Silvie ist nun fast zehn Tage verschwunden, und es gibt nach wie vor keine Spur von ihr. Das Gebiet um die Stelle, an der die Jacke gefunden wurde, ist von der Polizei auf den Kopf gestellt worden. Aber von der Frau mit den langen roten Haaren wurde dort nichts mehr entdeckt.

Mara hat einen Weg fernab vom Forsthaus gewählt. Sie will den Hund bei ihrem ersten Spaziergang im Wald nicht über-fordern.

Wie still es heute hier ist. Kein Wind weht, kein Vogel singt. Der Himmel über den Wipfeln ist bleigrau.

Auf dem Weg liegt eine Laubschicht, die sich in ein paar Ta-gen mit der Erde des Waldes vermischt haben wird. Mara hört nur das Rascheln ihrer eigenen Füße und das der Hundepfoten neben sich. Alle paar Minuten sieht Maxim fragend zu ihr auf. Sind wir noch auf dem richtigen Weg? Sie lobt das Tier. »Du bist ein toller Begleiter, Maxim!«

Weiter vorn, an einer Weggabelung, will der Hund nach rechts. Mara gibt ihm nach – vielleicht kennt er diesen Weg. Plötzlich fliegt eine Krähe dicht vor ihnen auf. Maxim bleibt stehen und schnuppert in die Luft. Die Krähe verschwindet oben in den Tannenwipfeln. Doch da ist noch ein Geräusch, das wohl auch der Ridgeback gehört hat. Mara lauscht in die Stille hinein, sie hört nichts mehr, geht ein paar Schritte weiter.

Aber der Hund wittert etwas, seine Ohren sind aufgerichtet. Während Mara sich bemüht, so vorsichtig aufzutreten, dass nichts mehr raschelt, nimmt auch sie in einiger Entfernung wieder ein Geräusch zwischen den Bäumen wahr: Füße, die sich durch den Wald und über das Laub bewegen. Wieder bleibt Mara kurz stehen, das Geräusch verstummt. Sie geht weiter. Wer auch immer abseits des Weges neben ihr läuft, bewegt sich nur dann weiter, wenn auch der Hund und sie das tun. So geht das eine Weile, bis Maxim plötzlich stehen bleibt und knurrt. Er starrt in eine Gruppe Kiefern weiter hinten im Wald.

»Wer ist da?«, ruft Mara in Richtung der Baumgruppe. »Was soll das?«

Niemand antwortet. Und als sie nach ein paar Minuten mit dem Hund weitergeht, sind keine Schritte mehr im Wald zu hören. Bald sind sie an der Abzweigung angelangt, die an den oberen Ortsrand von Weidenbrünn und damit nach Hause führt.

Yannick Briand ist der Meinung, dass Peter Thomé seine Frau umgebracht hat. Das hat er Mara nach dem Gespräch mit dem Förster deutlich zu verstehen gegeben. Er hat sich eine Theorie zurechtgelegt, auf der er nun beharrt. Demnach ist Thomé seiner Frau gefolgt, hat sie wenige Meter von ihrem Auto entfernt im Zorn erschossen und ihre Leiche irgendwo im Wald, in dem er sich bestens auskennt, entsorgt.

»Und warum hat er ihre Jacke verbrannt?«, hat Mara ihn gefragt.

»Die wird wahrscheinlich heruntergerutscht sein und wäre beim weiteren Transport der Leiche sowieso zusätzlicher Ballast gewesen.«

Mara hat an Yannicks Blick und seinem vorgeschobenen Kinn gemerkt, dass er von dieser Idee erst mal nicht abrücken wird.

Was für ein schlimmer Gedanke, dass gerade die Frau, die so selbstbewusst und munter den Wald durchstreifte, hier irgendwo ihr einsames Grab gefunden haben soll. Mara muss oft an Silvie denken, vor allem an die Zeit, als sie zusammen zur Schule gingen. In der Grundschule saßen sie nebeneinander, Mara mit ihren Zöpfen und Silvie mit ihrem roten Lockenkopf. Sie haben gelegentlich ihr Pausenbrot getauscht.

»Schon wieder Leberwurst! Kann ich nicht dein Käsebrot haben?«

Silvie hatte immer Tintenflecke an den Händen, die sie dann mit dem Tintenkiller wieder entfernte. Auf dem Pausenhof war sie ununterbrochen in Bewegung, ärgerte die Jungs und veranlasste sie, ihr hinterherzurennen. Sie bekamen sie aber so gut wie nie zu fassen. Silvie war einfach zu schnell.

Später, in der siebten oder achten Klasse, hat Silvie ihre Spickzettel mit rosa Bazooka-Kaugummi unten an ihr Pult geklebt. Erst gegen Ende des Schuljahres wurde sie einmal dabei erwischt. Wenn sie auf den Zettel schauen wollte, nahm sie den Kaugummi in den Mund und klebte den Zettel danach wieder seelenruhig unter den Tisch. Einige Lehrer störte das ständige Gekaue. »Kannst du bitte mal aufhören, während der Prüfung laufend Kaugummi zu kauen?«, hat die Mathelehrerin sie gerügt. Das mit dem Spickzettel bekamen die Lehrer nicht mit.

Mara musste sich immer ein Lachen verkneifen, wenn sie Silvie bei dieser Aktion beobachtete. Die saß schräg vor ihr. Einmal hat sie in der Mathestunde die Leberflecke auf ihrem Arm zu geometrischen Zeichen verbunden. »Wo ist denn nun die Hypotenuse?«, hat sie ihre Klassenkameraden lachend gefragt.

Jetzt tut es Mara leid, dass sie und Silvie in den letzten zehn, zwanzig Jahren so wenig Kontakt hatten. Aber Mara war mit ihrer Arbeit, als alleinerziehende Mutter und durch das Auf und Ab mit Philipp immer sehr beansprucht. Sie ist sich sicher, dass es Silvie nicht viel anders ging.

An dem Tag, als Silvie Philipps Leiche gefunden hat und sie sie auf der Bank neben dem Weg sitzen sah, hat Mara gespürt, wie nahe ihr die Schulfreundin auch nach all den Jahren noch war. Der Blick aus den grünblauen Augen war der gleiche, die feinen Sommersprossen auf der Nase, die leichte Andeutung einer Zornesfalte zwischen den Augen. Silvie ist eine Idealistin geblieben, anders als viele andere, die Mara noch aus der Schulzeit kennt.

Mara hat sich trotz des traurigen Anlasses auf das Kaffeetrinken mit der alten Schulfreundin gefreut. Und nun ist sie weg, wie vom Erdboden verschluckt, und höchstwahrscheinlich ist sie tot.

Hat Yannick recht? Das ist eine der Fragen, die sich Mara stellt, als sie mit dem Hund an der Gartenpforte ihres Elternhauses ankommt. Ist Silvies Mann wirklich ihr Mörder? Hat er sie aus Eifersucht getötet? Irgendetwas sträubt sich in ihr, das zu glauben.

Ihre Mutter steht am Herd in der Küche und kocht Hühnchen mit Reis – für den Hund. Anfangs war sie von der Idee, das große, kräftige Tier im Haus zu haben, nicht allzu begeistert. »Musst du dir das auch noch aufladen, Mara?«, hat sie leicht entnervt gefragt. »Du weißt, ich laufe zu schlecht, ich kann den Hund nicht täglich ausführen.«

Aber als Mara den Ridgeback aus der Tierarztpraxis abgeholt hatte und die bernsteinfarbenen Augen ihre Mutter erwartungsvoll und freudig ansahen, hat sich diese wohl auf den ersten Blick in das Tier verliebt.

»Mama, du kochst Hühnchen für den Hund?« Mara kann sich ein Lachen nicht verkneifen.

»Der Tierarzt hat doch gesagt, Maxim soll etwas Leichtes, Bekömmliches fressen in den Tagen nach der Behandlung.«

Der Hund reckt den Kopf hoch zum Ofen und fängt aufgeregt an, mit dem Schwanz zu wedeln.

»Du hast einen Freund fürs Leben gewonnen«, sagt Mara und tätschelt Maxim den Kopf.

Sie schenkt sich einen Tee aus der runden blauen Teekanne ein und setzt sich an den Küchentisch.

»Ich habe mir zwei Tage freigenommen«, sagt sie. »Dann kann ich mich rund um die Uhr um Maxim kümmern. Und ich habe auch irgendwie das Gefühl, dass ich langsam keine Kraft mehr habe. Ich schlafe schlecht, habe Albträume. Und ein paarmal wäre ich fast umgekippt.«

»Ja, Mädchen, ich glaube, das ist eine gute Entscheidung«, antwortet die Mutter und legt eine Hand auf Maras Rücken. »Das war alles zu viel für dich. Außerdem bist du sehr nah dran an dieser Sache. Was ist mit Silvie? Glaubst du, sie lebt noch?«

»Nein, Mama. Das glaube ich nicht.« Mara schaut auf den Hund, der sich auf seiner Decke neben dem Küchentisch ausgestreckt hat, und fängt an zu weinen. »Die Suche nach ihr geht weiter.« Mara schnäuzt sich in ein Taschentuch. »Meine Kollegin Lisa Fröhlich hat alles im Griff. Morgen früh ab acht Uhr sind sie wieder im Wald. Mit mindestens fünfzig Mann.«

»Dann ruh dich jetzt aus. Ich kenne dich, du bist innerlich immer in Bereitschaft«, mahnt die Mutter, während sie dem Hund das Hühnchen mit dem Reis in die Futterschüssel füllt.

»Für uns hab ich auch Hühnchen gemacht.« Else Winter zwinkert ihrer Tochter zu. »In der Kasserolle. Mit Tomatensoße und Salbei. Das magst du doch so gern. Vielleicht kannst du den Salat zubereiten?«

Mara schaut neugierig in den Ofen. »Das ist es, was hier so wunderbar duftet. Und was für eine Riesenmenge!«

Jetzt muss die Mutter lachen. »Na, es hätte ja sein können, dass der französische Kommissar zum Essen kommt. Er sieht immer recht hungrig aus.«

Mara umarmt ihre Mutter und fängt an, den Salat zu putzen. Dass sie im Wald das Gefühl hatte, verfolgt zu werden, verschweigt sie ihr.

Die nächsten Tage sind grau und still. Von frühmorgens bis zum Dunkelwerden sind die Suchtrupps der Polizei im Wald. Am Freitag sollen noch einmal die Leichenspürhunde aus Bayern eingesetzt werden, an einer anderen Stelle.

Im Forsthaus haben die Kriminaltechniker jeden Winkel auf den Kopf gestellt, jede Kühltruhe, den Keller, die Garage, das Gewächshaus, den Dachboden, die Speisekammer und den Geräteschuppen am Wald durchsucht. In den Toiletten und Bädern wurde Luminol eingesetzt. Damit kamen an der Badewanne, ganz unten zu den Bodenfliesen hin, winzige Blutstropfen zwischen den Kacheln zum Vorschein. Sie waren eingetrocknet und beim Putzen wohl übersehen worden.

Die Aussage von Peter Thomé, Silvie habe sich dort oft die Beine rasiert und dabei ein Bein angewinkelt auf den Rand gesetzt, klingt nach Meinung der Kollegen glaubwürdig. Mara macht es genauso. Und alle paar Wochen passiert es, dass sie sich ins Schienbein schneidet. Vor allem, wenn der Rasierer nicht mehr ganz scharf ist.

Auch am Tisch in der Wildkammer, wo der Förster die Jagdbeute zerteilt und das Federwild rupft, fanden sich unten an den Tischbeinen winzige Blutspuren, die nicht von Tieren stammten. Es handelte sich sowohl um Peter Thomés Blut als auch um das von Silvie.

»Die Mengen an Blut reichen nicht aus, um einen Haftbefehl beim Staatsanwalt zu beantragen«, stellt Richard Stegner fest. »In jedem Haushalt gibt es Spuren von solchen Verletzungen. Man schneidet sich beim Gemüseputzen, beim Rasieren, sogar an scharfkantigem Papier. Und wir wissen: Silvie Thomé hat eine Menge Blut verloren. Allein auf ihrer Jacke war mindestens ein Liter. Die winzigen Tröpfchen im Haus passen da nicht dazu.«

Yannick Briand tobt vor Wut. Er ist sich noch immer sicher, dass der Ehemann der Täter ist. »So würde das in Frankreich nicht ablaufen! Die Frau ist weg, der Mann war gewalttätig, und man findet an mindestens zwei Stellen im Haus ihr Blut. Nun kann er weitere Beweise in aller Ruhe verschwinden lassen.«

»Für eine Untersuchungshaft reicht das wirklich nicht aus – da kommt er nach drei Tagen wieder frei, wenn wir sonst nichts haben. Alles wäre anders, wenn wir eine Leiche hätten. Aber ich werde beim Staatsanwalt beantragen, dass wir sein Telefon abhören dürfen«, versucht Mara, ihren Kollegen zu beruhigen.

»Ihre Entscheidung, Ihr Fall«, erwidert Yannick patzig.

Es war furchtbar, Philipps Leiche zu finden, aber dieses Schweigen, die dunkle, traurige Ahnung, das Nichtweiterkommen sind fast genauso schlimm.

Die Woche vergeht zäh und schnell zugleich. Es bleibt grau, trüb und kalt. Wenn Mara die Zeit findet, kocht sie mit ihrer Mutter oder macht lange Spaziergänge mit Maxim. Abends legt sie sich in die Badewanne und hört dabei Musik.

Yannick Briand hat sich krankgemeldet. Er hat eine starke Erkältung und krächzt und schnieft ins Telefon. Nicht einmal malen könne er, jammert er. Eine Nachbarin habe ihm eine Suppe gekocht, davon esse er nun dreimal am Tag. Selbst das Rauchen mache ihm keinen Spaß mehr, er habe sich Mentholzigaretten bringen lassen. Aber die schmeckten ihm nicht.

»Wussten Sie, dass Mentholzigaretten in Deutschland seit ein paar Jahren verboten sind, damit Jugendliche nicht mit dem Rauchen anfangen?«

»Was für ein Quatsch«, brummt der Kommissar. »Dann rauchen sie andere. Und der Rest kommt nach Frankreich und kauft seine Mentholzigaretten hier.«

»Das kann schon sein«, sagt Mara. »Aber hören Sie auf Ihren Körper und rauchen Sie jetzt lieber nicht.«

Yannick Briand lacht krächzend. »Wollen Sie auf mich aufpassen? Ausgerechnet Sie? Haben Sie nicht selbst genug zu tun? Was macht eigentlich Ihr neuer Hund?«

»Maxim geht es gut. Er liegt auf seiner Decke und nagt an einem Rinderknochen. Nachts schläft er neben meinem Bett.«

Mara hört den Franzosen heiser kichern. »Es gibt sicher eine Menge Männer, die diesen Hund beneiden.«

»Gute Nacht, Sie Scherzkeks«, sagt Mara.

»Was für ein Keks? Eine Art Idiot?«

»Aber nein. Jemand, der komische Witze macht.«

»Alors, dann schlafen und träumen Sie schön. Bonne nuit.«

Wirklich böse scheint der Kommissar nicht mit ihr zu sein. Aber er ist verschnupft, im wahrsten Sinne des Wortes. Dass es nicht Maras Entscheidung ist, eine Untersuchungshaft für Thomé in die Wege zu leiten, hat er hoffentlich eingesehen.

Mara hält inzwischen zwar nicht mehr für ausgeschlossen, dass Peter Thomé seine Frau getötet hat, aber wirklich glauben kann sie es nicht. Zumal man in seinem Jeep und auch auf der Ladefläche keinen Tropfen Blut von Silvie gefunden hat. Die Leichenspürhunde aus München sollen am Freitag den Jeep des Försters inspizieren.

Seit ein paar Tagen hat Mara einen immer wiederkehrenden Traum. Sie sieht Philipp und Silvie zusammen. Die beiden laufen vor ihr durch den tiefen Schnee, eine steile Anhöhe hinauf. Dahinter kann Mara weit oben eine Burgruine erkennen, schemenhaft, ähnlich der Burg Gräfenstein in Merzalben, mit einem hohen, gut erhaltenen Turm. Mara will nach Philipp und Silvie rufen, aber sie sind zu weit fort, und so schnell Mara auch läuft – der Abstand zwischen ihr und den beiden verringert sich nicht. Ihre Füße sinken tief in den Schnee ein, der Weg bergauf fällt Mara schwer. Irgendwann vergrößert sich der Abstand zu Silvie und Philipp immer mehr, und sie sind nur noch als ferne Punkte, fast schon oben an der Burg, erkennbar. Dann sind sie auf einmal verschwunden. Noch immer versucht Mara, weiter nach oben zu kommen durch den Schnee, als sie auf einmal ein lautes Pfeifen in einer sehr hohen Frequenz hört.

Da sieht sie einen Schlitten kaum zehn Meter von sich entfernt bergab sausen, und darauf sitzen Philipp und Silvie. Die Gesichter kann sie kaum erkennen, aber sie sieht Silvies rote Haare, und sie hört, wie Philipp etwas ruft. Es klingt wie: »Morgen sind wir zurück!« Und Silvie antwortet: »Ja, im Frühling.«

Mara bleibt wie angewurzelt stehen und will ebenfalls wieder bergab gehen, da sieht sie etwas im Schnee leuchten. Es ist eine lange rote Haarsträhne. Als Mara sie aufhebt, verwandelt sie sich in einen Ast, und der Ast wird zu einem kleinen Vogel, der mit unendlicher Geschwindigkeit wegfliegt.

Sie wacht schweißgebadet auf.

In einer anderen Nacht träumt sie, sie wäre mit Philipp und Silvie beim Schwimmen in einem kleinen Waldsee. Er erinnert sie an den See, an den sie als Kind mit ihrer Mutter immer zum Baden gegangen ist. An drei Seiten ist er direkt vom Wald umsäumt, an der vierten befindet sich eine helle Lichtung. Der See ist nicht sehr groß, dafür aber recht tief, und das Wasser an der Seite der Lichtung ist sehr klar, hellgrün und durchsichtig. Kleine silbrige Fische schwimmen nahe am Ufer.

In diesem See baden Silvie, Philipp und Mara. Sie hört das

Lachen der beiden, auch ihr eigenes. Es ist Sommer, das Wasser ist kühl, aber die Sonne scheint heiß auf die Oberfläche.

Philipp schwimmt auf die Mitte des Sees hinaus, er winkt Mara zu. Silvie ist irgendwo neben ihr. Ihr langes Haar ist nass, sie hat es sich nach hinten gestreift. Mara fällt auf, wie hell ihre Haut ist.

Sie will zu Philipp schwimmen, als der plötzlich abtaucht. Mara schwimmt schneller, ist schon bald selbst an der Stelle, aber von Philipp fehlt jede Spur. Als sie Silvie um Hilfe ruft, ist auch die verschwunden.

Verzweifelt ruft Mara nach ihnen, starrt immer wieder auf die Wasseroberfläche. Aber die bleibt still und unbewegt, und von den beiden ist nichts mehr zu sehen.

Mara taucht selbst in der Mitte des Sees, sie versucht dabei, die Augen offen zu halten. Sie tastet nach Körpern, die nicht da sind, hört unter Wasser irgendein gurgelndes Geräusch. Kurz holt sie Luft, dann taucht sie erneut nach unten. Gerade will sie sich mit dem Fuß abstoßen, als sie auf etwas Hartes trifft. Es ist ein großer Baumstamm, der wohl beim letzten Sturm in den See gespült wurde. Algen und Schlamm hängen daran.

Gleichzeitig mit dem Tritt an den Stamm wacht Mara auf. Es dämmert gerade. Maxim schläft tief und leise schnarchend auf dem Bettvorleger. Mara dreht sich auf die andere Seite und schläft nach einer Weile wieder ein.

Aber beim Aufwachen ist der Traum wieder da. Es fällt Mara unheimlich schwer, sich von den Träumen um Philipp und Silvie zu befreien. Es ist, als wäre sie für eine Weile von diesen surrealen Bildern umfangen, als müsste sie sich erst langsam davon freikämpfen.

Sie springt mit einem Ruck aus dem Bett und kuschelt eine Weile mit Maxim, bevor sie mit ihm hinuntergeht und ihn durch die Küchentür in den Garten lässt.

Während sie Kaffee aufstellt, kontrolliert sie ihre Nachrichten. Nichts Neues. Auf dem Tisch liegt ein Zettel ihrer Mutter, auf dem steht, dass sie in den Supermarkt gegangen ist, um für das Mittagessen einzukaufen. Vielleicht hat sie daran gedacht, dass Mara sich gefüllte Paprikaschoten mit Schafskäse und Reis gewünscht hat.

Mara trinkt zwei Tassen starken Kaffee und dann ein großes Glas Orangensaft. Obwohl sie keinen Hunger hat, macht sie sich ein Toastbrot mit Butter und Pfirsichmarmelade. Bevor sie duschen geht, ruft sie Maxim wieder herein und gibt ihm sein Futter. Noch immer sind die Szenen des Traums präsent, das fürchterliche Gurgeln unter Wasser und das leere, flaue Gefühl, nachdem Philipp und Silvie im See verschwunden sind.

Mara duscht sehr lange und sehr heiß und zum Schluss kalt – ein Rat ihrer Großmutter. Sie trocknet sich ab und zieht ihre Bootcut-Jeans und ihren lila Lieblingspullover an. Sie legt eine CD von den Kooks ein, dreht die Musik laut auf und singt den Song »Seaside« mit. Nach und nach verschwinden die Bilder vom See mit dem grünen Wasser und den Freunden, die darin untergegangen sind.

Später wird sie Yannick Briand anrufen. Wenn er noch immer krank ist, wird sie am Wochenende zu ihm nach Weißenburg fahren und vielleicht einen Kuchen mitbringen. Möglich, dass er ihr in mancher Hinsicht ähnlich ist. Genauso stur, und er bittet ebenso ungern um Hilfe. Um andere Menschen kümmert er sich dagegen mit Hingabe.

Am Nachmittag bekommt Mara eine E-Mail von ihrem Chef Richard Stegner. Sechs Männer in der Region um Weidenbrünn besitzen eine Repetierwaffe vom Typ Haenel Jaeger 10, zu der die Projektile passen, mit denen Philipp erschossen wurde. Unter den Männern sind Kurt Meyer, der Inhaber des »Goldenen Kranzes«, Manfred Gruber, der Nachbar von Philipp, und der Förster Peter Thomé. Yannick Briand hat drei Männer im betreffenden Waldgebiet auf der französischen Seite ermittelt, die mit einer solchen Waffe und der gleichen Munition schießen. Auch Georges Perrault besitzt ein Gewehr dieses Typs.

»Allerdings können wir nicht ausschließen«, merkt ihr Chef an, »dass noch weitere Personen – ohne Waffenschein – eine

Haenel Jaeger 10 oder eine ähnliche Waffe haben, sodass nicht nur die genannten Personen in den Fokus rücken sollten.« Es solle beim Hersteller nachgefragt werden, an wen eine solche Waffe in den letzten Jahren verkauft wurde.

Mara seufzt. Warum muss der immer in so einem Beamtendeutsch schreiben? Zwei der genannten Männer hat sie schon überprüft. Peter Thomé hat kein Alibi. Auch er war in der Nacht, als Philipp starb, im Wald unterwegs. Angeblich aber an einer ganz anderen Stelle. Die weiteren Waffenbesitzer gilt es noch zu kontrollieren.

Nicht erst seit den schlimmen Träumen überlegt Mara, ob Silvie vielleicht doch eine Beziehung mit Philipp gehabt haben könnte.

»Es gibt vieles, das du nicht weißt«, hat sie als Letztes in dem Telefongespräch mit Mara gesagt. Hat sie das damit gemeint? Wollte sie ihr sagen, dass sie Philipp liebt? Ist ihr Mann deshalb ausgerastet? Und hat er beide getötet?

Mara hat Gerüchte gehört, dass Philipp sowohl mit Fabienne Perrault als auch mit Silvie im Auto unterwegs gewesen sein soll. Philipp und Silvie kannten sich praktisch seit ihrer Kindheit, aber Mara weiß nicht, wie viel Kontakt sie noch gehabt haben. Vor ihrem geistigen Auge stellt sich Mara eine Freundschaft zwischen den beiden vor, so wie viele hier im Ort befreundet sind, die sich seit Langem kennen. Aber was weiß sie schon? Sie war in den letzten Jahren die meiste Zeit in Kaiserslautern und hat viele alte Schulfreunde aus den Augen verloren.

Will ich es nicht glauben, fragt sie sich, als sie später mit dem Hund im Wald unterwegs ist. Kann ich den Gedanken nicht ertragen, dass meine beste Freundin von früher eine Affäre mit meiner Jugendliebe hatte? Bin ich nicht objektiv genug? Vielleicht sollte ich Yannick Briand diese Frage stellen, überlegt sie. Und warum erscheinen in meinen Träumen immer beide?

Es ist jetzt richtig kalt. Anders als im Traum hat es noch nicht geschneit, aber bis Dezember sind es keine drei Wochen mehr. Mara sieht den Atem des Hundes neben ihrem eigenen in die

Luft steigen. Die Erde unter ihren Füßen ist hart gefroren. Sie steuert den Weg zum Dianarelief an. Dort war sie schon seit Wochen nicht mehr. Es ist einer ihrer liebsten Plätze hier im Wald.

Die Ermittlungen im Fall Silvie Thomé werden mit jedem Tag schwieriger. Je schneller eine Leiche gefunden wird, desto mehr erzählt sie über den Tathergang. Mara begreift nicht, dass es seit dem Fund der Jacke keinen weiteren Hinweis mehr darauf gegeben hat, was mit Silvies Körper geschehen ist. Über Wochen wurde der Wald jeden Tag minutiös durchkämmt, ohne Erfolg.

Plötzlich bleibt der Hund stehen, er wirkt angespannt. Mara beugt sich zu ihm hinunter und streichelt ihn. »Was hast du, Maxim?«

Der Hund starrt nach oben in den Wald, wo es etwas steiler wird.

Dort steht ein Rehbock, regungslos. Er scheint Mara und den Hund anzublicken. Maxim macht keine Anstalten, dem Tier nachzujagen. Mara spürt, dass er zittert. So verharren sie wohl eine Minute, ohne dass sich einer rührt. Aber noch bevor ein Schuss die Luft zerreißt, kommt Bewegung in den Rehbock. Er springt in großen Sätzen bergan, dorthin, wo der Wald dichter wird.

Mara zieht den Ridgeback mit sich, in die entgegengesetzte Richtung, bergab, querfeldein. So schnell ihre Füße sie tragen. Ein paar hundert Meter weiter unten kommt man auf einen Weg, der serpentinenartig hinunter ins Dorf führt. Während sie mit dem Hund durch den Wald rennt, hört sie weitere Schüsse. Irgendwie hofft sie, dass der Rehbock es noch einmal geschafft hat.

»Gibt es etwas Neues, Frau Kollegin?« Der Kommissar klingt immer noch leicht nasal am Telefon.

»Nein, leider nicht. Aber ich war mit Maxim im Wald, und da wurde keine hundert Meter von uns entfernt geschossen.«

»Was ist da passiert? Ist alles okay bei Ihnen?«

»Mir ist nichts geschehen und dem Hund auch nicht. Wir haben einen Rehbock gesehen, der stand nur ein paar Meter über uns. Und dann folgte auch schon bald der erste Schuss. Maxim war aufgeregt und fing an zu zittern. Und ich bekam auch Angst und bin mit dem Hund davongerannt, nach unten, auf einen anderen Weg. Ich bin so ein Feigling.«

»Ein Feigling, Sie?« Der Kommissar lacht. »Warum waren Sie denn so beunruhigt? Hatten Sie Angst, dass man auf Sie schießt?«

»Es ist so: Vor ein paar Tagen war ich auch mit Maxim im Wald. Und da war jemand neben uns, zwischen den Bäumen, abseits des Weges. Jemand hat uns verfolgt, eine ganze Weile lang. Blieb stehen, wenn ich stehen blieb, und ging weiter, wenn ich mich bewegte. Der Hund hat geknurrt.«

»Und da gehen Sie seelenruhig weiter mit dem Tier allein in den Wald?«, unterbricht sie Yannick Briand. Er klingt jetzt richtig zornig. »Wahrscheinlich noch ohne Waffe, mitten in den Wald hinein. Nach allem, was passiert ist! Nein, Sie sind kein Feigling, sondern sehr, sehr leichtsinnig.«

»Sie haben ja recht«, sagt Mara kleinlaut. »Aber ich bin hier aufgewachsen, ich war als Kind fast jeden Tag im Wald. Es fällt mir schwer, ihn als Bedrohung zu sehen.«

Mara kann förmlich hören, wie der Kommissar skeptisch schaut und eine Augenbraue hochzieht. »Ich verstehe schon. Mir macht es auch keinen Spaß, wenn ich eingeschränkt werde. Aber ich schlage vor, Sie gehen vorerst woanders mit Maxim spazieren. Auf einem Feld, im Ort oder am Waldrand. Auf jeden Fall nicht mehr im Wald. Und das ist keine Bitte.«

Jetzt muss Mara lachen. Der Mann sorgt sich offenbar um sie. »D'accord, Monsieur. Dann muss ich wohl auf Sie hören. Was macht Ihre Erkältung?«

»Es geht schon wieder. Wie Sie merken, klinge ich nicht mehr wie ein alter Rabe. Ich bin jetzt täglich ein paar Stunden auf und male. Bis einschließlich Montag bin ich noch krankgeschrieben.«

Der Franzose ist wirklich sperrig und stur, aber Mara mag

ihn irgendwie. »Gut zu hören. Dann malen Sie, aber schonen Sie sich auch. Und trinken Sie so viel heiße Zitrone, wie Sie können.«

»Das tue ich ohnehin«, näselt Yannick ins Telefon. »Mir werden bald sehr hübsche kleine Zitronenbäumchen aus den Ohren wachsen. Bis bald.«

»À bientôt, Monsieur. Bis bald!«

Mara wirft sich lachend auf das Sofa. Das Bild des Kommissars, dem Zitronenbäume aus den Ohren wachsen, wird sie lange nicht aus dem Kopf bekommen.

»Was lachst du so?«, fragt ihre Mutter, die in der Küche gerade einen Kakao kocht.

»Ach, weißt du, Mama, mein französischer Kollege hat wirklich einen skurrilen Humor. Aus seinen Ohren wachsen offenbar Zitronen.«

»Zitronen?«, fragt die Mutter entgeistert. »Es hörte sich an, als würdest du mit ihm flirten.«

»Ich? Flirten?« Mara setzt eine gespielt unschuldige Miene auf und spitzt die Lippen.

»Ich kenne dich. Da ist dieser verschmitzte Ausdruck in deinem Gesicht. Es gefällt dir einfach, diesen Mann ein bisschen anzustacheln und aus der Reserve zu locken. Stimmt's?«

»Na ja, Mutti«, Mara schmunzelt, »da ist schon was dran. Ich foppe ihn ein bisschen. Aber er taut dadurch auf. Und irgendwie mag ich ihn ganz gern.«

Die Mutter stellt eine Tasse Kakao vor Mara hin. »Der Mann ist gut fünfzehn Jahre älter als du, sei vorsichtig. Am Ende meint er es auf einmal ernst.«

»Er ist genau zwölf Jahre älter als ich. Der Bart lässt ihn älter erscheinen. Und im Moment ist das, was wir tun, ein bisschen Armdrücken zwischen Kollegen.«

»Armdrücken?« Die Mutter schüttelt den Kopf und schaltet das Radio ein.

»Eigentlich wollte ich den Kommissar am Samstag besuchen. Er war doch so krank. Hilfst du mir, einen Kuchen für ihn zu backen?«

»Zitrone?«, fragt die Mutter augenzwinkernd zurück.

»Na klar!«

Beide brechen in prustendes Gelächter aus.

***

Die Leichenspürhunde Roya und Titus scheinen den Jeep des Försters nicht sonderlich interessant zu finden. Nur an den Reifen schnüffeln sie etwas länger herum. Auf die Sitze und die Ladefläche des Wagens reagieren sie nicht. Hauptkommissarin Lisa Fröhlich hat dennoch beschlossen, das Fahrzeug in die Kriminaltechnik zu geben. Während das Polizeiteam und der Hundetrainer das Auto von allen Seiten begutachten, steht Förster Peter Thomé mit düsterem Blick daneben.

»Und was soll ich ohne Auto machen? Ich muss doch täglich damit in den Wald!«

»Sie können sich für den Zeitraum, in dem wir den Jeep untersuchen, ein gleichwertiges Auto leihen und die Kosten dafür bei Gericht einreichen. Das sollte kein Problem sein«, sagt Lisa Fröhlich mit einem kurzen Seitenblick auf Thomé.

Der nickt zwar zustimmend, scheint von der Sache aber nicht begeistert zu sein. »Hoffentlich bekomme ich in der Kürze der Zeit einen Jeep, ein normaler Pkw bringt mir im Wald recht wenig.«

»Komisch. Die Hunde haben nur auf die Räder des Wagens reagiert«, sagt Lisa Fröhlich zum Hundetrainer, als sie das Forsthaus verlassen haben und auf dem Weg zu ihren Autos sind.

»Ja, das stimmt. An den Rädern waren sie interessiert«, antwortet Wachsmann, »aber sie haben nicht angeschlagen. Wenn sie etwas Konkretes finden, setzen sie sich vor das Objekt und bellen. Das ist hier nicht passiert.«

»Kann es sein, dass der Förster genau dort entlanggefahren ist, wo seine Frau höchstwahrscheinlich getötet wurde? An der Stelle im Wald? Und dass dieser Geruch den Reifen anhaftet?«

»Das ist gut möglich. Aber eine Leiche im Fahrzeug von

Thomé nachzuweisen, wird, zumindest was die Reaktion der Hunde betrifft, schwierig werden.« Der Trainer zuckt bedauernd die Achseln.

»Ja, ich weiß«, erwidert Lisa Fröhlich resigniert. »Die Kollegen werden sich das komplette Innenleben des Jeeps inklusive Fußmatten und Auflage der Ladefläche auf jeden Fall noch einmal genau vornehmen.«

»Gut. Dann fahren wir jetzt zurück nach Bayern«, sagt der Trainer. Er sichert die beiden Hunde in ihren Transportboxen und verabschiedet sich von Lisa Fröhlich.

**

Mara ist gerade dabei, die Beete im Garten winterfest zu machen und mit Planen abzudecken, als ihr Handy klingelt. Lisa Fröhlich ist dran.

»Hi, Mara. Wir sind mit den Hunden fertig.«

Mara setzt sich auf die Bank zwischen den Beeten. »Und? Haben sie reagiert?«

»Nicht wirklich. Sie haben ausgiebig an den Reifen geschnüffelt, schienen sonst aber eher desinteressiert an dem Jeep.«

»Da kommen wir also nicht weiter«, stellt Mara fest.

»Unser Förster wird sich demnächst einen Anwalt nehmen, schätze ich. Der war richtig sauer. Wir haben seinen Jeep einkassiert. Der dürfte jetzt schon in der Kriminaltechnik sein. Auch wenn die Hunde nicht angeschlagen haben, dachte ich, sicher ist sicher. Vielleicht finden die Kollegen doch noch Hinweise, an den Fußmatten oder irgendwo sonst am Wagen. Ich hoffe, das ist in deinem Sinn.«

»Klar«, sagt Mara und zieht den Reißverschluss ihrer Jacke nach oben. Es ist wieder ein klirrend kalter Tag heute. »Der kann sich doch auf Staatskosten einen Leihwagen nehmen in der Zeit«, merkt sie an.

»Das habe ich ihm auch gesagt. Aber begeistert war er nicht.«

»Soll er sich nur ärgern. Unser französischer Kollege ist überzeugt, dass er Silvie umgebracht hat.«

»Und du?«, fragt Lisa.

»Ich bin mir nicht sicher. Aber ich frage mich die ganzen Tage schon, ob Philipp nicht doch was mit Silvie hatte.«

»Meinst du? Irgendwie kam er mir nicht wie ein ausgesprochener Womanizer vor.«

»Das war er auch nicht. Aber ich muss überprüfen, ob da ein Verhältnis bestand. Ich werde noch einmal mit Philipps französischer Geliebten sprechen, Madame Perrault. Vielleicht ist der etwas aufgefallen.«

»Tu das. Ich fahre jetzt zurück nach Pirmasens in die Inspektion. Da wartet noch ein Stapel Akten auf mich.«

»Danke dir, Lisa. Mach's gut.«

Spaghetti alla puttanesca

Am folgenden Nachmittag ist Mara auf dem Weg nach Weißenburg. Es ist Samstag, die Sonne strahlt von einem klaren Himmel, und es scheint ein paar Grad wärmer zu sein als an den Tagen zuvor. Trotzdem hat Mara ihren Wintermantel und ihre Stiefel angezogen. Sie friert nicht gern.

Der Kommissar hat keine Ahnung davon, dass sie ihn besuchen wird. Hoffentlich ist er überhaupt zu Hause. Vielleicht hasst er Überraschungsbesuche. Sie hätte doch vorher anrufen sollen. Aber auf der Rückbank steht der wunderbare, luftig-leichte Zitronenkuchen, den sie am Morgen mit ihrer Mutter gebacken hat.

Sie schaltet das Radio ein, Radio Liberté Alsace. Es läuft ein französischer Popsong, den sie noch nie gehört hat. Von sanften Gitarrentönen begleitet singt ein Typ ein bisschen weinerlich darüber, wie er seine große Liebe zum letzten Mal in der Metro gesehen hat. Kitsch – aber nicht schlecht.

Danach kommt eine Werbung für Kartoffelpüree, das angeblich besonders Kindern schmeckt. Wie hausgemacht sei es, und es schone auch noch den Geldbeutel. Dann folgt der Wetterbericht. Schneien soll es in den nächsten Tagen.

Während des dritten französischen Popsongs fährt Mara in Weißenburg ein. Es ist ein rockiges Lied mit melodischem Refrain. »Cendrillon« – »Aschenputtel« heißt es, und es geht offenbar um die zerstörten Träume eines jungen Mädchens. Der Moderator erzählt, dass der Song von einer New-Wave-Band aus den achtziger Jahren stamme, »Téléphone« nennen sie sich. Klar, dass mir der Song am besten gefällt, denkt Mara.

Nach dem dritten Kreisel muss sie rechts abbiegen. Die Verkehrskreisel hier sind nicht nur mit Blumen und Pflanzen, sondern auch mit großen Skulpturen geschmückt. Sie fährt an einem überdimensionierten Stuhl in Regenbogenfarben und einer riesigen goldenen Gießkanne vorbei, und als Letztes kommt ein lila Schaukelpferd in Sicht. Dass in den Alltag der Franzosen so viel Phantasie integriert ist, beeindruckt Mara jedes Mal. Auch die Häuser und Gärten sind in Frankreich individueller gestaltet. Sie kann es nicht ausstehen, wenn in Vorgärten der Rasen wie ein genau abgemessener Teppichboden aussieht.

Die kleine Straße, in der Yannick Briand wohnt und wohl auch sein Atelier hat, führt bergauf. Nur eine Handvoll Häuser steht hier. Der Wald ist ein paar Meter entfernt, beginnt direkt hinter den steilen Gärten. Rue Frédéric Bastian, Hausnummer 3, da ist es!

Mara parkt vor einem alten Fachwerkhaus mit verwaschenem rosa Anstrich. Vorn sind hölzerne Fensterläden angebracht. An der Seite hat das Haus einen kleinen Anbau mit einem großen Fenster. Briands alter blauer Renault steht vor der Garage. Mara nimmt den Kuchen aus dem Auto und klingelt. Aus dem Haus tönt laute Musik – Gitarre und Akkordeon. Eine Weile tut sich nichts. Mara klingelt resoluter. Nach ein paar Sekunden wird die Musik leiser, und sie nimmt Schritte wahr.

»Oui?« Durch die Tür hört sie seine Stimme, der Kommissar erwartet offenbar keinen Besuch.

»C'est moi! Mara«, antwortet sie auf Französisch. Mit einem Ruck öffnet der Kollege die Tür. Graugrüne Augen blicken sie überrascht an. »Bonjour! Ist etwas passiert?«

»Nein, nichts. Rien. Außer dass ich Ihnen einen Zitronenkuchen vorbeibringe.«

Yannick strahlt ihr entgegen. »Also dann kommen Sie doch herein. Sie sind herzlich willkommen – ob mit oder ohne Kuchen. Aber mit Kuchen sogar noch mehr.«

Er nimmt Mara den Mantel ab und hängt ihn an die Garderobe im Flur. Dort erkennt sie die Outdoorjacke mit den vielen Taschen, die Yannick im Dienst rund um die Uhr trägt. Daneben hängen ein alter Trenchcoat, mehrere Mützen und Strickjacken. Ein Stapel Zeitschriften und Zeitungen liegt auf dem Boden neben einer kleinen Kommode. Am Boden unter der Garderobe stehen die Schuhe des Kommissars. Er hat keine Hausschuhe an, sondern ein Paar Stoffsneaker, die mit Farbtupfern übersät sind.

»Bitte entschuldigen Sie die Unordnung. Ich war in den letzten Tagen zu schlapp, um aufzuräumen. Und ich hatte, ehrlich gesagt, auch keine Lust dazu.«

»Aber ich bitte Sie.« Mara folgt Yannick in sein Atelier. »Ich habe Sie mit meinem Besuch ja ziemlich überfallen.«

»Ich muss noch ein paar Striche an meinem Bild machen, bevor die Farbe auf der Palette eintrocknet. Dann können wir Kaffee trinken. Ist das okay?«

»Sicher! Ich bin gespannt.«

Yannicks Atelier ist der Raum mit dem großen Fenster zur Seite hin. Das habe er einbauen lassen, als er hier einzog. »Sie kennen ja die Häuser bei uns. Die haben alle kleine, niedliche Fenster, aber da taugt das Licht zum Malen nicht.«

Zahllose ungerahmte Gemälde schmücken die Wände des großen Raums. Ein Bild mit roten, orangen und gelben Planeten auf dunklem Grund, die einander zu bekämpfen scheinen, und das eines Schakals, der einen Vogel am Nachthimmel anheult, stechen Mara zuerst ins Auge. Abstrakte Bilder lehnen an den Wänden und auf Staffeleien, auf denen die Farben wie wütende Aufschreie oder Ausrufezeichen wirken.

Das Bild, an dem Yannick Briand gerade arbeitet, stellt eine hügelige Landschaft dar, auf der sich ein Weg nach oben schlängelt. Der Vordergrund ist düster, in Dunkelgrün und Grau gehalten. Der Weg erhellt sich im oberen Teil, wo ein Stern die Gipfel des Hügels beleuchtet. Dort erkennt man schemenhaft eine Person, die in das Licht tritt.

Der Kommissar schaut Mara aufmerksam an, während sie die Bilder betrachtet. Sie spürt seinen Blick und dreht sich zu ihm um.

»Wahnsinn, wie unterschiedlich Ihre Bilder sind. Was für ein Spektrum. Ich denke, ich mag das mit dem gelben Schakal und das aktuelle am liebsten. Es strahlt Hoffnung aus.«

»Oh, danke. Mit diesem Bild habe ich vor drei Wochen angefangen, also mitten in den Ermittlungen. Ich weiß nie, welchen Einfluss meine Arbeit auf meine Kunst hat. Aber etwas Hoffnungsvolles erkenne ich darin auch. Oft mache ich mir vorher ein Konzept, aber dieses Bild habe ich ganz spontan begonnen.«

Er nimmt die Palette in die Hand und fügt ein paar Striche an den stilisierten Bäumen im Vordergrund hinzu. »Die Farbe hatte ich gerade gemischt, als Sie klingelten. Noch ein paar Zweige für die Kiefer, dann kann ich eine Weile pausieren«, sagt er mit einem Lächeln und zwinkert Mara zu.

»Ist das ein Mann oder eine Frau? Die Person, die dort den Hügel hinaufgeht?«, will Mara wissen.

»Anfangs dachte ich, es sei ein Mann. Aber jetzt glaube ich, dass es eine Frau ist. So, ich bin fertig. Jetzt gehen wir in die Küche und machen uns einen wundervollen Kaffee.« Er stellt den Pinsel in ein Glas mit Verdünner und wischt die Hände an seiner Jeans ab.

Die Küche geht auf den Vorgarten hinaus. Vor dem Fenster steht ein knorriger kleiner Baum, vielleicht ein Apfelbaum. Der Raum ist in einem kräftigen Blau gestrichen, alte Holzvitrinen finden sich an den Wänden, in der Mitte ein großer Tisch. Auf den Fensterbänken hat Yannick zahllose Kräutertöpfe aufgestellt, Marmelade und Butter vom Frühstück sind noch auf dem Tisch.

Der Kommissar räumt den Tisch frei und mahlt den Kaffee in einer alten Holz-Kaffeemühle. So eine hat Mara einmal auf dem Flohmarkt gekauft. Ganz typisch, dass Yannick die gleiche hat. Er ist mit Sicherheit ein Minimalist, ein Technikverweigerer. Aus einer der Vitrinen holt er blau geblümtes Kaffeegeschirr und gießt Milch in eine kleine Porzellankanne. Dann schneidet er den Kuchen an.

»Mmh, der sieht aber gut aus, und er riecht so wunderbar nach Zitronen.«

»Ja, da sind auch ungefähr zehn Zitronen und die Schalen von drei Limetten drin.«

Der Kommissar lacht und zeigt auf seine Ohren. »Ist schon was zu erkennen?«

Mara beugt sich mit gespieltem Ernst über seinen Kopf. »Ich sehe nichts – aber wer weiß? So ein Bäumchen braucht seine Zeit.«

Beide müssen unvermittelt lachen.

»Schön, dass Sie gekommen sind. Ich vergrabe mich hier viel zu oft.«

»Das dachte ich mir. Und ich habe gemerkt, dass die Fälle Ihnen auch sehr nahegehen.«

»Ja, das tun sie. Dabei bin ich schon so lange bei der Polizei, dass man meinen sollte, ich hätte dagegen eine Art Hornhaut gebildet.«

»Sie sind ein feinsinniger Typ, wenn ich das so sagen darf. Das ist mir sofort an Ihnen aufgefallen.«

Yannick brummt ein bisschen vor sich hin und räuspert sich. »Sie meinen, ich bin sensibel? Meine Frau behauptete immer das Gegenteil. Sie meinte, ich sei ein Klotz.«

»Das sagte sie sicher nur, um Sie zu provozieren. Ihre Sensibilität ist offensichtlich. Ich würde eher sagen, Sie tun alles, um sie zu verbergen.«

»Jetzt reicht es aber«, sagt der Kommissar in gespieltem Ärger und zieht die Augenbrauen zusammen. »Bevor ich nicht mindestens zwei Gläser Wein getrunken habe, darf mich niemand analysieren.«

Er beißt mit sichtlichem Genuss in ein Stück Zitronenkuchen, sein zweites. Dann schenkt er Mara Kaffee nach. Auch sie isst ein zweites Stück Kuchen.

»Der Kuchen ist sehr fein, zwar anders, als wir ihn hier machen, aber unwiderstehlich.« Er stellt seine Kaffeetasse ab. »Sagen Sie, was halten Sie denn nun von meiner Meinung Förster Thomé betreffend? Haben die Hunde gestern was am Auto gefunden? Und bevor Sie antworten – danach möchte ich nicht mehr über den Fall reden. Gar nicht! Wir haben heute beide frei, nicht wahr? Und wir sind hier als Freunde. Es gibt so viel, das ich nicht von Ihnen weiß.«

Mara sieht ihn erstaunt an. »Ja, gern! Einverstanden. Also: Nein, die Hunde haben nicht angeschlagen, nur an den Reifen haben sie ein bisschen geschnuppert. Aber Hauptkommissarin Fröhlich hat den Jeep vorsorglich in die Kriminaltechnik nach Kaiserslautern bringen lassen.«

»Gut gemacht. Und jetzt zu uns beiden. Wir haben uns doch schon ganz passabel zusammengerauft, was meinen Sie?«

»Oh, ich denke schon. Richtige Wut habe ich von Ihnen noch nie abbekommen.«

»Na, dann warten Sie mal ab«, sagt der Kommissar und krempelt seine Ärmel hoch.

Sie lacht. »Sie meine Wut ja auch noch nicht. Ich neige zum Jähzorn.«

»Da bin ich mal gespannt! Sagen Sie, wollen wir vielleicht ein bisschen spazieren gehen? Oben im Wald? Hier sollte niemand auf Sie lauern.«

»Gute Idee.« Mara steht auf und holt ihren Mantel von der Garderobe.

»Haben Sie keine Mütze? Ich glaube, es schneit ein bisschen.«

Als Mara verneint, nimmt Yannick eine bordeauxfarbene Mütze vom Hutregal und reicht sie ihr. Es ist eine gerippte Wollmütze mit Aufschlag. Mara setzt sie lachend auf.

»Sie sind sicher ein guter Vater.«

»Aber nicht Ihrer«, antwortet er. »Süß sehen Sie aus mit der Mütze. Ich schenke sie Ihnen.«

Yannick läuft um das Haus herum in den Garten. Hinter der Pforte geht es steil in den Wald. Und wirklich, es fallen kleine Schneekristalle vom Himmel.

»Wir müssen nur ein paar Meter bergauf. Keine Sorge, dahinter beginnt der Weg. Dort wird es besser.«

Nach ein paar Minuten laufen die beiden auf einem Waldweg, der zu einem Plateau führt. Von dort sieht man über ganz Weißenburg. Es beginnt zu dämmern, und ein scharfer, eisiger Wind weht hier oben.

»Sind Sie froh um die Mütze?«

»Und wie!«, antwortet Mara.

Der Kommissar hat seine unvermeidliche Outdoorjacke mit den vielen Taschen an, dazu eine ähnliche Mütze in Dunkelblau und einen karierten Schal. Eine Weile stehen sie schweigend auf dem Plateau, an eine Bank gelehnt, und schauen hinunter auf den Ort, wo vereinzelt Lichter in den Häusern angehen.

»Was werden Sie an Weihnachten machen?«, will der Kommissar wissen.

»Meine Tochter kommt aus Hamburg, dort studiert sie. Vielleicht besucht uns auch noch meine Tante. Wir werden im kleinen Kreis feiern. Lecker kochen, essen gehen, ein paar Spiele spielen. Und kurz vor Silvester möchte ich mit Zoé nach Paris fahren, das habe ich ihr versprochen.«

»Oh, Paris mit der Tochter! Das klingt richtig gut. Und die gemütliche Feier auch. Wann hatten Sie denn das letzte Mal Urlaub?«

»Ach, das war im Frühsommer. Ansonsten habe ich mir nur die zwei Tage neulich freigenommen, Sie wissen ja, wie das ist. Die Arbeit macht oft sämtliche Pläne zunichte.«

Er schaut sie traurig an und sagt: »Ja, unser Job lässt uns wenig Freizeit.«

Mara nickt. »Das stimmt. Und Sie, wie werden Sie feiern, Yannick?«

»An Heiligabend bin ich wahrscheinlich hier und lade ein paar Freunde ein. Aber am ersten Weihnachtstag fahre ich nach Straßburg zu meiner Tochter, sie hat dort eine Töpferei. Ich habe schon zwei Enkel.« Yannick lacht verschmitzt in sich hinein. »Und mein Sohn wird über Weihnachten aus Berlin nach Straßburg kommen«, erzählt er weiter. »Er arbeitet dort als Tontechniker. Meine Kinder teilen sich an den Feiertagen auf meine Ex-Frau und mich auf. An Heiligabend feiern sie mit ihr, und einen Tag danach kommen wir dann bei meiner Tochter zusammen. Sie kocht wahre Gourmet-Menüs, und wir schlagen uns den Bauch voll. Letztes Jahr musste ich mich für die Enkel als Weihnachtsmann verkleiden. Sie sind drei und fünf Jahre alt.«

Mara muss furchtbar lachen, als sie sich den Kommissar als Nikolaus vorstellt. »Haben Sie sich den Bart weiß gefärbt, mit Kunstschnee?«

»Hören Sie sofort auf zu lachen. Sie können manchmal schon ein Biest sein, Mara, wissen Sie das?«

»Schon gut. Ihre Figur ist aber wirklich viel zu drahtig für einen Weihnachtsmann.«

Eine kalte Brise mit kleinen Eisstückchen wirbelt durch die Bäume und über Mara und Yannick hinweg.

»Puh! Es wird immer kälter und langsam dunkel. Sollen wir langsam zum Haus zurückgehen?«, fragt der Kommissar.

»Ja. Ich friere trotz Mantel und Pullover.«

»Na, dann kommen Sie.«

Im Laufschritt geht es den Weg zurück zum Haus und durch den steilen Garten. Drinnen, im Flur, kommt ihnen eine flauschige graublaue Katze mit riesigen grünen Augen entgegen.

»Darf ich vorstellen: Tamour, mein Norwegischer Waldkater.«

Das Tier reibt sich zunächst an Yannicks Beinen und kommt dann schnurrend auf Mara zugelaufen. Es ist ein riesig großer Kater, bildschön, mit Backenbart und einem Schwanz wie eine Federboa.

Mara geht in die Hocke, um den Kater zu streicheln. Sein Fell ist seidenweich, sein Blick unergründlich.

»Er mag Sie«, stellt der Kommissar fest. »Er hat Sie begrüßt, als gehörten Sie dazu. Das macht er nicht bei jedem. Tamour kann recht arrogant sein.«

»Er ist wunderschön. Ein ganz toller Kater.« Mara reibt sich die Hände, die taub und steif vor Kälte sind. »Ich glaube, ich muss erst einmal auftauen.«

»Und ich glaube, ich habe da was für Sie«, antwortet der Kommissar geheimnisvoll. »Als ich krank war, habe ich einen ganz tollen Grog erfunden, den ich mir fast täglich gemacht habe. Kommen Sie mal mit.« Er geht voran in die Küche.

Der Grog, den Yannick zubereitet, ist ein wahres Teufelszeug. Extrem stark, aber ganz weich im Geschmack.

»Schauen Sie: zwei Teile Calvados, ein Teil brauner Rum, Kandiszucker, eine Prise Kardamom und ein Spritzer Zitrone. Und natürlich ein kleiner Schluck heißes Wasser«, merkt er mit einem Zwinkern an.

Tatsächlich scheint die Mischung aus einer Hälfte Alkohol und einer Hälfte Wasser zu bestehen. Aber das Gebräu ist wunderbar wärmend, schmeckt nach reifen Äpfeln, Gewürzen und braunem Zucker.

Mara wird mit einem Schlag warm, und sie hat das Gefühl, jetzt schon einen Schwips zu haben.

»Das ist mal was anderes als die verwässerten Glühweine auf den Weihnachtsmärkten, oder?«

So viel wie an diesem Nachmittag hat Mara schon lange nicht mehr gelacht. Der Mann ist ein Unikum, das hat sie sofort gemerkt.

»Wollen wir jetzt eine rauchen, was meinen Sie?«, fragt er.

»Ich habe tatsächlich nach unserem Gespräch vor ein paar Tagen kaum noch geraucht.«

»Brav! Sie haben auf mich gehört. Ich habe mich auch wieder eingeschränkt. In den ersten Tagen nach Philipps Tod hatte ich wieder richtig angefangen.«

Der Kommissar sieht sie betreten an. »Und jetzt? Wie kommen Sie klar?«

Mara hält ihm ihren Tonbecher hin, und er mixt ihr noch einen Grog. Auf dem Tisch steht eine Lavendelkerze. Er zündet sie an. Dann holt er eine Schachtel Pall Mall aus der Schublade. Beide rauchen.

»In den ersten Wochen war es schlimm. Ich konnte nicht akzeptieren, dass er tot ist. Ich habe mich mitschuldig an seinem Tod gefühlt. Er wollte immer, dass wir heiraten, aber ich hatte Angst vor dem Alltag. Ich bin ihm mehrmals davongelaufen.«

»Aber …«, wirft Yannick ein. »Dass er in dem Moment am falschen Ort war, hätten Sie wohl auch als seine Ehefrau nicht verhindern können. Und man soll nie halbherzig etwas tun. Schon gar nicht heiraten. Sie haben ihn geliebt. Wusste er das? Wie lange waren Sie zusammen?«

Den Kopf auf eine Hand gestützt, sieht Mara ihren Kollegen an. »Insgesamt gut fünfzehn Jahre. Dazwischen waren wir einige Jahre getrennt. In den letzten Jahren haben wir uns immer mal wieder allein gesehen, auch als er schon verheiratet war. Bis vor drei Jahren. Wir konnten nicht miteinander, aber auch nicht ohneeinander.«

»Ich verstehe. Eine Art Amour fou. Das hatte ich, als ich in Paris studierte. Es hat mich fast aus der Bahn geworfen. Juliette, eine Musikerin. Ich konnte an nichts anderes mehr denken. Wenn sie nicht da war, wurde ich wahnsinnig vor Eifersucht. Ich dachte, jeder muss so verrückt nach ihr sein wie ich. Ich machte ihr das Leben schwer mit Eifersuchtsszenen. Ich war noch sehr jung und im Grunde unsicher. In jedem ihrer Musikerkollegen sah ich einen Rivalen. Ich betrank mich, rastete aus und beschimpfte sie. Es kam, wie es kommen musste. Sie verließ mich und heiratete nach zwei Jahren tatsächlich einen Cellisten aus ihrem Orchester. Selbsterfüllende Prophezeiung! Ich litt jahrelang an Liebeskummer, wie ein Hund. Und ich sackte ab. Ging nicht mehr an die Uni, schleppte Mädchen ab und rauchte fünf Joints am Tag. Dazu trank ich Bier und billigen Landwein.«

»Oje!« Mara lächelt ihn bedauernd an. »Das tut mir leid. Was haben Sie denn studiert?«

»Französische und Deutsche Literatur. Ich wollte eigentlich Literaturprofessor werden.«

»Jetzt verstehe ich, weshalb Sie so ein ausgezeichnetes Deutsch sprechen. Das hat mich schon im Moment unseres Kennenlernens beeindruckt.«

»Ach, das ist zum Teil Ihnen zu verdanken. Ich habe wieder angefangen, Bücher auf Deutsch zu lesen. Thomas Mann und Fontane. Ich wollte mich nicht vor Ihnen blamieren.«

»Sie sind wirklich ein verrückter Kerl«, sagt Mara und trinkt ihren Grog aus. Der Raum um sie herum scheint weich, er hat auf einmal keine harten Konturen mehr, ebenso wie das Gesicht des Kommissars. »Ich war so erleichtert, dass Sie Deutsch sprachen. Wenn ich ein paar Tage in Paris bin, kann ich mich ganz passabel auf Französisch unterhalten, aber in dem Augenblick am Tatort war ich so vor den Kopf gestoßen, dass ich ständig nach Worten hätte suchen müssen.«

»Haben Sie Hunger? Der Alkohol muss doch von irgendetwas aufgesaugt werden. Ich werde uns etwas kochen.«

Mara nimmt die zweite Zigarette, die Yannick ihr anbietet, und antwortet zögernd: »Eigentlich wollte ich nicht so lange bleiben. Nur auf einen Kaffee.«

»Ja, aber nun sind Sie da, und ich esse nicht gern allein. Was sagen Sie?«

»Überredet. Aber nur, wenn ich Ihnen beim Kochen helfen darf.«

Yannick holt aus seinem Kühlschrank Räucherschinken, Tomaten, eine Dose Sardellen und Zwiebeln hervor. In einer kleinen Schale liegen Knoblauch und zwei scharfe rote Chilis.

»Ich mache uns Spaghetti alla puttanesca, nach Hurenart. Wollen Sie lieber den Schinken schneiden oder die Zwiebeln?«

»Wenn ich darf, übernehme ich den Schinken. Sonst muss ich noch weinen.«

»Und das wollen wir ja nicht«, sagt Yannick und schiebt Mara ein Holzbrettchen, ein kleines scharfes Messer und ein Stück Räucherschinken hinüber.

»Würfel oder feine Scheibchen?«, fragt sie.

»Ganz kleine feine Scheiben. Die machen sich besser in der Soße.«

Yannick zerhackt in einem unglaublichen Tempo eine weiße und eine rote Zwiebel. Dann holt er eine schwere gusseiserne Pfanne hervor und gibt einen Schuss Olivenöl hinein. Die Sardellen legt er auf ein Stück Küchenpapier und lässt sie abtropfen, bevor er sie mit den Zwiebeln und dem Schinken in die heiße Pfanne wirft.

»Das Geheimnis ist: Diese kleinen Fischlein müssen sich komplett auflösen. Man darf sie nachher in der Soße nur aufgrund ihrer Würzigkeit schmecken.«

Tatsächlich hat Mara die Spaghetti alla puttanesca bisher ohne Sardellen zubereitet, weil sie kein Fan dieser öligen, salzigen Tierchen ist. Zu ihrem Erstaunen sieht sie, wie sich die Sardellen zwischen den Zwiebeln und dem Speck in dem zischenden Öl und unter dem Druck von Yannicks Gabel völlig auflösen.

»Und jetzt drei Knoblauchzehen. Und ein paar ganz kleine Stückchen Chili«, ruft er fröhlich. »Ich hoffe, Sie mögen Knoblauch?«

»Ja, sehr«, sagt Mara. Mit dem Knoblauch, den Zwiebeln, den Chilischoten, dem Schinken und dem kräftigen Schluck

Rotwein, den der Kommissar nun noch hinzufügt, schmeckt man die Sardellen sicher nicht mehr so durch, denkt sie.

»Schinken und Chili müssen da nicht unbedingt rein. Aber dieses Rezept ist meine eigene Variante.«

Dann mischt er die Tomaten darunter, die Mara klein geschnitten hat. Der Sugo köchelt, und Briand stellt Wasser für die Nudeln auf.

»Vielleicht beaufsichtigen Sie das Essen kurz, ich rufe Tamour wieder herein. Er musste vorhin kurz raus.«

Ein Schwall kalter Luft weht mit dem Kater und dem Kommissar ins Haus.

»Es hagelt draußen, und die Straße ist spiegelglatt. Ich glaube, Sie sollten über Nacht hierbleiben. Außerdem haben Sie schon ziemlich viel getrunken, und ich habe noch ein paar Gläser Rotwein zum Essen eingeplant.«

Mara steht auf und sieht durch das Fenster nach draußen. Kleine weiße Körnchen schießen durch die Luft, und die Straße leuchtet wie eine Eisbahn im Licht der Laterne.

»Sie haben recht. Und der Grog war auch viel zu stark, als dass ich heute noch fahren sollte.«

Während Yannick die Spaghetti ins Wasser wirft, ruft Mara ihre Mutter an. Die klingt ein bisschen perplex, gibt Briand aber recht. »Dein Hund vermisst dich schon. Ich habe vorhin einen kleinen Spaziergang mit ihm gemacht, und gefressen hat er auch. Kurz vor dem Schlafengehen lasse ich ihn noch mal in den Garten.«

»Gute Nacht, Mama. Bis morgen«, sagt Mara.

Seufzend hilft sie Yannick, den Tisch zu decken.

»Fühlen Sie sich eigentlich immer für alles und jeden verantwortlich?«, fragt sie der Kollege, der ihren besorgten Blick bemerkt hat. »Ihre Mutter ist doch sehr aktiv, bis morgen Vormittag kommt sie sicher mit dem Hund klar. Sie waren doch bis vor Kurzem ständig in Kaiserslautern, da musste Ihre Mutter ja auch ohne Sie zurechtkommen.«

»Es ist wahr, ich delegiere nicht gern.« Mara sieht Yannick von der Seite an.

Er stupst sie leicht mit dem Ellenbogen. »Oh, ich weiß. Und

raten Sie mal, woher? Delegieren ist auch nicht meine größte Stärke.«

Ein paar Minuten später stehen die Spaghetti mit dem dampfenden Sugo auf dem Tisch. Yannick hat die Soße nur noch mit etwas geriebenem Pfeffer, einer Fingerspitze Salz und einer kleinen Prise Zucker gewürzt.

»Eigentlich passt da am besten ein Primitivo aus Süditalien dazu«, erklärt er, während er eine Flasche Rotwein entkorkt. »Aber ich habe nur ein paar Flaschen aus dem Languedoc. Mal sehen, was Sie dazu sagen.«

Er schenkt den tiefroten Wein in die Gläser und stellt eine Karaffe Wasser und Gläser dazu.

Der Sugo zergeht auf der Zunge, er schmeckt würzig, scharf und sämig zugleich, und der Wein ist stark und weich in einem.

»Sie haben eine Menge Talente, Monsieur«, lobt Mara nach dem Essen.

Er lacht. »Und dabei kennen Sie noch gar nicht alle.«

»Ich wappne mich«, sagt Mara.

»Wollen wir uns noch ein bisschen in mein Atelier setzen? Dort steht meine Musikanlage. Ich fühle mich dort immer am wohlsten. Allerdings habe ich im Anbau nur einen Holzofen.«

Als Mara zustimmt, heizt Yannick den Ofen im Atelier wieder an. Sie nimmt sich eine Zigarette aus der Pall-Mall-Schachtel und blickt hinaus auf die dunkle, stille Straße. Vor einem halben Jahr hätte sie nie gedacht, dass sie einmal in Weißenburg in einem solchen Haus zu Gast sein würde. Gleichzeitig fühlt es sich nicht fremd an, sondern erstaunlich vertraut.

»Was war das für eine tolle Musik, die Sie da vorhin hörten, als ich kam?«, fragt Mara, als sie auf dem kleinen Sofa im Atelier vor dem Holzofen Platz genommen haben.

»Ach, das ist eine bretonische Band, La Rue Kétanou. Die haben mal als Straßenmusiker in Paris angefangen. Hat es Ihnen gefallen? Dann hören wir uns das jetzt zusammen an.«

Schweigend sitzen sie mit ihren Rotweingläsern da und hören die Chansons, die vom unsteten Leben eines Musikers oder einem Roadtrip quer durch Frankreich handeln.

»Das Akkordeon ist der Wahnsinn, wild, virtuos«, kommentiert Mara. Ihr gefällt das Lied »La Fiancée de l'Eau«, »Braut des Meeres«, am besten.

Yannick erzählt ihr, dass der Chanson auf eine Sage zurückgeht, in der ein Mädchen einen ihr verhassten Mann heiraten soll und sich deshalb von einer Klippe ins Meer stürzt.

Die Musik bewegt Mara sehr. Der Kommissar sieht das und schenkt ihr noch einen Schluck Rotwein ein. »Vielleicht sollten wir Brüderschaft trinken, was meinen Sie?«

Sie nickt und hält ihm lächelnd ihr Glas entgegen. »Ich bin Mara.«

Der Kommissar stößt mit ihr an. »Yannick.« Er dreht sich zu ihr um und umarmt sie fest.

Sie erwidert die Umarmung, und so sitzen sie eine Weile da. Er riecht gut, und sein Pullover kratzt ein bisschen an ihrer Wange.

Dann trinkt Mara, die nicht so recht weiß, was sie von der Sache halten soll, noch einen Schluck Wein und fragt: »Yannick? Ist das nicht ein bretonischer Name? Stammst du von dort?«

Er zieht überrascht eine Augenbraue hoch und sagt: »Ja. Mein Vater war Bretone. Er war Hafenarbeiter in La Trinité-sur-Mer.«

»Dreieinigkeit am Meer. Was für ein wundervoller Name. Ich liebe die Bretagne, ich war oft dort.«

Sie hören lange Musik, Mara und Yannick, und sie reden über das, was sie früher machen wollten, über vergangene Lieben, über Reisen und über Bücher, und dabei trinken sie die zweite Flasche Rotwein aus, während das letzte Holz im Ofen verbrennt. Mara ist beinahe ein bisschen erschrocken darüber, wie harmonisch dieser Abend verläuft und wie nah sie sich dem Kollegen auch im Schweigen fühlt.

»Gehen wir schlafen«, sagt der Kommissar und steht auf. »Ich werde dir die Couch im Wohnzimmer zurechtmachen.«

Nach einer Weile kommt er mit einem Kissen und einer Bettdecke aus dem oberen Stockwerk zurück. Während er ihr das Sofa herrichtet, schaut Mara aus dem Wohnzimmerfenster. Es hat aufgehört zu hageln, stattdessen fällt Schnee in dicken, bauschigen Flocken. Sie geht ins Badezimmer, wäscht ihr Gesicht und spült ihren Mund mit Mundwasser aus.

Dann schaut sie noch kurz zu Yannick in die Küche und küsst ihn auf die Wange.

»Bonne nuit.«

»Gute Nacht, Mara. Schlaf gut.«

Als Mara am nächsten Morgen aufwacht, brummt ihr der Kopf, und Tamour schläft auf ihren Füßen. Dadurch fällt ihr wieder ein, wo sie überhaupt ist, ganz klar war ihr das in den ersten Sekunden nach dem Aufwachen nicht. Sie streichelt den Kater, der sich laut schnurrend an ihr reibt.

Sie erinnert sich, dass in ihrer Handtasche noch eine oder zwei Aspirin Plus C sein müssten, und geht in die Küche, um sich ein Glas Wasser zu holen. Dort zeigt der Küchenwecker zehn Uhr. Von dem Kommissar ist allerdings keine Spur zu sehen. Vielleicht schläft er noch? Mara beschließt, Kaffee zu machen.

In ihrem tiefen Inneren verspürt sie den Wunsch zu fliehen, einfach nach Hause zu fahren. Die Nähe zu Yannick am gestrigen Abend verwirrt sie. Sie war nicht darauf vorbereitet, und sie weiß immer noch nicht, was sie davon halten soll. Aber einfach weglaufen nach der lieben Gastfreundschaft – das scheint ihr auch nicht richtig.

Mara holt eine von Yannicks Kaffee-Boules aus der Vitrine, eine himmelblaue, und im Kühlschrank findet sie noch etwas Milch. Sie trinkt den Kaffee und blättert in einem Kunstmagazin, das sie im Flur entdeckt hat. Als sie wenig später das Bad verlässt, wo sie sich etwas frisch gemacht hat, hört sie Yannick von draußen durch die Haustür kommen.

Er ist rasiert und hat rote Wangen von der Kälte. Strahlend hält er ihr ein Baguette entgegen. »Guten Morgen, Mara! Zum Glück haben ein paar Bäckereien hier auch sonntags auf. Ich habe uns auch noch Pain au chocolat mitgebracht.«

»Fabelhaft! Und ich dachte, du schläfst noch. Ich habe Kaffee gemacht.«

Beim Frühstück lächelt Yannick sie ein paarmal fragend an. Mara lächelt kurz zurück und schaut dann wieder in ihre Kaffeeschale. Ein Viertelliter Milchkaffee. Und dazu Baguette mit Aprikosenmarmelade. Der französische Gott denkt an die Seinen.

»Hast du gut geschlafen?«, fragt sie der Kollege.

»Tief und fest. Und traumlos. Bis zehn Uhr. Dein Rotwein hat wie ein Narkotikum gewirkt.«

Er lacht. »Mir ging es genauso, und ich fürchte, ich habe laut geschnarcht.«

»Das nächste Mal trinken wir Kräutertee.«

»D'accord«, sagt er. »Möchtest du duschen? Dann schalte ich die Therme ein, das dauert immer eine Weile.«

»Nein, ich werde daheim duschen und jetzt auch bald fahren. Rauchen wir noch eine Zigarette zusammen?«

Er nickt und lächelt wieder. »Aber vergiss nicht, dich von Tamour zu verabschieden. Er ist recht eitel und mag es nicht, wenn man ihn übersieht.«

»Wo ist er denn? Er schlief zu meinen Füßen, als ich wach wurde.«

Yannick lacht in sich hinein. »Was für ein Kompliment für dich. Er ist im Atelier. Dort habe ich wieder eingeheizt, weil ich später an meinem Bild weitermalen will.«

Während Mara durch den Schnee nach Hause fährt, fällt ihr nach und nach ein, was Yannick Briand ihr letzte Nacht alles erzählt hat.

Nach dem Zusammenbruch als Student in Paris kam er ins Elsass zurück und wurde Polizist wie sein Cousin Jacques. Dieser stieg aber bald wieder aus dem Beruf aus und begann eine Schreinerlehre. Yannicks Mutter stammte aus Weißenburg, sein Vater war aus der Bretagne. Sie haben sich im Urlaub kennengelernt.

Mit fünfunddreißig Jahren wurde Yannick als Kommissar nach Straßburg berufen. In dieser Zeit lernte er seine Frau Yvonne kennen. »Anfangs verstanden wir uns gut, alles war sehr harmonisch«, hat er erzählt. »Sie arbeitete in einem Reisebüro, mochte dieselbe Musik, hatte Stil, wir reisten viel zusammen. Es war keine so wilde Liebe wie zu Juliette, aber beständig und klar.« Dann seien die Kinder gekommen und er sei zum Leiter des Kommissariats befördert worden. »Ich war oft bis spätabends im Büro.« Auch am Wochenende habe er oft arbeiten müssen. Seine Frau habe angefangen, unzufrieden zu sein. »Sie fühlte sich mit der Erziehung der Kinder alleingelassen. Heute verstehe ich das. Aber damals zog ich mich mehr und mehr in mich selbst zurück. Ich habe ihre Unzufriedenheit als Kritik an meiner Person aufgefasst, denn ich tat ja alles für die Familie – aus meiner Sicht.«

Nach einer kurzen Trennung sei er wieder mit seiner Frau zusammengekommen, aber als die Kinder zwölf und vierzehn waren, hätten sie sich endgültig getrennt. »Zehn Jahre ist das nun her. Und seit neun Jahren lebe ich wieder in Weißenburg.«

Hierher ließ sich Yannick versetzen, um seiner Frau und den gemeinsamen Freunden nicht ständig über den Weg zu laufen.

Schon als Junge habe er gern gemalt, hat er erzählt. Nun besuche er regelmäßig Yves, einen älteren Maler, und nehme Stunden bei ihm. Den Anbau seines Hauses habe er schnell in ein Atelier umgewandelt. »Und nun siehst du, wo ich angekommen bin«, hat er gesagt. Mit dem Malen habe er den perfekten Ausgleich für seinen Beruf gefunden.

Was sie für ein Kind gewesen sei, hat er von Mara wissen wollen.

»Wild, sensibel und verträumt«, hat sie geantwortet.

Und ob sie an die große Liebe glaube.

Als sie zugab: »Ja, ich glaube an die große Liebe, aber nicht an den großen Alltag«, hat er sehr laut gelacht.

»Es ist vielleicht wie mit Büchern, manche beginnt man, liest sie aber nicht fertig«, philosophierte er.

»Und andere Bücher will man wieder und wieder lesen, weil man immer wieder etwas Neues in ihnen entdeckt«, war ihre Antwort darauf. »Das wäre das Ideal.«

»Unerreichbar?«, fragte er.

Sie haben sich umarmt, sehr, sehr lange. Die Zeit schien stillzustehen, und alles drehte sich, nicht nur vom Rotwein. Das war ein gefährliches Terrain, auf das sie sich gestern Abend begeben hat. Ihre Mutter hat recht: Unter der freundlich-distanzierten Oberfläche des Kommissars brodelt etwas. Etwas Tiefes, Unberechenbares.

Wir ermitteln gut zusammen, denkt Mara, und wir verstehen und ergänzen einander. Eine Affäre, die schiefgeht, würde das alles zerstören. Außerdem wird sie in Zukunft öfter mit Yannick Briand zusammenarbeiten. Ihr Chef, Richard Stegner, hat gesagt, er wolle die deutsch-französische Polizeiarbeit in Grenznähe ausbauen und Mara stärker darin einbinden. Hinter dieser Idee steht sie voll und ganz. Und eine weitere Amour fou kann sie jetzt, an dieser Stelle in ihrem Leben, nicht gebrauchen.

Nach der nächsten Kurve geht es nach Weidenbrünn hinein. Schon als sie in die Straße einbiegt, in der ihr Elternhaus steht, sieht sie den Hund mit ihrer Mutter im Garten. Vor Begeisterung springt er fast über den Zaun, als er sie erkennt, und als Mara den Garten betritt und sich über ihn beugt, küsst Maxim sie auf die Nase.

Ihre Mutter lächelt verschwörerisch. »Na, wie war es bei dem Kommissar?«

»Sehr, sehr schön. Wir haben geredet, gegessen, wieder geredet und wissen jetzt sehr viel voneinander.«

Die Mutter sieht Mara prüfend an. »Und weiter?«

»Nichts ›und weiter‹«, erwidert Mara resolut. »Wir haben brav auf dem Sofa vor dem Kamin gesessen und sehr viel guten Rotwein getrunken. Und jetzt gehe ich duschen.«

Wirklich zufrieden wirkt Else Winter mit den Ausführungen ihrer Tochter nicht. Sie scheint zu erwarten, dass da noch irgendetwas kommt.

Süße Himbeertörtchen

Im Restaurant »Zum Goldenen Kranz« bereitet man sich langsam auf das Weihnachtsgeschäft vor. Restaurantchef Kurt Meyer bespricht mit seinen Köchen und dem Azubi Sven die Menüs zum Fest.

»Ich dachte an drei große Gerichte an Heiligabend und am ersten Weihnachtstag«, sagt der Chef. »Rehrücken mit Preiselbeeren, Hirschfilet mit Orange und Birne und ein deftiges Wildschweinragout mit Kraut.«

»Das klingt sehr gut«, stimmt Koch Uwe Peters zu. »Und ich habe mir überlegt, als vegetarische Variante ein Gratin aus Semmelknödeln und Steinpilzen mit Feldsalat und Rote Bete zu machen. Mit einem schönen Beerenjus.«

»Du hast recht. Ein festliches vegetarisches Menü brauchen wir auch. Wir sollten noch eine Menge getrockneter Steinpilze haben.«

»Wo bekommen wir eigentlich das Wild zum Fest her, Chef? Ist das schon bestellt?«, fragt Ernst Baringer.

»Einen Teil kriege ich aus Frankreich, mein Sohn bringt mir auch eine Lieferung, und dann habe ich noch einen Förster aus Dahn angesprochen. Normalerweise hat Peter Thomé mir immer das Wild an den Feiertagen geliefert – aber mit dem ist ja nichts mehr los, wie man hört.« Resigniert schaut Meyer in die Runde.

»Irgendwie kann ich das verstehen. Seine Frau ist jetzt schon ewig verschwunden und wird wohl nicht mehr zurückkommen. Ist er nicht beurlaubt?«

»Ja, ich glaube schon. Für zwei Monate mindestens«, sagt Meyer.

»Und schießt er gar nicht mehr?«, will der Azubi wissen.

»Wohl nur noch zur Hege. Alte und kranke Tiere. Nicht das, was wir brauchen«, resümiert der Chef.

»Glaubst du, er hat Silvie umgebracht?«, fragt Uwe.

Meyer sieht von seinen Notizen auf. »Wer weiß das schon? Man kann nicht in die Menschen reinschauen. Und es soll viel Streit gegeben haben im Forsthaus.«

***

Stefan Meyer wacht mit einem schweren Kopf auf. Wie viel hat er gestern getrunken? Bier, Bier und noch mehr Bier und dann noch eine halbe Flasche Jägermeister. Er versucht sich aufzurichten, aber ihm ist immer noch schwindelig. Resigniert lässt er sich aufs Bett zurückfallen. Das war es wohl endgültig mit Julia.

Noch einmal hat er versucht, mit ihr zu reden, sie umzustimmen. Ein letztes Mal. Es ist ein Jahr her, dass sie ihn verlassen hat, aber immer wenn er betrunken ist, ruft er sie an.

»Komm zurück – ich liebe dich doch!«, hat er sie angefleht. Aber sie hat nur wütend ins Telefon gekreischt, etwas von »Belästigung« gesagt und davon, dass sie die Polizei rufen werde, wenn er nicht aufhöre, sie zu bedrängen. Und im Hintergrund hat er eine Männerstimme gehört. Das war das Schlimmste. Zwischen den Bieren, die er trank, hat er sich immer wieder gesagt, dass das vielleicht nur eine Stimme aus dem Fernseher war. Nein, es war kein Mann bei ihr in ihrer Wohnung in Landau.

Im tiefsten Inneren weiß Stefan, dass Julia nicht zu ihm zurückkommen wird. Zu schlimm war der letzte Streit. Sie hat gesagt, er habe sie geschlagen. Und er kann sich auch erinnern, dass er die Hand gegen sie erhoben hat, als sie wieder und wieder »Versager! Versager! Versager!« brüllte.

Sie ist mit dem Kopf gegen die Dunstabzugshaube geprallt, als sie ihm ausweichen wollte. Geschlagen hat er sie nicht. Das weiß Stefan genau.

Irgendwo in seinem Hinterkopf sitzt ein Gedanke, dem er gern ausweichen würde. Aber das funktioniert nicht. Sein Motorradladen! Im Grunde sollte er schon seit einer halben Stunde dort sein. Er wird aufstehen müssen, ob er will oder nicht. Es kann nicht sein, dass die Kunden vor verschlossener Tür stehen. Wenn denn überhaupt welche kommen, jetzt im Winter.

Wie lange wird der Laden noch zu halten sein? Zwei, drei Monate? Wenn sein Vater ihm nicht hilft oder er ein großes Geschäft macht, wird es schiefgehen. Für das Restaurant seines Vaters muss er Wild beschaffen, für das Weihnachtsgeschäft. Vielleicht ist der Vater ihm dann wieder wohler gesinnt und leiht ihm noch einmal zehn- oder zwanzigtausend Euro, um die größten Löcher zu stopfen. Oder könnte nicht seine Mutter ein gutes Wort für ihn beim Vater einlegen? Er würde sie anrufen. Im Lokal ist sie selten anzutreffen, seit sie Arthrose in den Knien hat.

Viel Wild hat er im Herbst geschossen, manchmal zwanzig Stück an einem Wochenende. Aber die Förster in der Gegend sind aufmerksamer geworden, wollen mit der Polizei zusammenarbeiten. In der Zeitung stand ein Artikel darüber. Vielleicht wird er das Revier wechseln müssen, etwas weiter wegfahren zum Jagen.

Seufzend steht Stefan auf und geht ins Bad, um sich zu rasieren.

»Du sollst deine Hirsche und Wildschweine bekommen, Papa«, sagt er leise vor sich hin.

Dann schöpft er sich mit beiden Händen kaltes Wasser ins Gesicht und macht sich fertig für den Tag.

✳✳✳

Yannick Briand hat sich tatsächlich eine Kanne Kräutertee gekocht, nachdem Mara weg war. Und dann hat er drei Stunden lang ununterbrochen gemalt. Das Bild mit dem Weg zum Hügel und dem Stern scheint fertig zu sein. Aber irgendetwas fehlt. Kopfschüttelnd setzt er sich auf das Sofa, auf dem er am Tag zuvor mit Mara gesessen hat.

Was für eine Frau. Klug, schön und eigenwillig. Vor allem eigenwillig. Es erstaunt ihn, dass sie die Nähe zugelassen hat. In diesem kurzen Moment, in dem sie sich nach dem Essen umarmt haben. Dass es einen solchen Moment geben würde, damit hat Yannick nicht gerechnet. Er hat Mara von Anfang an gemocht. Sie ist offen, tolerant und hat einen blitzschnellen Verstand. Ist er dabei, sich in sie zu verlieben? Besser, sich das schnell aus dem Kopf zu schlagen. Sie stecken mitten in zwei intensiven Ermittlungen, die sich äußerst schwierig gestalten. Und wahrscheinlich war das nicht ihre letzte Zusammenarbeit. Außerdem hat Mara gerade den Tod ihres Kollegen zu verwinden. Des Kollegen, der lange auch ihr Partner gewesen ist.

Ich bin wahrscheinlich schon zu lange allein, denkt der Kommissar, während er im Garten eine Zigarette raucht, dass ich sofort auf ein bisschen Zuneigung und Nähe anspringe. Und außerdem bin ich zu alt für sie. Viel zu alt.

Nach einer Weile geht er zurück ins Haus, macht die Reste des Abendessens in der Pfanne warm und schlägt sich noch zwei Eier darüber.

Später stellt er fest, dass Mara ihre Haarbürste und ein blaues Feuerzeug vergessen hat.

＊

Mara ist mit dem Hund auf einem Feld. Zum ersten Mal hat sie Maxim von der Leine gelassen. Er springt wie ein ausgelassener Ziegenbock auf dem gefrorenen Boden, rennt Hunderte Meter voraus, um dann wedelnd und mit wippenden Ohren zu ihr zurückzukommen. Das Laufen in der Kälte tut Mara gut nach der langen Nacht und dem vielen Wein. In Gedanken geht sie den Abend mit dem Kommissar noch einmal durch. Es war schön und hat sich sehr gut angefühlt, den Kollegen als Menschen kennenzulernen. Und sie haben es tatsächlich geschafft, den ganzen Abend nicht über Philipps Tod oder Silvies Verschwinden zu sprechen.

Yannick Briand ist ein charismatischer Mann mit sehr vielen Facetten, von denen er ihr einige offenbart hat. Und er hat eine immense Ausstrahlung, trotz seines Alters. Mara beschließt, die Nähe zwischen ihnen als das zu belassen, was es war: etwas Schönes, Spontanes. Einfach froh zu sein, das erlebt zu haben. Es ist nicht nötig, das an dieser Stelle zu analysieren oder einzuordnen. Sie mögen sich einfach. Und die Zeit wird zeigen, wie weit und wie tief das führt.

Lachend jagt sie mit Maxim über das Feld.

Am nächsten Morgen ist Mara wieder auf dem Weg Richtung Weißenburg. Kurz vorher biegt sie ab und fährt in den kleinen Ort am Wald, in dem Fabienne Perrault lebt. Sie hat mit Philipps Affäre ein Gespräch vereinbart. Sie muss wissen, ob der ermordete Polizist neben ihr tatsächlich noch ein Verhältnis mit Silvie hatte.

Fabienne Perrault öffnet die Tür. Sie trägt eine schwarze Hose und einen violetten Pullover, das Haar hat sie zu einem seitlichen Zopf geflochten, sie ist dezent geschminkt. Diese Frau schafft es, an einem Montagmorgen auszusehen, als ginge sie zu einer Vernissage oder in ein Konzert.

Sie hat Kaffee gemacht, auf dem Tisch stehen Himbeertörtchen. Sie lächelt Mara traurig, aber offen an. »Es fällt mir immer noch sehr schwer, über Philipp zu reden«, sagt sie.

Niemand versteht das besser als Mara. Aber sie muss über ihn reden, jetzt.

»Wie ich Ihnen am Telefon schon sagte, es gibt da etwas, das mich nicht loslässt. Sie haben mitbekommen, dass Silvie Thomé nun schon über einen Monat vermisst wird und wir eine Jacke mit ihrem Blut gefunden haben? Wahrscheinlich ist sie ebenfalls tot. Und die beiden kannten sich gut, Silvie und Philipp. Von Jugend an. Wussten Sie, dass Silvie am Tag vor dem Mord Kontakt zu Philipp hatte?«

Fabienne Perrault stellt überrascht ihre Kaffeetasse ab. »Nein. Das wusste ich nicht. Weshalb?«

Mara seufzt. »Das frage ich mich auch. Ich dachte, die beiden seien locker befreundet gewesen. Aber vielleicht war da mehr?«

Fabienne Perrault sieht richtig bestürzt aus, sie zupft an einer imaginären Haarsträhne. »Sie meinen, er hatte außer mir noch eine Geliebte? Diese Förstersfrau?«

»Ich dachte, wenn es so war, dann hätten Sie es vielleicht bemerkt. Sie standen ihm doch sehr nahe …«

»Er kam mir in den letzten Monaten gestresster vor«, sagt Fabienne Perrault langsam. »Aber wenn er hier war, war er genauso aufmerksam wie immer. Seine Frau wälzte mehr und mehr von der Kinderbetreuung auf ihn ab, das bekam ich mit. Sie wurde immer erfolgreicher mit ihrer Kanzlei. Da waren Anrufe vom Kindergarten, während er hier war, oder es gingen Nachrichten von seiner Frau ein, er solle wegen der Kinder früher nach Hause kommen. Er hat sich nicht beklagt, aber es war deutlich zu sehen, dass er unter Druck stand.«

»Also keine Anrufe oder Nachrichten von anderen Frauen, während er bei Ihnen war? Keine Ausflüchte oder Heimlichtuereien?«, hakt Mara nach.

Fabienne Perrault denkt eine Weile nach. »Nein, den Eindruck hatte ich nicht. Ich hatte eher das Gefühl, er wollte sich einfach fallen lassen, wenn er bei mir war. Und ich hatte auch Verständnis dafür.«

»Es kam nicht vor, dass er ständig sein Handy checkte oder irgendwohin zum Telefonieren ging, in den Flur oder in den Garten?«

»Wenn er sicher war, dass mit den Kindern im Kindergarten alles in Ordnung war und er beruflich nicht gebraucht wurde, schaltete er das Handy sogar manchmal aus. Ich kann mir nicht vorstellen, dass er die Zeit und die Nerven für eine weitere Geliebte gehabt hätte«, sagt die schöne blonde Frau mit einem bitteren Lachen.

»Das denke ich, ehrlich gesagt, auch«, stimmt Mara ihr zu. »Ich wollte es nur noch einmal von Ihnen hören.« Sie isst das letzte Stück von ihrem Himbeertörtchen. »Es ist nur so, dass der Ehemann von Silvie unglaublich eifersüchtig ist und sich einbildet, seine Frau hätte ihn betrogen.«

»Dazu kann ich nichts sagen, ich kenne die Frau ja nicht«, antwortet Fabienne Perrault. »Aber ich bin sicher: Wenn es so war, hatte Philipp nichts damit zu tun.«

»Wie ist denn jetzt die Situation zwischen Ihnen und Ihrem Mann? Wird er zurückkommen?«

»Ach, ich weiß es nicht. Ich versuche einfach, jeden Tag so

zu leben, wie er kommt. Meine Tochter wünscht sich natürlich, dass ihr Vater wieder bei uns wohnt. Aber ich glaube, wir brauchen beide Zeit.« Fabienne Perrault räumt die Kuchenteller in die Spüle. »Oder hätten Sie noch ein Stück gewollt?«

Mara steht auf und nimmt ihre Jacke. Sie hat den kleinen Wink verstanden. Fabienne Perrault möchte das Gespräch an dieser Stelle beenden. Ihre Tochter wird sicher bald von der Schule kommen, und sie möchte wahrscheinlich das Mittagessen vorbereiten.

»Nein danke. Ich muss dann auch wieder. Aber die Törtchen waren ganz fabelhaft.«

Auf dem Weg durch den Ort überlegt Mara kurz, ob sie noch bei Yannick in Weißenburg vorbeischauen soll, entscheidet sich dann aber dagegen. Es ist der letzte Tag seiner Krankschreibung, und sie will ihn nicht schon wieder überfallen. Stattdessen wird sie ihm am Abend eine Nachricht schreiben und ihm von ihrem Gespräch mit Fabienne Perrault berichten.

Der Wald, durch den Mara fährt, sieht aus wie in der Zeit festgefroren. Die Tannen und Kiefern stehen hoch und still, etwas Reif liegt auf den Spitzen der Wipfel. Die Laubbäume haben alle Blätter abgeworfen und ragen kahl in den Himmel, einen kalten blauen Winterhimmel. Kein Windhauch bewegt auch nur den kleinsten Zweig. Nicht einmal eine einzige Krähe begegnet ihr auf dem Weg nach Hause.

Am Freitag haben die Mannschaften die Suche nach Silvie vorübergehend eingestellt. Wo mag ihr Körper wohl liegen? Steif gefroren auf Erde oder Stein, mit Raureif auf dem roten Haar? Oder tief vergraben? Irgendwo in der Nähe der Höhle, wo sie ihre Jacke gefunden haben? Aber die Höhlen wurden alle mit Hunden abgesucht. Dieselben Höhlen, in denen sie als Kinder gespielt haben. Mara war früher oft mit einer kleinen Gruppe Jungs im Wald unterwegs, Silvie war nur manchmal dabei. Sie haben Decken in die Höhlen geschleppt, Kerzen angezündet und Süßigkeiten genascht, bis ihnen schlecht wurde, und dabei haben sie sich Gruselgeschichten erzählt.

Später, mit fünfzehn, hat Mara mit Freunden einmal in einer der Höhlen übernachtet. Jeder hat den Eltern erklärt, er übernachte bei einem Freund oder einer Freundin. Sie haben ein paar Flaschen Wein herumgereicht und eine Flasche Schnaps. Zwei sollten die Höhle bewachen, während die anderen schliefen. Das wurde ausgelost. Es hat sie getroffen, zusammen mit einem Klassenkameraden, den sie eigentlich nicht mochte. Dem Streber Jens mit der Brille und dem spitzen Kinn. Sie gruselten sich fürchterlich, jedes Geräusch war für sie ein Geist, ein Mörder, ein wildes Tier, und hinterher kamen sie viel besser miteinander klar. Gegen Morgen war es klamm und kalt geworden in der Höhle. Die anderen wurden wach, und Jens und sie schliefen die letzten Stunden bis zum Sonnenaufgang unruhig und unbehaglich in ihren Schlafsäcken. Die Eltern fanden es nie heraus.

Haben die Kollegen wirklich jede Höhle durchleuchtet? Es gibt so viele davon hier im Wald, denkt Mara. Sie wird auf eigene Faust noch einmal die Stelle absuchen, wo die Jacke ihrer Freundin lag. Aber nicht allein. Sie wird Yannick bitten, mitzukommen. Er wird es verstehen, und er wird sie begleiten.

Mara kämpft gegen den Gedanken an, nicht jetzt gleich, nicht an Ort und Stelle zu den hohen Sandsteinfelsen aufzubrechen, wo die Höhlen sind. Man kann dort auch leicht stürzen. Der Sandstein ist bröselig, und die Oberflächen und Wege sind glatt gefroren. Besser, wenn man bei dieser Aktion zu zweit ist.

»Ich bin ja froh, dass du mich wenigstens fragst und nicht wieder allein drauflosrennst«, sagt Yannick Briand abends am Telefon. Mara hört eine gewisse Amüsiertheit in seiner Stimme.

»Ich komme selbstverständlich mit. Aber morgen habe ich keine Zeit. Ich muss zu einer Besprechung nach Straßburg. Hältst du es in deiner Ungeduld bis übermorgen aus?«

»Klar«, antwortet Mara, »einverstanden. Aber es drückt mir auf die Seele, und ich denke, wir dürfen nicht zu viel Zeit verlieren. Irgendwo da draußen ist Silvie oder das, was noch von ihr übrig ist.«

»Ich verstehe dich, und das weißt du.« Seine Stimme klingt

warm, er spricht mit Nachdruck. »Ich bin dann am Mittwoch gegen neun Uhr bei dir. Passt dir das?«

»Ja. Ich bin so erleichtert, dass du mitkommst. Danke. Bis dann!«

***

Markus Thomé hat seine siebte Fahrstunde hinter sich gebracht. Der Fahrlehrer hat ihn gelobt. Markus fährt schon sehr sicher, er reagiert schnell auf Unvorhergesehenes, auch das Schalten in andere Gänge klappt gut. Dass sein Vater ihn vor einigen Monaten ein paarmal seinen Jeep im Wald fahren ließ und er eigentlich schon fahren kann, erzählt er seinem Fahrlehrer nicht. In zwei Monaten wird er achtzehn. Bis dahin wird er den Führerschein haben. Locker.

Wenn Markus an seinen achtzehnten Geburtstag denkt, könnte er losheulen. Seine Mutter und er haben so viele Pläne gehabt für diesen großen und wichtigen Tag in seinem Leben. Sie wollten eine Party im Forsthaus schmeißen und danach zusammen für eine Woche nach Irland fahren. Nur sie und er. Silvie war noch nie in Irland, aber sie war schon immer begeistert von der Landschaft und der Kultur dieser Insel.

»Das wird so cool, Mama!«, hat er zu Silvies Vorschlag gesagt. »Dann gehen wir tagsüber wandern und abends in die Pubs.«

Und Silvie hat gelacht und ihren Sohn leicht in die Backe gekniffen und dann geküsst. »Ja, das wird sicher ganz toll.«

Und nun ist seine Mutter einfach nicht mehr da. Fort. Wie vom Erdboden verschluckt, aus der Welt und aus der Zeit gerissen. Und man hat ihre Jacke mit sehr viel Blut gefunden. Markus hat den Eindruck, dass die Polizei vermutet, ihr eigener Mann – sein Vater – sei für Silvies Verschwinden verantwortlich. Hat sein Vater seine Mutter wirklich umgebracht?

Markus macht sich jeden Tag Vorwürfe, dass er das Gespräch mit seiner Mutter, in dem sie ihm von der sinnlosen Eifersucht des Vaters erzählte, nicht ernst genommen hat. Er dachte damals, alle Eltern stritten und vertrügen sich dann wieder. Aber sie stritten mehr und mehr nach diesem Gespräch. Markus hörte die lauten Stimmen und manchmal ein Poltern, sogar dann, wenn er Kopfhörer aufhatte. Er musste die Musik kräftig aufdrehen, um nichts mehr von dem Geschrei und Gezeter mitzukriegen.

Jetzt ist Markus froh, dass seine Großeltern da sind. Die Oma kocht, und der Opa arbeitet im Garten und im Gewächshaus. Die beiden achten darauf, dass sein Vater nicht zu viel trinkt. Und auch nicht schon mittags damit anfängt. Aber das klappt nicht immer.

Der Fahrlehrer lässt Markus bis an das Forsthaus heranfahren. Markus parkt sicher neben dem Auto seiner Großeltern ein.

Der Fahrlehrer gibt ihm einen Klaps auf die Schulter. »Wie immer sehr gut, Markus. Ich hole dich am Freitag um sechzehn Uhr im Kletterladen ab.«

Markus nickt und steigt aus. Er winkt dem Fahrlehrer zu, als dieser auf der Fahrerseite einsteigt und wegfährt. Herr Tanner ist ein sympathischer bäriger Typ mit Vollbart und einer extrem besonnenen Art.

An der Haustür kommt Markus seine Oma entgegen, sie sieht aus, als hätte sie geweint. Christine Thomé hat einen dunklen Bubikopf mit silbernen Strähnen. Sie ist groß und recht schmal für eine Frau über siebzig.

»Dein Papa ist fort«, sagt sie in verzweifeltem Ton.

»Wo ist er denn hin?«

»Er hat am frühen Nachmittag wieder angefangen zu trinken. Er ließ nicht mit sich reden. Und dein Opa hat ihm dann die Meinung gesagt und dass er Silvie auch nicht wieder lebendig macht, wenn er sich und uns alle zerstört.«

»Oh nein! Und dann?«

»Dann hat sich dein Vater in den Leih-Jeep gesetzt und ist in den Wald gefahren.«

»Das klingt nicht gut. Ich werde mit Opa in den Wald gehen und ihn suchen!«

Die Oma nimmt Markus in den Arm. »Es tut mir so leid,

Junge, dass alles so gekommen ist. Aber ich verspreche dir, wir lassen dich und deine Schwester nicht im Stich.«

Der Vater ist ohne Taila aufgebrochen. Die Bracke sitzt beim Großvater, der die Nachrichten schaut, auf der Couch. Meist nimmt Markus das Tier mit in den Kletterladen, bis auf die Tage, an denen er Fahrschule hat. Er ist erleichtert, dass der Vater in diesem unberechenbaren Zustand ohne den Hund unterwegs ist.

»Komm, Opa«, sagt Markus zum Großvater, der Taila unablässig streichelt, während er im Fernsehen Proteste in Lateinamerika verfolgt. »Wir müssen Papa suchen gehen.«

»Ja, das müssen wir wohl«, sagt der Großvater und steht auf. Er ist ein großer Mann, wie sein Sohn Peter. Die welligen braunen Haare hat Peter auch von seinem Vater geerbt. Rudolf Thomé hat immer noch volles, kräftiges Haar. Markus weiß, dass er recht stolz darauf ist. Es ist inzwischen silbergrau, aber die Oma findet, es steht ihm.

»Hat Papa ein Gewehr dabei?«, fragt Markus mit banger Stimme.

Der Opa steht auf. »Nein, ich glaube nicht. Aus dem Gewehrschrank fehlt nur eines, und zwar das, das bei der Kriminaltechnik ist.«

Markus atmet auf.

»Hast du eine Ahnung, wo wir deinen Vater finden können?«, fragt der Großvater, während sie zum Auto gehen.

»Vielleicht auf einem seiner Hochsitze …«, antwortet Markus zögernd. »Aber wir sollten den Jeep ja schon von Weitem sehen.«

Der Großvater fährt langsam und vorsichtig die Forstwege entlang. Es ist immer noch alles gefroren und spiegelglatt im Wald.

Sie suchen die Hochsitze ab, auf denen Peter Thomé sein könnte. Das Leihauto des Försters, ein heller Land Rover Defender, ist nirgends zu sehen. An manche Hochsitze können sie nicht nahe heranfahren. Sie laufen durch Gehölze und über Lichtungen, aber von Peter Thomé fehlt jede Spur. Bald wird es dunkel werden.

Als sie wieder im Auto sitzen, fällt Markus plötzlich etwas ein. »Weißt du, Opa, mir ist gerade eine Idee gekommen. Vor ein paar Jahren haben Mama und Papa an ihrem Hochzeitstag ein Picknick im Wald gemacht. Es gibt ein Foto davon. Sie sitzen auf einer Decke vor einem großen, länglichen Felsen. Ich glaube, ich weiß, wo diese Stelle ist. Vielleicht ist Papa dort.«

Markus dirigiert seinen Großvater durch den Wald. »An der Abzweigung rechts rein und dann einen halben Kilometer geradeaus. Weiter geht es nicht. Ab dort müssen wir laufen.«

Sie finden Peter Thomé am Schafsfelsen. Der Felsen heißt nicht etwa so, weil seine Umrisse an ein Schaf erinnern, sondern weil es eine Geschichte zu diesem Teil des Waldes gibt: Ein Schaf aus der Herde eines Schäfers nahe Weidenbrünn hatte sich im Wald verirrt, in einer Zeit, als es hier noch viele Wölfe gab. Man hatte das Schaf gesucht und war mit Stöcken und Töpfen, auf die man klappernd schlug, durch den Wald gezogen, um die Wölfe zu vertreiben. Tagelang blieb das Schaf verschwunden, bis ein paar Mädchen, die Holz sammelten, das verirrte Tier unterhalb des Felsens entdeckten. Schwach, aber völlig unversehrt. Danach wurde der große, breite Felsen »Schafsfelsen« genannt.

Dort sitzt Peter Thomé auf einem Baumstamm und starrt in das dichte Gehölz. Er bemerkt seinen Sohn und seinen Vater nicht. Selbst als sie näher kommen und seinen Namen rufen, schaut er weiter in den Wald und reagiert nicht. Sein Gesicht und seine Hände sind zerkratzt, und unter den Fingernägeln hat er Dreck und Erde.

»Was hast du gemacht, Papa? Hast du dich verletzt?«

Als Peter Thomé endlich die Anwesenheit seines Sohnes und seines Vaters wahrnimmt, lässt er den Kopf sinken. »Ich habe mit ihr gesprochen, ich habe mit Silvie gesprochen.« Er redet leise und monoton. »Ich habe ihr gesagt, dass jetzt alles gut ist und dass sie nach Hause kommen kann.«

Markus und sein Großvater sehen sich entsetzt an.

Rudolf Thomé rüttelt seinen Sohn an der Schulter. »Was erzählst du da? Du hast Silvie gesehen? Was soll das?«

Der Förster hebt nicht den Kopf, während er flüsternd weiterspricht: »Ich habe sie nicht gesehen, aber sie war da. Sie war ganz nah, das weiß ich. Und sie möchte gern nach Hause kommen. Plötzlich war sie wieder weg. Und ich habe nach ihr gesucht.«

»Du hast Erde an den Händen, Sohn. Hast du gegraben, in der Erde?« Der Großvater zieht Peter Thomé vom Baumstamm hoch. »Bist du durch das Gehölz gekrochen und hast die kalte Erde aufgegraben? Du bist ja ganz durchgekühlt! Wir bringen dich jetzt heim.«

Rudolf Thomé und sein Enkel haken den Vater unter, der sich widerstandslos und benommen von ihnen führen lässt, und bringen ihn zum Wagen.

»Wo ist der Geländewagen, Papa?« Das Auto haben sie nirgends gesehen.

»Auf dem Parkplatz bei der alten Wanderhütte«, sagt der Förster. »Ich bin von da den ganzen Weg gelaufen.«

Zu Hause verfrachten sie Peter Thomé direkt ins Bett, sie ziehen ihm die verschmutzte Hose, den Pullover und seine Socken aus. Er ist jetzt nicht mehr so aggressiv wie am frühen Nachmittag, sondern völlig apathisch.

Das Auto wird der Opa am nächsten Tag aus dem Wald holen.

In der Küche sitzt die Oma am Tisch, sie weint geräuschlos in ein Küchenhandtuch. Sie hat Bohnen mit Speck und Würstchen gekocht. Eines von Peters Leibgerichten.

Brioche und gezuckerte Baumwipfel

Auf den Bäumen im Wald liegt noch immer Reif, die Wege sind glatt. Es ist kalt und still, als Mara und Yannick zu den Höhlen bei den hohen Sandsteinfelsen aufbrechen. Die Felsen sind ein Naturdenkmal, sie werden von den Einheimischen die Turmfelsen genannt, weil sie nebeneinander aufragen wie die Türme einer Burg. Die beiden höchsten heißen König und Königin. Unterhalb der Königin liegen die meisten Höhlen, die Türme erheben sich aus einem Felsmassiv, das sie trägt. Am Gestein haben sich lange Eiszapfen gebildet – wie riesige spitze Schwerter aus Kristall. Wunderschön sieht das aus. Yannick blickt bewundernd an dem Felsmassiv empor.

»Ich hatte ganz vergessen, was für ein schöner Platz das hier ist. Aber ich war bisher auch nur ein oder zwei Mal hier.«

»Ich liebe ihn auch. Und im Winter sieht es märchenhaft aus.«

Mara hat ihre festen Stiefel mit dem groben Profil angezogen, und sie hat ihre Taschenlampe dabei. Einige Höhlen reichen tief in den Felsen hinein, man sieht nur im vorderen Teil gut. Yannick ist außerdem mit einer Stirnlampe ausgerüstet.

»Werde ich viel klettern müssen?«, fragt er Mara mit einem Grinsen, als sie sich den Höhlen nähern.

»Ach, nur ein paar Meter. Das ist nicht so schwierig, doch der Untergrund ist glatt und rutschig. Aber keine Angst, ich bin ja bei dir.«

Yannick lacht und boxt Mara in die Seite.

Die erste Höhle ist breit und so niedrig, dass man nicht darin stehen kann. Mara leuchtet hinein. Dort ist nichts zu sehen außer ein paar Federn und Tierkot.

»Vielleicht hat hier ein Luchs seine Beute verspeist?«, mutmaßt der Kommissar.

»Das kann gut sein. Luchse waren im Pfälzerwald fast ausgestorben. Vor ein paar Jahren hat man dann welche aus den slowakischen Karpaten hier angesiedelt, und ich glaube, sie haben sich ganz gut vermehrt.«

»Davon habe ich gehört«, sagt Yannick. »Ein paar davon sollen auf unsere Seite abgewandert sein. Es gibt aber immer noch Idioten, die Luchse als Trophäen schießen.«

Zur zweiten Höhle müssen sie tatsächlich ein paar Meter klettern. Mara steigt voran, und Yannick sichert sie von unten. Als er fast oben ist, reicht sie ihm die Hand.

In dieser Höhle kann man gut stehen, und hier hat sich offenbar vor einiger Zeit auch jemand aufgehalten. Auf dem Boden liegt eine alte, halb verrottete Decke, und jemand hat im vorderen Teil der Höhle Feuer gemacht.

»Ich glaube zwar nicht, dass man auf die Idee kommen könnte, hier eine Leiche zwischenzulagern, denn man müsste sie erst hier hochschaffen. Trotzdem werde ich Fotos machen und die Kriminaltechniker herschicken. Die sollen sich die Decke und die Feuerreste mal anschauen«, sagt Mara.

In der nächsten Höhle finden sie Tierknochen und in der übernächsten eine alte Wollmütze.

»Es sieht so aus, als würden Jugendliche die Höhlen immer noch als Abenteuerspielplatz nutzen«, erklärt der Kommissar. Mara hat ihm von ihren Erlebnissen in den Höhlen als Mädchen erzählt.

»Ganz bestimmt. Aber nicht jetzt im Winter. Das ist den meisten zu kalt.«

»Wo ist denn die Höhle, in der du damals übernachtet hast?«, will der französische Kollege wissen.

»Die ist auf der anderen Seite des Felsmassivs, zum Tal hin gelegen. Von dort hat man einen irren Ausblick.«

»Würdest du dich das heute noch trauen? In so einer Höhle zu schlafen?«

»Nur wenn du dabei wärst«, antwortet Mara.

Der Kommissar zwinkert ihr zu. »Gern. Aber wir warten, bis es wärmer ist.«

In weiteren Höhlen findet sich noch so einiges: Weinflaschen, Schnürsenkel, Karabinerhaken, alte Seile und immer wieder

Tierknochen, Federn, herausgerissenes Fell – sogar einen verrosteten Kochtopf. In einer der Grotten wurde offenbar eine Art Ritual abgehalten. Dort entdecken sie Reste von Kerzen, die im Kreis aufgestellt wurden, sowie ein Pentagramm aus Zweigen in der Mitte.

Nach zwei Stunden sind Mara und Yannick durchgefroren und gehen zum Auto zurück. Der Kommissar schaltet die Standheizung an und schenkt Mara Kaffee aus seiner Thermoskanne ein. Er hat auch Brioches mit Butter und Himbeermarmelade dabei.

»Du wärst beim Wandertag mein Lieblingskamerad gewesen«, sagt Mara und beißt in eine Brioche.

»Nur da?«, fragt er verschwörerisch.

Dann schweigen sie eine Weile. Seit sie am Wochenende den langen Abend zusammen verbracht haben, haben sie nicht mehr darüber gesprochen, dass da auf einmal diese unerwartete Nähe war, diese gegenseitige Anziehung.

Sie sprechen auch in diesem Moment nicht darüber. Und sie vermeiden, sich zu lange und zu direkt anzusehen.

Auch jetzt lächelt Yannick von der Seite zu Mara hinüber, bevor er ihr noch eine Brioche reicht.

Als sie ihn am Morgen vor dem Haus hupen hörte, begann ihr Herz für einen Moment, aufgeregt zu klopfen. Sie war sich nicht sicher, ob das daran lag, dass sie den Kollegen in wenigen Sekunden sehen würde, oder der Aufregung geschuldet war, dass sie vielleicht etwas in den Höhlen entdecken würden.

Sie war froh, dass ihre Mutter gerade im Bad war, als Yannick kam, und sie nicht mit Fragen löcherte.

Er hat ihr die Autotür aufgehalten und sie ernst angeschaut. Ihr fiel auf, dass seine Augen heute noch grüner funkelten als sonst und dass er wieder sehr gut roch.

Dann sind sie gleich ins Thema eingestiegen und haben über Silvie gesprochen. Die peinliche Spannung zwischen ihnen überspielten sie mit Witzen oder Frotzeleien.

Nun fahren sie auf dem Wirtschaftsweg um das Felsmassiv herum. Die Höhlen auf dieser Seite kennt Mara noch besser.

Sie zeigt Yannick zuerst die, in der sie als Jugendliche mit ihren Freunden oft gefeiert hat. Sie ist über einen leichten Einstieg etwa einen Meter über dem Boden erreichbar.

»Hier passt ja eine ganze Schulklasse rein«, sagt Yannick. »Und die Höhle ist offenbar immer noch ein beliebter Treffpunkt.«

In dem großen Hohlraum im Felsen machen sie Rotwein- und Bierflaschen, Kerzenstummel, alte Chipstüten, Plastikbecher und ein paar zerbrochene Gläser aus.

Der Blick nach draußen ist wirklich atemberaubend. Man sieht weit über das ganze Tal und den Wald. Die überzuckerten Bäume glitzern in der Sonne. Auf der rechten Seite liegt der französische Teil des Waldes. Dort geht auch die Sonne unter.

»Eine unglaubliche Aussicht«, sagt Mara.

Direkt neben der großen Höhle befindet sich eine kleinere, die über einen Felsvorsprung von der größeren aus erreichbar ist. Dort liegt kaum Müll, nur wieder ein paar Federn und der fleischlose Kopf eines Vogels. Aber als Mara über die Wände der Höhle leuchtet, bemerkt sie ein Stück Plastik am Boden. Sie richtet den Strahl der Taschenlampe darauf.

»Schau mal, Yannick! Das hier sieht aus wie der hintere Teil eines zerstörten Handys.«

»Stimmt!«, ruft er. »Hast du Handschuhe dabei?«

Mara zieht einen Handschuh aus ihrem Rucksack. »Klar. Ich habe auch eine Packung Plastikbeutel.«

»Genau wie der hintere Teil von meinem Samsung«, sagt Yannick, als Mara das Plastikteil hochhält. Nur die linke obere Ecke ist abgebrochen.

Sie untersuchen jeden Zentimeter der Höhle, aber von dem offenbar mutwillig zerschlagenen Handy finden sie nichts weiter.

»Wie kann es sein, dass die Kollegen das in den letzten Wochen übersehen haben? Die waren doch auch in den Höhlen.«

Yannick sieht sie fragend an. »Vielleicht liegt es noch nicht so lange hier. Möglicherweise wurde es erst vor Kurzem zerstört.«

Vielleicht gehört es auch einem Spaziergänger, der es verloren hat, als er die Höhlen erkunden wollte, denkt Mara. Das glaubt sie aber selbst nicht. Nicht für einen Moment. Und Yannick scheint das genauso zu sehen.

Sie durchsuchen noch die letzte Höhle, die nahe am Boden, fast auf Höhe des Wanderweges liegt. Aber sie finden nichts mehr.

»Komm, wir fahren nach Hause, Mara«, sagt der Kommissar, als sie wieder im Freien sind. »Es wird bald dunkel.«

Mara mag es, wie er ihren Namen ausspricht, mit dem leicht kehligen französischen R.

Sie gehen zum Auto, während der Himmel über ihnen blasser wird und der graue Schleier der nahenden Dunkelheit den Weg zwischen den Bäumen überzieht.

Am Abend ruft Mara ihre Freundin Aishe an, die sie schon länger vernachlässigt hat. Aishe ist Schneiderin am Pfalztheater, und durch sie hat Mara praktisch unbegrenzten Zugriff auf Tickets oder Blicke hinter die Kulissen. Aishe erzählt ihr immer alles, was sich am Pfalztheater abspielt.

Ihre Eltern kommen aus der Türkei, sie selbst ist in Kaiserslautern geboren und aufgewachsen. Sie ist geschieden und hat keine Kinder. Mara hat sie auf einer Party kennengelernt, wo sie ausgelassen zusammen getanzt haben. Beide haben ein ähnliches Temperament.

»Ich bin morgen in Kaiserslautern, weil ich etwas ins Präsidium bringen muss. Hast du vielleicht am späten Nachmittag Zeit für einen Kaffee oder einen Drink?«

»Das wäre schön! Ich habe dich schon vermisst. Wie geht es dir denn jetzt?« Aishe weiß von Philipps Tod, und sie weiß auch, was er Mara bedeutet hat.

»Ich habe gelernt, damit umzugehen. Aber ich habe ihn in den letzten drei Jahren ja kaum noch gesehen. Und er hat sich wohl sehr verändert, mehr, als mir aufgefallen war. Ich habe nicht den Philipp verloren, mit dem ich früher zusammen war. Das muss ich einsehen, und das ist schwer.« Sie macht eine

Pause. »Aber ich muss dir noch etwas erzählen, was mir passiert ist. Etwas Seltsames.«

»Was denn? Hast du jemanden kennengelernt?«

»Nicht in dem Sinne ... Ich habe einen neuen Arbeitskollegen, einen Franzosen. Er ist ein bisschen egozentrisch, aber auf eine coole Art, und wir –«

»Du stehst auf ihn!« Mara hört Aishe am anderen Ende kichern. »Wie sieht er aus? Ist er verheiratet?«

»Nein, er ist geschieden. Schon lange. Er hat grüne Augen, einen wehmütigen Blick, einen schwarzen Humor.«

»Ist er ein Charmeur?«, will Aishe wissen.

»Auf keinen Fall, dafür ist er zu ernst. Aber er kann sehr charmant sein. Wenn er will.«

»Hilfe!«, ruft Aishe aus. »Das klingt gefährlich. Und kompliziert.«

»Ist es auch. Vor allem, weil ich unsere Arbeit nicht vermasseln will.«

»Dann warte ab«, rät ihr Aishe. »Erzähl mir morgen mehr. Und wenn das was richtig Gutes ist zwischen euch, dann kann sich das in alle möglichen Richtungen entwickeln.«

»Ja. Das denke ich auch«, stimmt Mara zu.

»Andererseits ... Deine letzte Affäre ist schon über ein Jahr her.«

»Ach, Schluss jetzt! Treffen wir uns morgen um halb fünf im Café Extrablatt?«

»Ja. Ich freue mich auf dich, Mara!«

»Ich mich auch«, sagt Mara und legt auf.

Im Café spricht Mara mit Aishe über Yannick Briand. Ihm müssen die Ohren klingeln.

Was ihr so gut an dem Mann gefalle, will die Freundin wissen. Mara muss nicht lange überlegen.

»Er ist unglaublich aufmerksam, er hört zu und merkt sich jedes Detail. Dass er stur und sehr willensstark ist, habe ich inzwischen schätzen gelernt«, erzählt sie mit einem Lachen. »Wenn ich nicht vorankomme, macht er da weiter, wo ich aufgehört habe. Sehr sensibel und feinfühlig ist er auch, obwohl er das manchmal zu verbergen versucht. Und er malt. Bunte, eigenwillige Bilder, großformatig. Und er kann gut kochen.«

Dass der Kommissar ein gutes Stück älter ist als Mara, findet Aishe nicht bedenklich. »Er kommt doch sehr aktiv und dynamisch rüber. Hast du ein Foto von ihm?«

Mara zeigt der Freundin ein Bild, das sie bei der Suche im Wald von Yannick gemacht hat. Darauf ist er im Halbprofil zu sehen, er steht auf einem Felsen, die mit Raureif bedeckten Bäume hinter sich.

»Oh, ich fange an, dich wirklich zu verstehen. Er hat eine tolle Ausstrahlung, schöne Augen, ein markantes Gesicht. Gut, man sieht, dass er älter ist als du, aber er ist ein interessanter Typ. Was soll's!«

Schnell steckt Mara ihr Handy wieder ein.

»Du wirst ja rot, unglaublich.« Die Freundin lacht laut auf und bestellt noch einen zweiten Gin Tonic. »Auf dich und den charmanten Kommissar!«

Maxim liegt die ganze Zeit über brav unter dem Tisch und lässt sich von Aishe die Ohren kraulen.

* * *

Ein Schuss pfeift durch das dürre Geäst im Unterholz. Der Rehbock spürt, dass er ihn treffen, dass er sterben wird, und er erstarrt vor Schreck. Einen Sekundenbruchteil später reißt es ihn zu Boden. Blut quillt aus einer Wunde an seiner rechten Seite und aus seinem Maul. Sein Körper zuckt noch eine Weile, dann ist er tot. Ein sauberer Blattschuss.

Schritte kommen näher, starke Arme greifen nach dem Körper des Tieres, ein zweites Paar Arme packt seine Hinterläufe. Der Kadaver wird ein paar Meter über den Waldboden geschleift und dann auf die Ladefläche eines Geländewagens geworfen. Dort liegen schon etliche Rehe, zwei Hirsche und ein Wildschwein. Das Blut der toten Tiere vermischt sich auf der Plane des Wagens, ihre Augen sind gebrochen.

»Wie schwer ist der Rehbock, was meinst du?«, fragt der eine Jäger den anderen.

»Der hat mindestens seine dreißig Kilo«, antwortet der mit einem zufriedenen Grinsen. Für die acht toten Tiere auf ihrem Geländewagen können sie mit gut dreitausend Euro Gewinn oder mehr rechnen.

»Hast du noch Zeit, mir nachher beim Zerlegen zu helfen?«, fragt der Mann mit dem Kapuzenpullover und der Strickmütze.

»Ja, zwei, drei Stunden schon, aber dann muss ich wieder heim.«

In der Ferne hören die beiden ein Auto heranfahren. Sie steigen schnell in den Wagen, geben Gas und biegen auf einen anderen Wirtschaftsweg ab. Nach kaum fünf Minuten sind sie aus dem Wald draußen und außer Sicht. Es wird langsam dunkel.

∗

Als Mara aus Kaiserslautern zurückkommt, ruft Markus Thomé an. Der junge Mann klingt aufgelöst.

»Markus, hallo! Was gibt es denn?«

»Mein Vater ist vor ein paar Tagen komplett ausgerastet«, sagt der Junge mit belegter Stimme. »Er war total besoffen im Wald unterwegs und bildet sich seitdem ein, mit meiner Mutter gesprochen zu haben. Seine Arme und Beine waren zerkratzt, er war völlig unterkühlt. Er hat sinnloses Zeug gelabert.«

»Oh Gott, das klingt nicht gut.«

»Mein Vater hat doch die Auflage, sich zu melden, wenn er die Gegend verlässt, seit Mama verschwunden ist. Und jetzt hat Oma ihn in einer Klinik angemeldet, wo er eine Therapie machen soll.«

»Das ist doch sinnvoll«, sagt Mara. »Was für eine Klinik ist das denn?«

»Eine für psychosomatische Erkrankungen in Bayern. Oma hat tagelang herumtelefoniert, bis sie einen Platz für ihn hatte.

Zuerst wollte er nicht. Aber wir haben ihm alle gut zugeredet, auch meine Schwester, und jetzt fährt er morgen mit Opa hin.«

»Und du sagst mir das, weil er sich abmelden soll, wenn er die Gegend verlässt?«

»Ja, genau. Er schämt sich, das selbst zu tun. Wie geht es Maxim?«

»Maxim geht es wunderbar«, erzählt Mara. »Er hat sich gut erholt nach der OP, und er scheint mir zu vertrauen. Ich hatte ihn vorhin zum ersten Mal in Kaiserslautern dabei. Wir haben uns mit meiner Freundin im Café getroffen, und sie war ganz begeistert von ihm.«

»Wow, Maxim im Café. Du scheinst das gut zu machen mit ihm. Ich bin so froh, dass er bei dir ist.«

»Danke. Vielleicht können wir uns die Tage mal mit Maxim und Taila zum Spazierengehen treffen? Hast du Lust?«

»Klar. Ich melde mich, wenn Papa in der Klinik angekommen ist und es da gut läuft.«

»Warte mal, Markus … Was hat deine Mutter eigentlich für ein Handy?«

»So ein größeres von Samsung, glaube ich. Wieso?«

»Wir haben ein Stück von einem beschädigten Handy gefunden. Es wird gerade untersucht. Aber bitte sag niemandem etwas davon.«

Sie hört Markus einen Moment lang stumm ins Telefon atmen.

»Gut. Ich werde nichts sagen. Aber gib mir Bescheid, wenn du etwas weißt.«

Mara lässt sich nach dem Telefonat auf einen Stuhl fallen. Der arme Junge. Was muss er alles durchmachen. Und dabei wirkt er für sein Alter sehr reif und erwachsen. Seit fast zwei Jahren arbeitet er neben der Schule in dem Kletterladen, er bereitet sich gerade auf sein Abitur vor und spielt Schlagzeug in einer Band. Silvie war so stolz auf ihn.

Vorhin hat sie den kaputten Teil des Handys in Kaiserslautern in der Kriminaltechnik abgegeben.

Es sieht so aus, als wäre das Gerät mit einem harten Gegenstand zertrümmert worden, wohl an Ort und Stelle in der Höhle. Das schwarze Stück Plastik ist dabei wahrscheinlich vom Täter übersehen worden. Mara hofft auf Fingerabdrücke.

Vielleicht habe ich mich wirklich in Yannick verliebt, denkt Mara abends in der Badewanne. Der weiche Schaum und das duftende warme Wasser tun ihr gut. Aber wann ist das passiert? War dieses Gefühl auf einmal da? Eigentlich hat sie gedacht, so etwas würde ihr nicht mehr passieren.

Vor einem Jahr hatte sie eine kurze Affäre mit einem verheirateten Dozenten der Uni Kaiserslautern. Ein schöner Mann, drei Jahre älter als sie, aber mit recht wenig Verständnis für ihren Beruf. Man konnte gut mit ihm genießen, essen gehen, Sex haben, plaudern. Aber es hat ihm entscheidend an Tiefgang gemangelt, sodass Mara bald wieder ihrer Wege ging und die Beziehung beendete. Er hat sehr beleidigt reagiert, standen doch sonst viel jüngere Studentinnen auf ihn, und sich nie mehr gemeldet. Mara war erleichtert.

Ihre Gedanken wandern zu Yannick zurück. Ihr fällt ein, dass sie eines Morgens aufgewacht ist und sein Gesicht vor sich gesehen hat. Als er dann eine Stunde später anrief, war sie nervös. Wann war das? Vor zwei, drei Wochen?

Sie kennen sich jetzt fast drei Monate und sehen sich praktisch täglich. Mara spürt, dass der eigensinnige, trotzige Mann sie auch mag. Aber was soll daraus werden? Sie findet keine Antwort und taucht tiefer ins Badewasser ein. Nur eines weiß sie sicher – wegdenken aus ihrem Leben kann sie sich Yannick nicht mehr.

Am nächsten Tag ruft der Kommissar früh am Morgen an. Mara ist schon wach, aber sie liegt noch im Bett.

»Was gibt es, Kollege?«

»Beinahe wäre ich gestern noch bei dir vorbeigekommen. Ich war in der Nähe, als ich einen Geländewagen in den Wald hineinfahren sah, kurz vor Weidenbrünn. Und aus einem Instinkt heraus bin ich ihm gefolgt.«

Mara setzt sich im Bett auf. »Und dann? Was ist dann passiert? Mach es bitte nicht so spannend.«

Yannick atmet laut aus. »Zwei Typen saßen drin, mehr konnte ich auf die Schnelle nicht erkennen. Die sind irgendwo abgebogen, ich kam mit meinem Wagen nicht so schnell hinterher. Der ist nicht für so ein Gelände gemacht. Aber ich habe an einer der Kreuzungen im Wald angehalten und bin kurz ausgestiegen. Es war so still, man hört dort jedes Auto. Und dann knallten plötzlich Schüsse. Ich bin wieder in den Wagen gestiegen und in die Richtung gefahren, aus der die Schüsse kamen. Irgendwo weiter unten konnte ich das Auto dann durch die Bäume sehen. Die müssen mich aber auch bemerkt haben, denn kurz nach dem letzten Schuss heulte der Motor auf.«

»Und hast du das Fahrzeug weiterverfolgt?«, fragt Mara aufgeregt.

»Ja natürlich. So schnell es eben ging bei dem glatten Boden. Ich bin auf demselben Weg gelandet wie die Typen. Aber sie waren zu schnell. Ich habe sie gerade noch aus dem Wald fahren sehen. Und bis ich auf der Straße war, waren sie weg.« Mara hört Yannick den Ärger darüber noch immer an.

»Was war das genau für ein Auto? Ein Jeep? Oder ein Rover?«

»Das kann ich leider nicht mit Sicherheit sagen. Es war ein dunkler Geländewagen, ein richtig großer. Mit einer offenen Ladefläche, glaube ich.«

»Und was machen wir jetzt? Sollen wir ihn zur Fahndung ausschreiben?«

»Zuerst müssen wir abklären, ob die, die gestern in diesem Gebiet gejagt haben, eine Genehmigung haben. Das ist Peter Thomés Revier, in dem die Schüsse gefallen sind, nicht wahr?«, fragt der Kommissar.

»Ja, ich glaube schon. Anhand der Revierkarten und deiner Angaben werden wir das genau bestimmen können. Seit Peter beurlaubt ist, hat das Dahner Forstamt seine Aufgaben vorübergehend mit übernommen. Ich rufe nachher gleich mal dort an und frage, ob bekannt ist, wer da gestern auf der Jagd war. Und ich schicke Armin Weber und ein paar Leute aus Lisa Fröhlichs Team hin. Die sollen sich die Stelle mal anschauen.«

»Danke. Ich war so sauer, dass mir die entwischt sind. Ich bin dann noch eine Weile einen anderen Forstweg hochgefahren, um zu schauen, ob ich sie noch irgendwo finde. Ob sie woanders wieder in den Wald hineingefahren sind. Aber da war nichts.«

»Du glaubst, dass Philipp von Wilderern erschossen worden ist, Yannick?«

»Das halte ich zumindest für sehr gut möglich. Es ärgert mich maßlos, dass ich den Typen nicht hinterherkam. Sie waren wie vom Erdboden verschluckt.«

»Und dann bist du heimgefahren? Du hättest gern noch kurz bei mir vorbeikommen können.« Maras Stimme klingt enttäuscht.

Yannick seufzt. »Ich war so aufgebracht und wütend. Ich dachte, das ist keine gute Voraussetzung für einen Überraschungsbesuch.«

»Du bist immer willkommen.«

»Danke, Mara. Du auch. Eigentlich wollte ich dir deine Bürste und dein Feuerzeug bringen. Die Sachen liegen immer noch bei mir im Flur.« Er lacht verlegen.

»Kein Problem. Vielleicht hast du Lust, am Wochenende mit mir Flammkuchen zu essen? Da kannst du mir die Sachen dann mitbringen.«

»Oh ja, gern! Wenn uns die Arbeit nicht dazwischenkommt.«

Zimtsterne mit Chili

Das Weihnachtsfest steht vor der Tür. Wie jedes Jahr ist es auf einmal so weit, viel schneller als erwartet und mit viel weniger Zeit für die Vorbereitungen, als man dachte. Zoé ist einen Tag vor Heiligabend gekommen, ohne ihren Freund, der zu seinen Eltern nach Frankfurt gefahren ist.

Zusammen mit Mutter und Tochter putzt Mara das Haus, sie schmücken das Wohnzimmer und die Fenster, und der Nachbar hat ihnen eine Tanne aus dem Wald mitgebracht. Normalerweise gibt es einen Christbaumverkauf am Forsthaus von Peter Thomé, aber der fällt in diesem Jahr aus. Noch immer ist es kalt, noch kälter als in den Wochen davor, und alle Weiher, Teiche und Tümpel und sogar der kleine Bach am Waldrand sind zugefroren.

Zoé geht mit Maxim spazieren, sie haben sich schnell angefreundet, und Zoé genießt es, nach den Tagen der Hektik in Hamburg mit rot gefrorenen Wangen mit dem Hund durch den Wald und über die Felder zu laufen.

Maras Tochter ist groß und schlaksig. Die langen Haare hat sie abgeschnitten. Sie hat nun einen kinnlangen geraden Bob, den sie in einem leuchtenden Rot gefärbt hat. In einem der Schränke hat sie eine alte schwarze Lederjacke von Mara entdeckt, sie anprobiert und beschlossen, sie zu behalten.

»Kein Problem«, sagt Mara, als Zoé und Maxim von ihrem Spaziergang zurück sind.

Während Mara mit ihrer Mutter in der Küche Geschenke verpackt, ist Zoé oben in Maras Zimmer und hört Musik. Sie dringt bis ins untere Stockwerk. Es ist ein Song, den Mara gut kennt, weil er schon zu ihrer Jugendzeit in jedem Club und auf jeder Fete gespielt wurde, obwohl er eigentlich aus einer noch früheren Epoche stammt. Zoé singt »Planet Claire« mit ihrer hohen, klaren Stimme mit.

Auf den Text hat Mara bisher noch nie geachtet, wegen des

schrägen Rhythmus des Liedes. Sie hat die B-52's immer gemocht, Post-Punk mit elektronischem Anklang. Wie oft hat sie zu dieser Musik getanzt.

Die Zeile »No one ever dies there« dringt besonders zu Mara durch. Zwei Menschen sind gestorben, die eigentlich dieses Weihnachtsfest mit ihren Familien hätten feiern sollen. Eine davon blieb ohne Grab, ohne wirklichen Abschied.

Es hat einen Gedenkgottesdienst für Silvie in der evangelischen Kirche in Weidenbrünn gegeben. Aber außer der Pfarrerin fand keiner Worte, weil keiner Worte hatte für Silvies Abwesenheit und für ihr plötzliches Verschwinden. Familie und Freunde saßen still in ihren Bänken, und jeder betete für sich allein. Silvies Mann Peter war nicht dabei, denn sein Therapeut war der Auffassung, dass er seine Therapie in der Klinik nicht unterbrechen sollte. Seine Kinder waren erleichtert, dass der Gottesdienst ohne ihn stattfand.

»Soll ich die Musik leiser machen?«, ruft Zoé die Treppe herunter.

»Lass mal!«, ruft Mara zurück. »Nur wenn ein Song kommt, den ich nicht mag.«

Ihre Mutter Else schüttelt lachend den Kopf. »Sie ist genau wie du in dem Alter. Und ihr habt einen ähnlichen Musikgeschmack.«

Maras Musik war ihrer Mutter, die lieber Chansons oder Mozart hört, immer zu wild und laut. Aber sie freut sich über den Einklang zwischen ihrer Tochter und ihrer Enkelin.

»Ich fahre nachher noch kurz nach Weißenburg«, sagt Mara, während sie eine rote Schleife um das letzte Geschenk bindet. »Soll ich dir etwas mitbringen, vielleicht aus dem französischen Supermarkt? Ich hole dort beim Metzger die Ente ab, die du dir gewünscht hast, Mama.«

»Na ja, vielleicht etwas Käse, Salami und Rotwein und diese langen Cracker mit dem Meersalz. Wirst du auch den Kommissar besuchen? Müssen Zoé und ich uns auf deine Abwesenheit vorbereiten?«

Mara zwinkert ihrer Mutter zu. »Ich hatte tatsächlich vor,

kurz bei Yannick Briand vorbeizuschauen. Ich will ihm sein Weihnachtsgeschenk bringen.«

Auf dem Weihnachtsmarkt in Kaiserslautern hat Mara einen wunderschönen Schal für ihn gekauft. Schwarz mit violettem Seidenfutter. An den Enden ist er mit winzigen kleinen Sternen bestickt. Er hätte ihr selbst gefallen, er ist edel und ein bisschen extravagant. Yannick könnte ihn bei seiner nächsten Vernissage tragen, hat sie überlegt. Ein bisschen ist ihre Gabe auch als Gegenleistung für die bordeauxfarbene Mütze gedacht, die sie nun täglich trägt.

»Er weiß, dass ich komme, Mama. Und ich habe ihm gesagt, dass ich nur kurz bleibe, weil ich heute Abend mit Zoé noch Zimtsterne backen will.«

»Verstehe«, sagt die Mutter mit verhaltenem Lachen. »Ich habe halb und halb erwartet, du lädst ihn zum Fest ein.«

»So weit sind wir noch lange nicht«, antwortet Mara und nimmt ihre Jacke.

»Noch nicht«, kichert Else Winter ihrer Tochter hinterher.

Wie immer, wenn sie weiß, dass sie bald ihrem Kollegen gegenüberstehen wird, macht sich ein leichtes Kribbeln in Maras Solarplexus breit. Sie fährt bewusst langsam und vorsichtig, ist froh über die nagelneuen Winterreifen an ihrem Volvo. Die Straße ist immer noch spiegelglatt, und in Frankreich sind die Kurven enger und schmäler. Vor ein paar Stunden wurde hier gestreut, aber der Belag fühlt sich schon wieder rutschig an.

Mara holt zuerst die Ente für das Weihnachtsfest ab und fährt dann zum Supermarkt »Match«. Dort laufen weihnachtliche Popsongs, auch das unvermeidliche »Last Christmas«, und die Verkäufer und Verkäuferinnen tragen rote Weihnachtsmannmützen.

Neben Wein, Käse und Salami nimmt Mara für ihre Tochter mehrere Packungen Seidentofu und für ihre Mutter die buttrigen Salzstangen mit dem groben Meersalz mit, die sie so liebt. Außerdem kauft sie eine Flasche Calvados – neben Gin das einzige Hochprozentige, das ihr wirklich schmeckt – und zwei

Flaschen Crémant. An den elsässischen Crémant kommt kaum ein Champagner heran, findet sie.

Dann fährt Mara bergauf durch den Ort und biegt in die Straße unterhalb des Waldes ein, in der ihr Kollege wohnt.

Yannick Briand hat offenbar schon auf sie gewartet. Kaum steht sie vor der Tür, öffnet er. Zu ihrem Erstaunen trägt er an diesem Tag weder den abgewetzten Troyer noch das alte Jeanshemd mit den Farbflecken, das sie von ihrem letzten Besuch kennt. Er hat ein auberginefarbenes Hemd und eine schwarze Hose an.

Er strahlt sie an, bittet sie herein und zeigt ihr seinen Weihnachtsschmuck. Im Wohnzimmer hat er große Zweige einer Korkenzieherweide in eine hohe Tonvase gestellt. Daran hängen Tannenzapfen, Eiskristalle, Sterne und Tropfen aus durchsichtigem Glas sowie stilisierte Engel.

»Ist das schön!«, ruft Mara aus.

»Ja, nicht wahr? Ich habe den Schmuck schon vor Jahren in der Glasmanufaktur in Meisenthal gekauft. Aber ich hatte bisher noch keine Lust, ihn aufzuhängen.«

Yannick hat Kerzen angezündet, sie essen Früchtebrot und trinken Tee aus dicken Keramiktassen.

»Ich habe dir etwas mitgebracht – dein Weihnachtsgeschenk«, sagt Mara und legt das grün-goldene Päckchen mit der roten Schleife auf den Tisch.

Er sieht sie erstaunt an und nimmt seinerseits zwei kleine Päckchen mit buntem Geschenkpapier aus dem Bücherregal an der Wand. »Na, so was! Ich habe auch etwas für dich. Wir müssen beide brav gewesen sein«, sagt er mit verlegenem Lachen. »Ein Schluck Rum für deinen Tee, Mara?«, fragt er.

»Nein, heute nicht. Du weißt, wie das endet.«

Er nickt ihr zu. »Oh ja, ich weiß. Und du willst heim zu deiner Tochter, das verstehe ich. Ich werde sie ja sicher auch einmal kennenlernen.«

Als sie kurz darauf aufbricht, nimmt er Mara an der Tür in die Arme. Er drückt sie fest an sich. Sie erwidert die Umarmung, und da ist wieder das Gefühl des Sich-Auflösens von Zeit und

Raum. Da ist nur noch er – seine Wärme, sein Herzschlag, sein Duft.

Sie löst sich vorsichtig von ihm, sieht ihm in die Augen und spürt, dass er das Gleiche fühlt.

»Frohe Weihnachten, Yannick. Und mach dein Geschenk erst am Heiligen Abend auf.«

Er streichelt ihr zärtlich über die Wange.

»Joyeux Noël, Mara. Das Gleiche gilt für dich – nicht vorher die Geschenke öffnen!«

Sie dreht sich beim Hinausgehen noch einmal zu ihm um.

»Ich werde an dich denken«, sagt sie spontan.

»Und ich an dich.«

Mara fährt durch den Ort und nimmt kaum etwas wahr. Neben einer kleinen Brücke mitten in Weißenburg parkt sie. Im Handschuhfach müssen noch ein paar Zigaretten sein.

Sie findet eine zerdrückte Packung Gauloises und zieht eine Zigarette heraus. Das Brückengeländer ist von Eis überzogen, Mara lehnt sich daran, während sie raucht, und spürt die Kälte nicht.

»Was soll das werden?«, fragt sie sich selbst. Sie sieht nach oben in den Himmel, in den der Rauch und ihr Atem aufsteigen. Er ist heute klar und voller Sterne. Vielleicht muss sie gar nicht mehr wissen. Nicht hier und jetzt.

An Heiligabend sitzen sie rund um den großen Tisch: Mara, ihre Mutter, ihre Tochter Zoé und Tante Anna. Sie essen Raclette mit Schinken, Pilzen, Tomaten, Gurken, Tofu, viel Käse und den kleinen Silberzwiebeln, die Zoé so liebt. Nach einer Weile gehen ihnen die Kartoffeln aus.

Dazu trinken sie Rotwein und Crémant. Zoé hat eine CD mit keltischen Weihnachtsliedern eingelegt – Flöte, Harfe, Bombarde und Trommeln. Unter dem Tisch liegt Maxim und knabbert getrocknete Hähnchenbrust.

Anna, die Schwester ihrer Mutter, führte in Dahn lange einen kleinen Laden für Wolle und Nähbedarf. Sie hat einen trockenen

Humor und ist sehr trinkfest. Als Einzige der Familie hat sie lockige Haare und blaue Augen. Sie ist kleiner und rundlicher als ihre Schwester Else. Nach zwei Gläsern Wein röten sich ihre Wangen.

Sie erzählen viel von alten Zeiten, von Maras Vater, der den Weihnachtsbaum einmal durch die geöffneten Fenster auf dem Autodach festgebunden hatte und sich dann wunderte, weshalb die Türen nicht mehr aufgingen und er nicht wegfahren konnte.

Fünf Jahre ist er nun schon tot, der Vater mit den langen Wimpern und den geschickten Händen. Der Vater, der an Weihnachten »Stille Nacht« auf der Gitarre spielte, der ihr einen Schlitten gebaut hat und sie beim ersten Liebeskummer tröstete. Das war noch in der Grundschule. Lachen und Weinen liegen in ihrer Familie an Weihnachten immer nah beieinander.

Vor allem, seit Papa nicht mehr da ist. Und Oma.

Bescherung ist traditionell immer erst um Mitternacht, wenn im Ort die Kirchenglocken zur Messe läuten. Sie machen alle Lichter im Wohnzimmer aus, bis auf die am Weihnachtsbaum. Tante Anna singt mit etwas heiserem Mezzosopran »Es ist ein Ros entsprungen«, und ihre Mutter stimmt mit ein.

Dann widmen sich alle ihren Geschenken. Zoé hat von Mara einen Kompass und ein paar lila Stiefel bekommen. Mara packt einen kirschroten rückenfreien Pulli aus und eine zierliche Kette mit einem Turmalin. Von Tante Anna gibt es Bücher und selbst gebrannten Obstler. Else Winter ist begeistert von ihrer grünen Angora-Jacke. Alle probieren ihre neuen Kleidungsstücke an. Sie stoßen mit dem Obstler an und wünschen sich frohe Weihnachten.

In Maras Rucksack im Flur sind die Geschenke von Yannick. Leise geht sie hinaus in den Garten, vor das Küchenfenster, und wickelt vorsichtig die beiden Päckchen aus. Im ersten befindet sich eine CD der Band La Rue Kétanou, deren Musik sie mit Yannick gehört hat. Und im zweiten – einer hübschen quadratischen Schachtel – liegt ein gläserner Stern, der leicht bläulich schimmert. Mara ist fassungslos und lehnt sich an den Fensterrahmen.

Kurz darauf kommt Zoé heraus.

»Was ist das, Mama? Sind das Geschenke von deinem Freund, dem Kommissar?«

»Ja«, sagt Mara leise. Sie zeigt ihrer Tochter die CD und den Stern.

»Liebst du ihn?«

»Ich habe ihn auf jeden Fall wahnsinnig gern.« Mara umarmt ihre Tochter.

Am nächsten Tag brunchen sie lange und essen abends die Ente mit Pflaumen und Birnen.

Sie spielen Scrabble, schauen alte Filme und genießen die Zimtsterne und die Anisplätzchen, die Mara und Zoé noch in letzter Minute gebacken haben. Manche Zimtsterne schmecken würzig und scharf. Die Tante wundert sich.

»Die sind mit Chili«, erklärt Zoé. In die Hälfte des Teigs haben sie Chili gegeben.

Nachdem Tante Anna heimgefahren ist, schauen sie »In 80 Tagen um die Welt«.

Spät am Abend bekommt Mara eine SMS mit einem Foto von Yannick. Lachend steht er vor einem Bücherregal und trägt den neuen Schal. »Vielen, vielen Dank! Er ist viel zu schön für mich. Aber ich liebe ihn! Yannick.« Und ein Herzchen.

Pernod mit Eiswasser

Mara und Zoé müssen am Morgen des zweiten Weihnachts-
feiertags früh aufbrechen, um in Saarbrücken den Zug nach
Paris zu erreichen. Mara liebt es, im TGV zu reisen. Der Zug
fährt wahnsinnig schnell, ohne dabei zu ruckeln, völlig ruhig
gleitet er dahin, und trotzdem rast er. Man sitzt bequem und
ist in kaum zwei Stunden in Paris.

Sie haben sich ein kleines Apartment auf dem Montmartre
gemietet, direkt unterhalb von Sacré-Cœur. Es befindet sich in
einem typischen Pariser Altbau, mit hohen, schmalen Fenstern,
einer Concierge-Wohnung im Erdgeschoss und einem Pater-
noster mit schmiedeeisernem Gitter. Dieser kleine Aufzug ist
allerdings defekt, und so müssen Mara und ihre Tochter die vier
Stockwerke mit ihrem Gepäck zu Fuß hinaufsteigen.

Die Aussicht entschädigt sie jedoch für die Mühe. Von ihrem
Küchenfenster aus schauen sie direkt auf die Kirche, und von
der anderen Seite der kleinen Wohnung haben sie einen Blick
über ganz Paris.

Zoé lässt sich mit einem Jubellaut auf das Bett in ihrem Zimmer fallen. »Das war eine der besten Ideen, die du je hattest,
Mama. Danke!«

Sie trinken Kaffee, den sie in einer italienischen Espresso-
kanne zubereiten, die man direkt auf den Herd stellt, und finden
ein paar Butterkekse, die sie dazu knabbern.

»Hast du Hunger?«, fragt Zoé.

»Und wie«, antwortet Mara. »Warst du mal in dem kleinen
Bistro unterhalb der Treppen von Sacré-Cœur?«

»Nein, ich glaube nicht. Aber du hast ständig davon erzählt.
Die kennen dich da schon, oder?« Zoé lacht, während sie ihren
Koffer aufs Bett wirft und beginnt, ihre Kleider auszupacken.

»Gut. Gehen wir also ins Bistro ›Chez Lisanne‹.« Mara zieht
einen langen bunten Rock, ihre schwarzen Stiefel und ihre kurze
Wolljacke im Military-Stil an.

In Paris ist es bei Weitem nicht so kalt wie im Pfälzerwald, um die vier, fünf Grad wärmer ist es hier.

»Du siehst toll aus, Mama. Wahnsinn! Ich werde nachher ein paar Fotos von dir machen.«

Die Stadt empfängt sie mit leichtem Nieselregen, aber sie laufen glücklich unter ihrem Schirm die Rue Gabrielle entlang und steigen von dort die Treppen unterhalb von Sacré-Cœur hinunter. Im Bistro »Chez Lisanne« wird Mara freudig begrüßt, und man serviert ihr ungefragt einen Pernod mit einem Kännchen Eiswasser. Der Kellner Fredo kennt ihre Vorliebe für diesen Aperitif.

»Willst du auch einen?«

Zoé nickt.

Es sind schöne, ausgelassene Tage in Paris. Obwohl es anfangs immer wieder regnet, spazieren Mara und ihre Tochter über den Montmartre, schauen sich Ausstellungen an und gehen in kleine Parks, die sie vorher noch nicht entdeckt haben. Sie essen Steak frites und Omelette au fromage und üppige Törtchen mit Mokka und Vanille.

Im Museé d'Orsay bestaunen sie Bilder wie »Das Frühstück im Grünen« von Édouard Manet oder das mystische Gemälde »Der Absinth« von Edgar Degas. Zoé liebt besonders die Seerosen von Claude Monet.

»Man kann ganz eintauchen in das Bild, findest du nicht?«, fragt sie.

Mara stimmt ihr zu.

In einem kleinen Kellerlokal, in dem Fotos alter Filmstars an den Wänden hängen, trinken sie Wein und erzählen sich stundenlang Dinge, die sie bisher noch nicht voneinander wussten.

Mara gesteht ihrer Tochter, dass sie bis vor ein paar Jahren immer noch ein Verhältnis mit Philipp hatte, obwohl der bereits verheiratet war. Zoé ist erstaunt, aber nicht schockiert. Sie hat Philipp immer gemocht.

»Ihr habt euch auseinanderentwickelt«, gibt die Tochter zu

bedenken. »Er wurde immer bodenständiger und spießiger, während du …«

»Was?«, fragt Mara verblüfft.

»Na ja, du warst immer offen und neugierig. Und es kommt mir so vor, als wärst du noch neugieriger und toleranter geworden mit den Jahren.«

Mara dreht nachdenklich ihr Weinglas in der Hand. »Da ist was dran.«

»Und außerdem«, betont Zoé, »bist du so unglaublich stur und direkt, und ich denke, Philipp konnte damit nicht umgehen. Du brauchst einen viel stärkeren Mann, Mama.«

Mara lacht. »Falls ich überhaupt einen brauche.«

Zoé erzählt ihrer Mutter, dass sie vor ein paar Jahren auf einer Fete einmal betrunken mit einem hübschen blonden Mädchen aus Norwegen geknutscht hat.

»Na und?«, sagt Mara mit einem Achselzucken. »Das überrascht mich nicht. Du warst auch schon immer sehr neugierig. Ich habe mit zwölf mit einer Freundin Zungenküsse geübt, quasi als Vorbereitung auf den ersten Kuss mit einem Jungen.«

»Oh Mama«, lacht Zoé und bestellt noch zwei Gläser Rotwein.

Am nächsten Tag sind sie in Montparnasse unterwegs, die Sonne scheint auf den Boulevard Raspail. Sie machen Fotos voneinander und Selfies, auf denen sie zusammen albern posieren. Und sie besorgen Mitbringsel.

Mara kauft einen »Lambig de Bretagne«, einen Apfelbranntwein für Yannick. Sie denkt oft an ihn in diesen Tagen und daran, wie er sich früher als Student und Musiker in dieser Stadt bewegte. Wie hat er wohl ausgesehen als junger Mann?

Zoé hat ein schönes Foto von Mara gemacht, in einem weichen Licht, unter einem Baum an der Seine. Das schickt sie ihm.

»Du bist schön«, schreibt er. »Und du passt gut nach Paris. Aber bleib nicht dort. Wir brauchen dich hier!«

»Er braucht dich«, kommentiert Zoé lachend.

Die Woche ist schnell vorbei, und wehmütig essen sie in der kleinen Küche mit Blick auf Sacré-Cœur ein letztes Mal zu Abend. Sie haben Käse, Oliven, eingelegtes Gemüse und Artischocken gekauft. Es wird langsam dunkel, die Umrisse der Kirche verschwimmen in einem violetten Blau, und später wollen sie noch auf einen Abschiedsdrink ins Bistro »Chez Lisanne« gehen.

Dort werden sie von Fredo und der Kellnerin Narida genauso herzlich verabschiedet, wie sie empfangen wurden. Jedes Mal wenn Mara in dem Lokal ist, vergisst sie die Zeit und dass sie nicht hier wohnt. Sie fühlt sich zu Hause zwischen den kleinen hölzernen Tischen, den roten Tischdecken und den grünen Lampen an der Wand. Manchmal wünscht sie sich, sie könnte hierbleiben, in den Straßen unterhalb von Sacré-Cœur mit dem Kopfsteinpflaster und den kleinen Geschäften, in denen man Bonbons, ausgefallene Knöpfe, Antiquitäten, schrille Jacken und gegrillte Hähnchen kaufen kann. Hier rauscht die große Stadt Paris nicht an einem vorbei, hier tröpfelt sie in bunten Farben, umgibt die Menschen mit Klängen und Gerüchen. Nichts ist laut, aufdringlich oder penetrant. Schnell wird man Teil der Szenerie und kann nach ein paar Tagen kaum glauben, dass man das nicht schon immer gewesen ist.

Zoé bemerkt den wehmütigen Blick ihrer Mutter und sagt: »Du wirst sicher bald wieder hier sein. Und vielleicht nicht allein.«

Am nächsten Morgen frühstücken sie in einem kleinen Café am Gare de l'Est, und um zwölf Uhr geht ihr Zug nach Saarbrücken.

Sie sitzen mit einem älteren französischen Ehepaar, das den Sohn und die Schwiegertochter in einem Vorort von Saarbrücken besuchen will, an einem Vierertisch. Die Landschaft rast an ihnen vorbei, Mara blättert in einem Magazin, und Zoé chattet mit ihrem Freund. Er wird sie übermorgen in Hamburg am Bahnhof abholen.

***

Im Wald hat es zu tauen begonnen. Die Eiszapfen brechen von den hohen Sandsteinfelsen ab und fallen klirrend zu Boden. Die kalte, harte Erde wird weich und nachgiebig, die Wege sind schlammig. Bäume tropfen unter dem warmen Sonnenlicht, und das Wild kommt aus seinen Unterschlüpfen. Vereiste Bäche, die still in tiefen Betten lagen, beginnen wieder zu fließen und zu gurgeln. Nach dem Frost der letzten Wochen ist es im Pfälzerwald fast unnatürlich warm geworden für die Jahreszeit.

Rainer Mertens ist mit seinem Sohn Noah im Wald unterwegs. Eigentlich wollte er dem Kleinen die zugefrorene Quelle nahe dem Schafsfelsen zeigen. Aber die Sonne scheint darauf, und das Wasser bahnt sich langsam wieder seinen Weg.

»Wollen wir noch zum Holzweiher gehen?«, fragt der siebenjährige Junge.

»Klar«, sagt der Vater. »So weit ist das nicht von hier.«

Der Holzweiher ist klein, eher ein Tümpel mitten im Wald. Rainer Mertens ist hier früher mit seinen Freunden Schlittschuh gelaufen.

»Vielleicht ist der Weiher doch noch zugefroren«, hofft sein Sohn. »Ich möchte so gern mal dort aufs Eis.«

»Das werden wir gleich sehen.«

Durch die Bäume können sie die fast kreisförmige Fläche des Weihers erkennen. Noah springt voraus über die Zweige und Äste.

»Warte!«, ruft der Vater. »Geh da nicht allein drauf. Das Eis trägt sicher nicht mehr.« Er läuft Noah hinterher, bergab an das Ufer des kleinen Sees.

An den Rändern taut das Wasser schon, das sieht man deutlich, und in der Mitte hat das Eis Sprünge bekommen.

Enttäuscht läuft Noah am Ufer hin und her. Da entdeckt er unter einem Busch, dessen Zweige ins Wasser ragen, etwas Rötliches, halb verborgen unter dem tauenden Eis.

»Papa!«, schreit der Kleine. »Da ist was im Wasser. Vielleicht ein Tier?«

Rainer Mertens eilt herbei, schaut unter die Zweige und erstarrt. Nein, das ist kein Tier, das hier im Wasser liegt, kein Reh und auch kein Fuchs. Es sind die langen Haare einer Frau, die sich im Wasser ausgebreitet haben. Lange rote Haarsträhnen, die unter dem Eis hervorleuchten.

Wortlos zieht er das Kind beiseite. Der Junge will wieder ans Wasser. Er will wissen, was er dort gefunden hat.

Der Vater hält ihn am Ärmel fest. »Komm da weg! Das willst du nicht sehen.«

»Was ist das? Was ist das, Papa?«, ruft der Junge, während der Vater sein Handy aus der Tasche zieht und die Polizei benachrichtigt.

Dann ruft er seine Frau an und sagt, sie solle so schnell wie möglich kommen und Noah abholen. Er kann ihr nicht erklären, was sie gefunden haben in dem Weiher, der noch fast zugefroren ist. Seine Stimme versagt. Aber seine Frau merkt, dass etwas nicht stimmt. Sie versichert ihm, dass sie sofort losfahren wird.

Rainer Mertens hat begriffen, dass es sich um eine Frauenleiche handelt. Ihr Kopf und ihr Gesicht sind wie der restliche Körper vom Eis bedeckt. Wenn es weiter getaut hätte, dann wäre wohl der ganze Körper nach oben geschwommen.

Er hat von der vermissten Frau gehört, die im Herbst nicht mehr zurückgekommen ist aus dem Wald. Er hat ihr Foto gesehen. Gekannt hat er sie nicht.

Rainer Mertens ist von Herzen dankbar, dass sein Sohn nur die Haare der toten Frau gesehen hat. Er wird ihm zu Hause, am Abend, sagen müssen, dass das kein totes Tier war, das da am Rand des eisigen Weihers trieb. Sein Sohn stellt viele Fragen, und er gibt nicht auf, bis er Antworten bekommen hat.

Menschen sterben, das hat Noah beim Tod seines Urgroßvaters vor einigen Monaten erlebt. Seine Eltern haben ihm gesagt, dass jeder Mensch, wenn er alt ist, in eine andere Welt hinübergeht. Der Junge hat das akzeptiert. Aber einem Kind zu erklären, weshalb eine Frau tot in einem Weiher liegt, das ist noch einmal etwas ganz anderes.

So erleichtert wie in dem Moment, als er seine Frau den Waldweg oberhalb des Weihers entlangkommen sieht, war Rainer Mertens selten in seinem Leben.

Kaum sind die beiden aus seinem Sichtfeld verschwunden, fährt ein Polizeiauto vor.

**

Mara und Zoé fahren gerade in den Saarbrücker Hauptbahnhof ein, als Yannick anruft.

»Mara! Weißt du es schon?«

»Was? Was soll ich wissen?«

Sie hört Yannick so laut atmen, als stünde er neben ihr.

»Vor einer halben Stunde ist eine Leiche in einem Weiher gefunden worden, von einem Jungen, der mit seinem Vater unterwegs war. Nicht weit von Weidenbrünn entfernt. Sie glauben, es ist Silvie Thomé.«

Mit dem Telefon am Ohr steigt Mara aus dem Zug und lässt sich auf eine Bank am Bahnsteig fallen. Zoé trägt Koffer und Reisetasche.

»Oh Gott! Wie furchtbar.« Mehr bringt Mara nicht heraus.

Yannick berichtet ihr, dass gerade ein Team dabei ist, die Leiche zu bergen.

Armin Weber hat den französischen Kollegen angerufen, weil er Mara, die im Zug zum Teil keinen Empfang hatte, nicht erreichen konnte.

»Ich bin unterwegs dorthin«, sagt Yannick. »Du bist ja noch im Urlaub.«

»Das ist doch jetzt egal!«, schreit Mara ins Telefon. »Mein Auto steht am Bahnhof. Ich bin in einer Stunde da.«

»Bitte, Mara«, sagt Yannick leise und eindringlich. »Bitte komm erst, wenn sie die Leiche abgeholt haben. Du solltest das nicht sehen. Sie war doch deine Freundin.«

Nach einer guten Stunde fährt Mara in Weidenbrünn am Haus ihrer Mutter vor. Dort parkt ein blauer Renault mit französischem Kennzeichen. Mara lacht nervös auf.

»Da ist er«, sagt sie zu ihrer Tochter. »Er traut mir offenbar nicht.«

Zoé steigt aus und holt die Reisetasche und den Koffer aus dem Kofferraum. Vor ihr steht ein älterer Franzose mit widerspenstigen grauen Haaren und einem rötlichen Bart.

»Bonjour«, sagt er, »ich bin Yannick, der Kollege Ihrer Mutter.«

»Oh, hallo.« Zoé ist etwas irritiert, den Mann, von dem sie in den letzten Tagen so viel gehört hat, plötzlich leibhaftig vor sich zu sehen. »Es freut mich sehr. Mama hat viel von Ihnen erzählt. Gut, dass Sie da sind.«

Er sieht Zoé eindringlich an und lächelt.

Inzwischen ist Mara dazugekommen.

Yannick umarmt sie spontan und sagt: »Ich wollte sichergehen, dass du nicht da hinfährst. Es ist eine komplizierte Bergung. Deine Kollegin Lisa Fröhlich ist vor Ort.«

Mara drückt für einen kurzen Moment ihre Wange an sein Gesicht. »Das kann ich mir vorstellen. Aber ich will dorthin. Es ist doch mein Fall.«

»Es bleibt ja auch dein Fall. Aber der Anblick von Silvies Leiche muss schlimm sein. Hast du schon mal eine Wasserleiche gesehen?«

»Ja«, antwortet Mara, »während der Ausbildung. Im Pathologischen Institut.«

»Und? Wie war das für dich?«, will der Kollege wissen.

»Ich bin ins Bad gerannt und habe mich eine halbe Stunde lang übergeben.«

Yannick sieht sie wortlos an.

Mara weiß ganz genau, was er meint. Eine Leiche, die über Wochen im Wasser gelegen hat, hat nichts mehr mit der Person, die sie vor dem Tod einmal war, gemein. Sie haben die verschiedenen Stadien der Verwesung von Wasserleichen auf der Polizeihochschule anhand von toten Schweinekörpern studiert. Die Bilder wurden mit dem Projektor an die Wand des Hörsaals geworfen. Der Anblick war absolut widerlich.

Sie ruft Lisa Fröhlich an.

»Ein Bergungskran von der Feuerwehr ist vor Ort. Das Eis um den Körper musste aufgeschnitten werden, um an ihn heranzukommen. Von unten muss nun eine Trage an der Leiche befestigt werden, damit sie in einem Stück aus dem Wasser gehoben werden kann. Wasserleichen sind nicht mehr stabil. Da sind wir gerade dabei«, sagt Lisa. »Es geht nur millimeterweise voran. Es ist ganz furchtbar.« Mara hört, wie die Polizistin vor Schreck in ihren Pirmasenser Dialekt verfällt. »Du muscht des net siehe«, sagt sie.

»Wer sagt es Markus, seiner Schwester, Peter Thomé und seinen Eltern?«

»Ich fahre hin, später. Ich habe schon mit der Mutter von Peter Thomé telefoniert. Er ist noch in der Klinik. Der Kollege Armin Weber kommt mit.«

»Danke, Lisa.«

Mara legt ihre Hände auf das Autodach und senkt den Kopf. Das ist das Ende ihrer lebenslustigen Freundin, denn alle sind sich einig, dass es sich um die Leiche von Silvie Thomé handeln muss. Unfassbar.

Yannick nimmt Zoé den Koffer ab. »Ich lade mich bei euch auf einen Kaffee ein, wenn es recht ist. Wir können jetzt ohnehin nichts machen, Mara. Die Rechtsmedizin wird dich in ein paar Tagen informieren. Wenn du willst, fahren wir nachher zum Weiher – wenn Silvie abtransportiert ist.«

Mara nickt.

Else Winter hat schon Kaffee vorbereitet. Sie nimmt ihre Tochter in den Arm und sagt nicht viel, sondern schenkt allen Kaffee ein und stellt ein paar Plätzchen auf den Tisch, die Mara nicht anrührt.

»Soll ich meine Fahrt stornieren, Mama?«, fragt Zoé. »Ich kann noch ein paar Tage dableiben.«

»Ach, Kind, das ist lieb von dir. Aber das brauchst du nicht. Ich werde sehr eingespannt sein in der nächsten Zeit. Ich muss da jetzt durch.«

Sie trinken schweigend ihren Kaffee, die Wanduhr tickt laut. Nach einer Dreiviertelstunde bekommt Mara eine SMS von Lisa

Fröhlich. Sie haben es geschafft, die Leiche zu bergen. Gleich wird sie in die Pathologie nach Kaiserslautern gebracht.

Mara wird es schwarz vor Augen. Sie hat seit dem Frühstück in Paris nichts mehr gegessen. Aber das wird warten müssen. Nach einem kurzen Moment fängt sie sich wieder.

»Willst du einen Pflaumenschnaps, Mara?«, fragt ihre Mutter. »Und bitte iss doch was.«

»Nein, danke. Später vielleicht. Ich bekomme jetzt nichts runter, und Yannick und ich müssen gleich los. Es wird bald dunkel.«

Yannick bedankt sich für den Kaffee, und Mara protestiert nicht, als er vorschlägt, mit seinem Wagen zum Weiher zu fahren.

Keiner ist mehr da, als die beiden an dem kleinen Gewässer ankommen, das Mara schon seit Kindertagen kennt. Sie hat hier mit Freunden Molche gefangen und später wieder ausgesetzt. Im Winter wäre sie fast mal ins Eis eingebrochen.

Auch mit Philipp war sie vor Jahren einmal hier. Sie haben Picknick gemacht und sich an einer seichten Stelle gegenseitig mit Wasser nass gespritzt an einem heißen, langen Sommertag. Der Weiher liegt im Sommer im Schatten. Dort ist es immer kühl. Es ist nicht der See, von dem sie geträumt hat und in dem Philipp und Silvie verschwunden sind.

Die Spurensicherung war da und wird morgen früh wiederkommen. Eine Seite des Weihers ist mit Bändern abgesperrt. Die Bäume ragen dunkel neben dem größtenteils noch vereisten Wasser auf. Der Waldboden ist aufgewühlt von den Rädern des Bergungskrans.

An einer großen Stelle fehlt das Eis. Man sieht die Kanten, an denen es herausgeschnitten wurde. Das Wasser darunter ist dunkelgrün und trüb, völlig undurchsichtig.

Obwohl die Leiche abtransportiert wurde, sieht Mara Silvie hier noch im Wasser treiben. Die Augen nach oben in den Himmel gerichtet, die Haare um ihren Kopf herumfließend. Sie weiß genau, dass die meisten Wasserleichen in Bauchlage gefunden werden, weil sich der Körper im Zuge des Verwesungsprozesses im Wasser dreht.

Dennoch hat sie dieses Bild vor Augen. Sie weiß, dass die Freundin tot ist und wochenlang in dem Weiher lag. Sie sieht sie im Wasser vor sich wie auf einem bleichen Gemälde.

Yannick spürt das offenbar und zieht sie weg. »Komm lieber morgen noch mal her, wenn die Spurensicherung da ist. Du kannst hier jetzt nichts machen. Wenn du willst, bin ich morgen dabei.«

Sie nickt und drückt seinen Arm. Sie erzählt ihm nicht, dass sie täglich an ihn gedacht hat in Paris, manchmal sogar morgens beim Aufwachen. Dass sie ihn vermisst hat, seine Stimme, seinen Blick, die Art, wie er seine Lesebrille aufsetzt.

»Du hast recht«, sagt sie. »Fahren wir zurück.«

Im Auto schweigen sie, und erst zu Hause, als er fort ist, fällt ihr ein, dass sie ihm sein Mitbringsel, den »Lambig de Bretagne«, nicht gegeben hat.

Lange sitzt Mara an diesem Abend mit ihrer Mutter und Zoé in der Küche, schließlich schafft sie es auch, etwas zu essen. Maxim weicht nicht von ihrer Seite. Vor dem Schlafengehen trinkt sie ein paar Gläser Pflaumenschnaps. Sie duscht heiß und fällt entgegen ihrer Erwartung sofort in einen tiefen Schlaf. Manchmal holt sich der Körper, was er braucht.

Trüffel-Kanapees

Übel sieht er aus, der Chef vom »Goldenen Kranz«, wie er so dasitzt, die aufgeschlagene Zeitung und einen großen Kaffee vor sich auf dem Tisch. Übernächtigt und unausgeschlafen. Der, der den doppelseitigen Artikel geschrieben hat, den Meyer liest, ist gerade zur Tür hereingekommen und lässt sich neben dem großen, kräftigen Mann nieder. Es ist Franz Tischler vom »Pfälzer Boten«.

»Vermisste tot in Weiher gefunden« lautet die fett gedruckte Überschrift über dem Text. »Silvie Brunner aus Weidenbrünn hat offenbar wochenlang in dem Gewässer gelegen. Die Todesursache ist noch nicht bekannt«, steht darunter.

»Was sagst du nun?«, fragt der Lokalreporter seinen Freund. »Glaubst du, sie ist ermordet worden?«

»Irgendwie hab ich schon lange nicht mehr geglaubt, dass sie wiederkommt«, antwortet Meyer langsam. »Sie hätte ihre Kinder auf keinen Fall im Stich gelassen. Was für ein Elend. So eine schöne, nette Frau.«

Die Kellnerin stellt einen Kaffee neben Franz Tischler ab.

»Vielleicht war es doch ihr Mann, was meinst du? Inzwischen gibt es ja Gerüchte, dass Peter kein einfacher Partner war, dass er laufend Streit suchte und aggressiv war. Sogar geschlagen haben soll er die Silvie.«

»Wer weiß das schon?«, antwortet Meyer nachdenklich. »Mir tun die Kinder leid. Sie sind zwar schon groß, aber es ist doch grausam, die Mutter auf diese Art zu verlieren.«

»Absolut«, sagt Tischler mit einem Seufzer. »Apropos Kinder, was macht eigentlich dein Sohn? Es heißt, dass Stefan Probleme hat ...«

Meyer schaut seinen Freund unglücklich an. »Das stimmt leider. Der Stefan hat hohe Schulden. Das geht schon länger so. Er lässt sich hängen.«

»Seit seine Freundin ihn verlassen hat?«, will Tischler wissen.

»Das kann man so nicht sagen. Er hat vor ein paar Jahren angefangen zu trinken, und vielleicht wirft er sich auch ab und an ein paar Pillen ein, was weiß ich? Er hat sich oft nicht mehr im Griff, und das hat der Julia nicht gepasst. Die ist wieder zurück nach Landau gegangen.«

»Und was ist mit dem Motorradladen? Wird er den halten können?«

»Ich weiß es nicht«, antwortet Meyer. »Vor Kurzem war er da und hat mich um ein Darlehen gebeten. Zwanzigtausend Euro wollte er haben, um wenigstens die dringendsten Schulden bezahlen und die Ware für das Sommergeschäft einkaufen zu können. Die Bank gibt ihm nichts mehr.«

»Im Frühjahr und Sommer läuft so ein Motorradladen ja besser, stelle ich mir vor. Wirst du ihm die Kohle geben?«

»Das habe ich noch nicht entschieden«, gesteht Meyer. »Ich habe ihm vor zwei Jahren eine große Summe geliehen, und er hat mir bisher keinen Cent davon zurückgezahlt. Ich verdiene ja gut, aber zwanzigtausend sind auch für mich kein Pappenstiel, und ich muss sicher sein, dass sich der Stefan wieder fängt.«

»Rede einfach noch mal mit ihm und sag ihm das so, wie du es mir gerade gesagt hast«, sagt Tischler mit Nachdruck. »Verdient er nicht auch ein bisschen was mit dem Wild, das er dir immer bringt?«

»Ja. Ich denke, das Jagen bringt ihm einiges ein. Aber seit ein paar Wochen habe ich nichts mehr von ihm bekommen. Ich musste Wild aus Frankreich zukaufen.«

»Komisch. Rede mit Stefan. Das klingt alles nicht gut.«

»Danke dir, mein Freund, fürs Zuhören. Willst du was essen, ein spätes Frühstück? Bratkartoffeln mit Spiegelei und Wild-Leberkäs vielleicht? Das haben wir heute auf der Karte.«

»Mmh, das klingt lecker! Ja, gern. Wenn du mitisst.«

Meyer nickt und bestellt zwei Portionen Leberkäs mit Bratkartoffeln.

✳✳✳

Mara steht mit Lisa Fröhlich am Fundort von Silvies Leiche. Mittlerweile ist klar, dass es sich wirklich um sie handelt. Die Sonne scheint an diesem Morgen, und es hat weiter getaut. Die Stelle, an der am Vortag das Eis aus dem See geschnitten wurde, hat sich vergrößert. In der Mitte des Weihers haben sich kleine Lachen auf dem Eis gebildet.

»Ich verstehe das nicht«, sagt Lisa verzweifelt. »Kurz nachdem Silvie Thomé verschwunden ist, haben wir wieder und wieder auch diesen Weiher abgesucht. Zuerst mit den Hunden und dann sogar mit den Leichenspürhunden. Wir waren sogar mit einem Boot auf dem Wasser. Der eine Leichenspürhund ist darauf spezialisiert, Leichengeruch auch im Wasser wahrzunehmen. Ich glaub das einfach nicht.«

»Vielleicht war Silvie nicht die ganze Zeit hier im Weiher«, merkt Mara an. »Es scheint fast so, als wäre sie irgendwo zwischengelagert worden. Vielleicht doch in der Höhle, in der wir ihre Jacke gefunden haben.«

Lisa zupft sich eine Haarsträhne aus dem Zopf.

»Das denke ich auch schon die ganze Zeit. Aber sie muss in den See geworfen worden sein, bevor der Frost kam. Danach hatten die keine Chance mehr.«

»Wir hatten diesen Winter früh Frost, Lisa. Schon weit vor Weihnachten. Und ihr habt bis in den November hier jeden Stein umgedreht, nicht?«

»Das stimmt«, sagt Lisa. »Das bedeutet, die Leiche muss zwischen Mitte November und Anfang Dezember hier abgelegt worden sein.«

»Ich hoffe, die Gerichtsmediziner können das noch klarer eingrenzen.«

Ein Stück unterhalb des Weihers hören sie einen Motor, und kurz darauf sehen sie Yannick Briand den Weg heraufeilen.

»Wie haben die Silvie wohl hierhertransportiert?«, fragt er nach einer kurzen Begrüßung. »Eigentlich ist das ja nur von dem Wirtschaftsweg aus möglich, den ich gerade hergelaufen bin. Viel näher kommt man mit dem Auto nicht an den Weiher.«

»Das habe ich mich auch schon gefragt«, sagt Mara. »Aber

die Spuren dürften längst verwischt sein. Umgeknickte Zweige, Abdrücke am Boden und so weiter. Wir hatten inzwischen ein paar Stürme.«

Yannick lässt seinen Blick rund um den See schweifen.

»Herr Kommissar, wir haben gerade davon gesprochen, dass der komplette See in den Wochen nach Silvies Verschwinden immer wieder abgesucht worden ist. Zum Schluss sogar mit Leichenspürhunden. Aber da war keine Leiche«, sagt Lisa.

»Vielleicht ist sie vorher woanders versteckt worden? In der Höhle?« Yannick lehnt sich an einen Baumstamm.

Mara sieht ihn an. »Das denken wir auch. Sie muss nach der Suche, aber vor dem Frost hierhergebracht worden sein.«

»Es ist traurig, aber jede Leiche erzählt ihre eigene Geschichte«, sagt Yannick. »Hoffentlich kann uns Silvies Körper auch noch einiges erzählen.«

* * *

Seit dem Weihnachtsfest hat Fabienne Perrault ihren Mann Georges nicht mehr gesehen. Er ist am ersten Weihnachtstag gekommen, mit Geschenken für Charlotte und sie. Sie haben nach dem Essen am Kamin im Wintergarten gesessen und sich über die ersten Weihnachtsfeste mit ihrer kleinen Tochter unterhalten. Die Atmosphäre war zunächst etwas gezwungen, aber dann tranken sie Schlehen-Punsch und Charlotte legte eine CD mit Weihnachts-Popsongs auf. Sie naschten vom bunten Teller – Schokolade, Lebkuchen, Nüsse und Pralinen –, und Charlotte wollte wissen, wie sie Weihnachten als Studenten in Paris verbracht haben.

»Dein Vater hat mir von seinem letzten Geld ein teures Parfum gekauft. Zum Glück hatten mir meine Eltern zum Fest eine größere Summe geschickt, und so konnten wir dann doch noch fein essen gehen. Keiner von uns beiden hatte noch viel Essbares im Haus.«

Der spätere Teil des Weihnachtsfests war lockerer, und Fabienne war froh, dass sie Georges dazu eingeladen hatte. Ein

Weihnachtsfest ohne ihren Mann hätte sich nach all den gemeinsamen Jahren doch seltsam angefühlt. Als er ging, haben sie sich an der Tür fest umarmt.

Jetzt ist sie auf dem Weg zu ihm in die Apotheke, über der er nach wie vor wohnt. Er hat sich dort gemütlich eingerichtet.

Am Vortag hat er sie angerufen und gesagt: »Wenn du in Weißenburg deinen Wochenendeinkauf erledigt hast, dann komm doch bei mir vorbei. Ich mache uns eine Kleinigkeit zu essen.«

Sie hat zugestimmt. Es gibt auch einiges zu erzählen. Die Leiche der vermissten Frau, die aus demselben Ort stammte wie Philipp, ist gefunden worden. In einem kleinen, kalten See im Wald. Es gruselt Fabienne, wenn sie daran denkt. Sie hat in der Zeitung Fotos der hübschen rothaarigen Frau gesehen. Die war im gleichen Alter wie sie, und sie hat zwei Kinder, die nur wenig älter als ihre eigene Tochter sind.

Georges hat den Tisch in seinem kleinen Apartment schön gedeckt. Es gibt Kanapees mit Trüffelpastete, Lachs und Honig-Ziegenkäse. Dazu schenkt er Crémant in schmale, tulpenförmige Gläser ein. Auf dem Tisch brennt eine weiße Kerze.

»Oh, wie schön!«, ruft Fabienne aus. »Du hast dir aber Mühe gegeben.«

»Ich will ja nicht, dass du denkst, ich verkomme hier zu einem schmuddeligen Junggesellen«, antwortet er mit einem kleinen Lächeln.

Bevor sie das Thema anschneiden kann, platzt Georges schon damit heraus: »Du hast es sicher mitbekommen: Die Frau aus Weidenbrünn ist tot. Man hat ihre Leiche im Wald in einem Weiher gefunden.«

Fabienne stellt ihr Glas ab. »Ja, ich weiß. Es ist schrecklich. Und ich frage mich, was da bei denen im Ort los ist. Die Frau ist ja nicht lange nach Philipps Tod verschwunden.«

»Das ist wirklich merkwürdig«, sagt Georges und stößt einen Seufzer aus. »Ich habe schon befürchtet, dass du denken könntest, ich hätte etwas mit dem Tod dieses Polizisten zu tun.«

Fabienne sieht ihn schuldbewusst an. »Na ja. Ich weiß immer noch nicht zu hundert Prozent, ob du in dieser Nacht nicht doch noch mal aus dem Haus gegangen bist. Du hättest auf meinem Handy die letzten Nachrichten von Philipp und mir lesen können, während ich im Bad war.«

»Aber letzten Endes traust du mir keinen Mord zu?«, hakt er nach.

»Nein. Wut hält bei dir nie lange an, und in die Idee, Philipp zu töten, hätten sich dein logischer Verstand und deine angeborene Vorsicht gemischt. Du hättest abgewogen und festgestellt, dass es für die Familie wenig sinnvoll ist, wenn du erwischt wirst und hinter Gittern sitzt.«

Georges weiß offensichtlich nicht, ob er lachen oder weinen soll nach dieser Erklärung. Er schenkt Fabienne noch ein Glas Crémant ein. »Also zu leidenschaftslos für einen Mord aus Eifersucht?«

»Das habe ich nicht gesagt«, protestiert sie. »Du bist ein zu umsichtiger Charakter. Das ist alles.«

»Gut. Dann hätten wir das geklärt. Ich wollte dich fragen, ob du Lust hast, an Ostern an die Loire zu fahren. Du, Charlotte und ich?«

»Bis Ostern ist es noch eine Weile hin«, antwortet Fabienne zögerlich. »Gib mir noch etwas Zeit.«

»Die bekommst du«, erwidert Georges und legt seine Hand auf ihren Arm.

Fabienne ist verwirrt, als sie wieder auf die Straße tritt. Sie steigt in ihr Auto und fährt, ohne zu wissen, warum, an der Abzweigung zu ihrem Wohnort vorbei nach Weidenbrünn.

Vor Philipps Haus hält sie an. Sie war erst ein Mal dort, aus Neugier, in den ersten Monaten ihrer Beziehung. Sie wollte wissen, wo der Mann wohnte, der sie so faszinierte. Und es hat sie traurig gemacht, das große Haus zu sehen, den Garten mit der Schaukel und dem Kinderspielzeug. Das Haus war ein sichtbarer Beweis für sein Alltagsleben, das sie ausschloss.

Heute sieht dort alles still und leer aus. Fast unbewohnt. Kein Auto steht in der Einfahrt, und es gibt keine Anzeichen dafür, dass hier täglich Kinder spielen. Vielleicht sind die Mutter oder die Großeltern mit dem Jungen und dem Mädchen weggefahren.

Hinten, an einem kleinen Schuppen, lehnt eine Gartenschaufel. Philipp hat ihr erzählt, dass es ihm Spaß mache, den Garten für den Frühling vorzubereiten. Bald wäre die Zeit dafür gewesen.

Fabienne legt den Kopf auf ihr Lenkrad und weint. Dann fährt sie auf direktem Weg nach Hause.

***

Als der Gerichtsmediziner Dr. Leimholzer anruft, ist Mara auf dem Weg nach Kaiserslautern.

»Wir hatten Glück. Die Leiche ist in einem besseren Zustand, als ich dachte. Die Frau kann unmöglich zwei Monate lang im Wasser gelegen haben. Ich will noch nicht zu viel sagen, aber ich denke, der Körper wurde vorher kühl gelagert. Wir müssen uns das noch mal genauer anschauen.«

Mara ist verblüfft. »Was meinen Sie damit? Kühl gelagert? Eingefroren, in einer Kühltruhe?«

»Ja«, sagt Leimholzer. »Anders ist das nicht zu erklären. Die Leiche scheint mehrmals eingefroren und wieder aufgetaut worden zu sein. Außerdem haben wir einen glatten Durchschuss in der Brustgegend entdeckt. Sie ist also erschossen worden. Mitten ins Herz.«

Der Schuss habe eine Rippe durchschlagen, erfährt Mara. Sie hält auf einem Parkplatz, um das Gehörte erst einmal zu verarbeiten.

Silvie ist nicht ertrunken. Sie ist nicht in den Weiher gestürzt oder gestoßen worden. Sie hat sich nicht selbst das Leben genommen, und es war auch kein Unfall. Jemand hat sie aus nächster Nähe kaltblütig erschossen. Wie bei Philipp, nur frontal. Der oder die Mörder haben Silvies Leiche über Wochen versteckt. Wohl wissend, dass eine umfangreiche Suche nach ihr gestartet werden würde.

Der Gerichtsmediziner glaubt, dass sie in einer Tiefkühltruhe gelegen hat. Es ist also davon auszugehen, dass die Leiche erst kurz vor dem Frost in den See geworfen wurde. Auch das ist ein glücklicher Zufall. Das eiskalte Wasser hat den Körper ebenfalls vor einem schnellen Verfall bewahrt.

Offenbar ist sie in einem großen Sack oder in einer Plane zum See befördert worden. Denn an Silvies Beinen hingen laut Dr. Leimholzer noch Reste einer blauen Plastikplane und eines dünnen Seils, das an ihren Füßen festgebunden war. Vielleicht hatte sich der Leichnam irgendwo verfangen, an einer Wurzel unter dem Wasser, und als der Körper nach oben trieb, hat sich die Plastikplane von ihm gelöst.

Den Körper ihrer toten Freundin wird sich Mara nicht ansehen. Das hat sie Yannick versprochen. Aber der Gerichtsmediziner wird ihr seine Ergebnisse anhand von Fotos der einzelnen Körperteile genau mitteilen. Mara fürchtet sich vor diesem Moment.

Tarte flambée mit Calvados

Die Ärzte in der Klinik bei Fürth haben Peter Thomé davon abgeraten, jetzt nach Hause zu fahren. Sein Vater hat die Aufgabe übernommen, Silvies Leichnam zu identifizieren. Nach dem Anruf seiner Eltern, die ihm sagen mussten, dass seine Frau im Holzweiher gefunden worden war, rastete Thomé erneut aus. Er schlug mit den Fäusten an die Wände in seinem Zimmer und kauerte dann heulend wie ein kleines Kind am Boden. Die Ärzte mussten ihm ein Beruhigungsmittel spritzen.

Nach ein paar Tagen sieht er jedoch schweren Herzens ein, dass es nichts bringen würde, heimzufahren und die Behandlung abzubrechen. Es geht ihm zu schlecht. Die Gesprächstherapie muss ausgesetzt werden. Er redet kaum, man muss ihm alles aus der Nase ziehen, und wenn der Name seiner Frau fällt, bricht er unvermittelt in Tränen aus.

Ungewöhnlich gut hat er dagegen den Alkoholentzug weggesteckt. In den ersten Tagen sackte Peter Thomés Kreislauf in den Keller, er fing an zu zittern und zu schwitzen. Das Angebot, die klinikeigene Sauna zu benutzen, hat er dankbar angenommen. Gegen das Herzrasen und das Zittern verordnete ihm der Arzt den Wirkstoff Clonidin. Und er hat sich angewöhnt, morgens nach dem Frühstück auf dem Klinikgelände eine Runde zu joggen.

Der Fund seiner toten Frau hat den Förster um Wochen zurückgeworfen.

»Papa, bitte bleib da«, fleht Markus seinen Vater am Telefon an. »Du kannst hier nichts machen. Wir kommen zurecht, und du musst dich erholen.«

Peter Thomé kämpft trotzdem hart dagegen an, nicht einfach durch das große Tor des Klinikgeländes auf die Straße und zum Bahnhof zu laufen. Aber schon am Nachmittag verlassen ihn seine Kräfte, und er muss sich hinlegen. Seine mühsam errungene Stabilität gerät ins Wanken.

»Du wirst es schaffen«, wiederholt sein Sohn jeden Tag am Telefon.

∗∗∗

Markus hat einen neuen Freund gefunden. Es ist Sven, der Lehrling aus der Küche im »Goldenen Kranz«. Markus und Sven waren zusammen in der Grundschule, allerdings war Markus eine Klasse über Sven. Auch ihre Mütter haben sich gekannt. Vor ein paar Wochen hat ihn sein Kumpel Mike, in dessen Kletterladen er arbeitet, überredet, in die Dahner Kneipe »Matchbox« mitzukommen. Ein uriges Lokal, in das schon die Eltern von Sven und Markus gegangen sind. Dort saß Sven an der Theke. Sie haben sich sofort wiedererkannt. Es gab viel zu erzählen: über Musik, die Schule, gemeinsame Freunde und Bekannte.

Sven ist ein offener, witziger Junge, aber Markus kann auch über ernste Dinge mit ihm reden.

Als Markus erfahren hat, dass seine Mutter tot in dem Weiher gefunden wurde – demselben Weiher, auf dem ihm sein Vater das Schlittschuhlaufen beigebracht hat –, schloss er sich in sein Zimmer ein und setzte die Kopfhörer auf. Er machte das Licht aus und legte sich auf sein Bett. Er ignorierte das Klopfen seiner Oma an der Tür und die Frage, ob er etwas essen wolle.

Nein, er will noch immer nichts essen, und er will auch nicht hier sein. Er will irgendwohin, wo nichts wehtut und wo er sich nicht seine Mutter in dem kalten, nassen Loch im Wald vorstellen muss.

Vier Tage geht das nun schon so. Manchmal trinkt er den Kakao oder die Cola, die die Oma für ihn auf einem Tablett vor seine Zimmertür gestellt hat. Die belegten Brote, die Frikadellen und das Rührei lässt er stehen.

Wenn seine Schwester kommt, macht er ihr die Tür auf, sie fallen auf sein Bett, halten sich eine Stunde lang fest und weinen, bis ihre Sweatshirts nass vor Tränen sind. Sie sprechen kein Wort.

Einmal am Tag reißt sich Markus zusammen und ruft seinen Vater an. Der darf einfach nicht noch weiter zusammenbrechen.

Nach einer Woche schafft es Markus, mit seinen Großeltern zu Mittag zu essen. Seine andere Oma, Silvies Mutter, wird aus Heidelberg zur Beerdigung kommen, wenn das Datum feststeht, hat sie gesagt. Silvie hatte kein sehr enges Verhältnis zu ihr, und im Laufe der Jahre hat ihre Schwiegermutter mehr und mehr die Mutterrolle übernommen.

Die Großeltern sehen beide blass und elend aus, fällt Markus beim Mittagessen auf. Und sie scheinen in der letzten Woche ziemlich viel abgenommen zu haben. Seine eigenen Shirts sitzen auch immer lockerer. Markus ist vorerst von der Schule befreit, aber er hat sich vorgenommen, so bald wie möglich wieder mit dem Lernen zu beginnen. Die Bracke Taila weicht keinen Millimeter von seiner Seite. Das Tier jault verzweifelt auf, wenn er nur das Zimmer verlässt.

»Willst du nicht doch mal wieder mit dem Hund spazieren gehen?«, fragt sein Opa. »Du kannst ja runter in den Ort mit ihr laufen.«

Er hat recht. Markus muss mal wieder aus dem Haus. Aber nicht in den Wald. Dorthin wird er lange nicht mehr gehen. Vielleicht gar nicht mehr, und keinesfalls allein.

Er ruft Sven an und fragt ihn, ob er mit ihm und dem Hund eine Runde drehen möchte.

»Ja, gern«, sagt Sven. »Ich komme nachher vorbei. Ich habe heute schon gegen vierzehn Uhr Schluss.«

Sven erzählt ihm, dass er neulich zwei Mädchen kennengelernt hat, unten im Ort, an der Bushaltestelle am Supermarkt. »Sie gehen in Annweiler auf das Trifels-Gymnasium und wohnen unter der Woche dort im Internat. Cora und Jasmin heißen sie.« Das blonde Mädchen mit den grünen Augen, Jasmin, scheint Sven besonders zu gefallen. »Wenn sie lacht, dann funkeln ihre Augen so«, sagt er.

»Und die andere, wie sieht die aus?«, fragt Markus.

»Die hat ganz kurze Haare wie ein Junge, aber es steht ihr supergut, und sie hat sehr große Augen.« Am Wochenende seien die beiden auch öfter in Dahn im »Matchbox«, vor allem freitags, berichtet sein Freund weiter.

Markus ist Sven dankbar, dass er ihn nichts zum Tod seiner Mutter oder über seinen Vater fragt.

»Klingt, als wären das coole Mädchen«, meint er. »Im Moment fühle ich mich nicht danach, aber vielleicht begleite ich dich demnächst mal ins ›Matchbox‹.«

Die beiden gehen mit dem Hund über die große Lichtung unterhalb des Forsthauses und von dort auf die Straße, die ins Dorf führt.

»Wenn du willst, kannst du ja noch ein bisschen mit zu mir kommen und wir hören Musik«, schlägt Sven vor. Seit er die Lehre im »Goldenen Kranz« macht, bewohnt er das Dachgeschoss im Haus seiner Oma in Weidenbrünn.

»Klar, gern! Können wir machen.«

***

Es ist noch einmal bitterkalt geworden. Der Weiher, in dem Silvie lag, ist wieder zugefroren. Ohne das zwischenzeitliche Tauwetter wäre die Leiche erst Wochen später oder im Frühling gefunden worden, wenn überhaupt.

Die Forensiker haben Gewebeproben entnommen, und es hat sich herausgestellt, dass Silvies Leichnam kurz nach ihrem Tod eingefroren wurde. Wohl in einer Kühltruhe. Aber in welcher?

Die Kühlgeräte im Haus des Försters schließen die Beamten aus, sie wurden schon am Beginn der Ermittlungen untersucht. Hier fanden sich nur Spuren von Wild und keine menschliche DNA.

Silvies Leiche wird in der nächsten Woche freigegeben, und die Familie hat für Mittwoch die Beerdigung organisiert. Für Mara ist es die zweite Beerdigung eines nahestehenden Menschen innerhalb von kaum mehr als einem Vierteljahr.

Es sind anstrengende Tage für sie nach der kleinen Atempause mit ihrer Tochter in Paris. Sie fühlt sich erschöpft und leer. Und sie friert ständig, als würde die Kälte von außen in ihren Körper hineinkriechen und sich dort ausbreiten wie ein kalter, harter Klumpen Eis. Vielleicht ist es aber auch umgekehrt.

Mit Yannick konnte sie in den letzten Tagen kaum ein paar persönliche Worte wechseln. Neben dem grausigen Leichenfund war für nichts anderes Platz, Maras eigene Stimme ist darüber still geworden, und die Worte, die sie zu dem lieb gewonnenen Kollegen sagen wollte, die in Paris in ihr hochgekommen waren, sind in einer Art Vakuum in ihrem Inneren verschwunden.

Das macht sie traurig. Denn sie vermisst Yannick. Den Yannick, der ihr so nahegekommen ist, dem sie vertraut und in dessen Gegenwart sie sich geborgen und nervös zugleich fühlt. Dessen grüngraue Augen ihr beständig eine Frage stellen, die sie sich selbst noch nicht beantwortet hat.

»Ich muss auftauen«, sagt sie sich und setzt sich mit einem Buch in die Badewanne. Auf dem Rand steht ein großes Glas Rotwein. Das ist der Plan: von innen und von außen warm werden. Sie spürt, wie sich ihre Muskeln langsam lockern, wie ihre Haut weich und geschmeidig wird, wie sich ein Teil der Anspannung löst.

Mara legt das Buch beiseite und massiert ihren Körper kräftig mit einem Luffaschwamm: die Beine, die Arme, ihren Bauch und ihre Brüste. Ihr Busen ist größer als früher. Daran musste sie sich erst gewöhnen, aber nun mag sie ihn. Er ist rund und fest, mehr nach außen angesetzt.

Ob er schon einmal an ihre Brüste gedacht hat? Mara muss bei diesem Gedanken kichern wie ein Mädchen, und sie spürt, dass sie rot wird.

Sie taucht noch einmal komplett unter und duscht sich dann eiskalt ab. Das macht sie immer. »Für das Bindegewebe«, hat ihr die Großmutter erklärt. Für Mara ist dieser kalte Guss seit Jahren Routine.

Zum Schluss rubbelt sie sich fest mit einem Handtuch ab und gibt etwas Ylang-Ylang-Öl auf ihre Haut. Kaum ist sie in ihren Bademantel geschlüpft, hört sie im Zimmer nebenan ihr Handy klingeln.

Als sie Yannicks Nummer sieht, fragt sie sich, ob er Gedanken lesen kann.

»Ist dir auch so kalt?«, erkundigt er sich.

»Nicht mehr so sehr«, antwortet sie mit einem Lachen. »Ich habe gerade ein heißes Bad genommen und dabei ein Glas Wein getrunken.«

»Oh! Dann bist du nun sicher in der richtigen Verfassung für das, was ich dir gerade vorschlagen wollte.«

»Dich wärmen?«

»So ungefähr«, sagt er und lacht heiser ins Telefon. »Ich wollte dich zum Flammkuchenessen in die ›Chouette‹ einladen. Das wollten wir doch schon vor Weihnachten machen.«

»Sehr gern!«

»Dann wasche ich mir jetzt die Farbe von meinem Körper und bin in einer Stunde dort.«

Wieder sitzen sie an dem kleinen Tisch in der Ecke in dem gemütlichen Raum, der vom Duft des Holzofens durchdrungen ist, direkt neben dem Fenster zum Wald. Und es ist anders zwischen ihnen als noch vor ein paar Monaten. Mara weiß nicht genau, wie sie damit umgehen soll, mit der Nähe, der Wärme, die mal vertraut zwischen ihnen schwingt und mal wie ein unruhiger Bienenschwarm in ihrem Inneren hochbraust.

Die Flammkuchen und der Salat stehen vor ihnen, unangerührt. Da ist sein Blick – aufmerksam und eindringlich, aber auch unsicher. So kennt sie ihn noch nicht.

»In Paris …«, beginnt Mara und trinkt einen Schluck von ihrem Wein. »In Paris habe ich oft an dich gedacht.«

Ein kleiner Funke glimmt in seinen Augen auf. »Und was? Was hast du gedacht?« Yannick stützt den Kopf auf die Hand und beugt sich leicht nach vorn. Sein Gesicht ist jetzt näher bei ihr.

»Ich habe gedacht, wie furchtbar gern ich dich habe«, bricht es aus ihr heraus.

Er atmet tief aus. Seine grünen Augen halten sie fest. Sie weicht seinem Blick nicht aus. »Und ich dachte das Gleiche.

Ich empfinde eine enorme Zärtlichkeit für dich. Kann man das so sagen?«

Mara lacht. »Ja, ich glaube, das kann man so sagen. Genau das spüre ich auch.«

Ihr Inneres fühlt sich so an wie damals als Kind, als sie den Finger in das heiße, flüssige Wachs einer brennenden Kerze getaucht hat. Das Wachs hat sie nicht verbrannt, aber ihr Finger ist gefährlich heiß geworden.

»Und was machen wir nun damit? Mit diesem Gefühl?«

Auf einmal ist da ihre Hand in seiner, fest und warm, und der Raum weicht hinter ihr zurück, und da sind nur noch seine Augen und die Wärme seiner Hand.

»Ich weiß es nicht, meine Liebe. Ich weiß es nicht«, sagt er.

Die Wirtin, Madame Balledier, putzt die Theke, aus dem Radio in der Küche dringt ein alter französischer Schlager. Sie sind heute die einzigen Gäste.

»Trinken wir einen Calvados zusammen?«, schlägt Mara vor. Schwindeliger als jetzt kann ihr kaum mehr werden.

Er zwinkert ihr zu und bestellt zwei Calvados. Die Flammkuchen stehen noch immer vor ihnen auf dem Tisch, und Madame Balledier schüttelt den Kopf, als sie ihnen den Apfelbrand serviert.

»Wir haben uns von Anfang an gut verstanden, nicht wahr? Aber ich habe schnell gemerkt, dass da mehr ist …«

»Und du hast Angst, die Freundschaft zu zerstören?«, will er wissen.

»Vielleicht«, antwortet sie und streichelt mit den Fingerkuppen zart seine Hand, die Innenseite seines Daumens.

»Arrête, wenn du nicht willst, dass wir sofort aufstehen und gehen.« Jetzt funkelt er sie richtig an.

»Weißt du was? Ich denke, wir sollten zwei Dinge nicht tun: etwas forcieren, aber auch nicht leugnen, was zwischen uns ist.« Mara nimmt einen großen Schluck von ihrem Calvados und hält ihm ihr Glas entgegen.

»Ja«, sagt er mit Nachdruck und stößt mit ihr an. »Wir lassen es wachsen. Und dann sehen wir weiter.«

Yannick beugt sich über den Tisch und streicht Mara eine Haarsträhne aus dem Gesicht. »So. Und nun essen wir unseren kalten Flammkuchen.«

Später, auf der Heimfahrt, sprechen sie nicht. Und auch dann nicht, als er seinen Wagen vor Maras Haus parkt. Sie sitzen dort, in der dunklen Straße, in dem dunklen Wagen, ganz nah beieinander. Er hält noch einmal ihre Hand, streichelt jeden ihrer Finger. Sie lehnt sich an ihn, reibt ihr Gesicht an seiner Wange.

»Geh jetzt hinein«, sagt er leise. Und dann nimmt er ihr Gesicht in seine Hände und küsst sie auf beide Augenlider.

»Gute Nacht, Yannick.«

Mara liegt noch lange wach. Was passiert hier gerade? Wie wird das weitergehen? Es fühlt sich an, als wäre ihr Bett an einen Heißluftballon gebunden und schwebte weit über dem Boden.

Am Morgen von Silvies Beerdigung wacht Mara auf und ist schwer erkältet. Sie löst zwei Tabletten Aspirin Plus C in einem Glas Wasser auf und macht sich dann noch eine heiße Zitrone. Sie wird nicht in die Kapelle zum Gottesdienst gehen, sondern ihrer Freundin erst danach bei der Beerdigung Lebewohl sagen.

Es ist jetzt nicht mehr gar so kalt, vielleicht sechs, sieben Grad, und wie am Tag von Philipps Beerdigung treiben schnelle Wolken über einen Himmel, der beständig von Grau zu Blau wechselt.

Fast drei Monate lang war nach Silvie gesucht worden, bevor man ihre Leiche fand.

Mara zieht ihren langen schwarzen Wintermantel an und setzt die bordeauxfarbene Mütze von Yannick auf.

Er ist heute in Straßburg und hilft seiner Tochter beim Umzug, nachdem ihr einige Helfer abgesprungen sind. Mara ist ganz froh, ihn nicht auf der Beerdigung zu sehen. Es hat so viel Trauriges, Schlimmes gegeben, das sie beide gemeinsam erlebt haben in den letzten Wochen, und sie will, dass der Abend in dem Lokal am Wald noch eine Weile nachklingt.

Es war zu schön. Sie hätte gern und auf der Stelle mit Yannick geschlafen, aber sie hatte Angst vor dem Danach. Irgendetwas ist passiert an dem Ecktisch in dem kleinen Lokal, was ihre Gefühle für den Kollegen noch intensiviert hat. Eine kaum erträgliche Sehnsucht nach allem, was er ist – innen und außen –, lässt sie oft nicht schlafen.

Auf dem Friedhofsparkplatz bleibt Mara so lange im Auto sitzen, bis die Glocken den letzten Segen des Trauergottesdienstes einläuten. Dann geht sie langsam zur Kapelle, aus der die ersten Trauergäste kommen. Der mit üppigen Blumenkränzen belegte Sarg wird auf einem elektrischen Wagen herausgefahren.

Sie kann kaum zu Silvies Familie hinschauen. Markus geht Hand in Hand mit seiner Schwester direkt hinter dem Sarg. Seine braunen Haare hängen ihm in das verweinte Gesicht. Das Mädchen hat die üppigen leuchtenden Haare von Silvie geerbt. Sie scheint gefasster als ihr Bruder. Eine elegante ältere Frau mit Hut hält eine weiße Rose in der Hand. Das muss Silvies Mutter sein, Mara hat sie schon lange nicht mehr gesehen. Sie weint nicht, aber ihre Unterlippe zittert.

Dahinter laufen Peter Thomé, der die Klinik trotz seines labilen Zustands kurzzeitig verlassen hat, und seine Eltern. Das Gesicht von Silvies Ehemann wirkt wie versteinert, sein Vater führt ihn am Arm, er läuft steif und ungelenk wie ein Roboter. Wahrscheinlich hat man ihm ein starkes Beruhigungsmittel gegeben. Sein Blick ist starr ins Leere gerichtet.

Mara reiht sich neben Sabine Menger ein, Silvies letzter bester Freundin. Sie weint ohne jeden Ton. Die beiden Frauen laufen still nebeneinanderher bis zu der tiefen Grube, an der der Wagen mit dem schlichten hellen Sarg bereits angekommen ist. Ein blondes Mädchen spielt ein Stück auf der Geige, vielleicht etwas von Schumann. Traurig-schön.

Jetzt wird der Sarg nach unten gelassen, die Kränze liegen vor der Grube. Es sind sehr viele. Silvie war beliebt.

Ein kaum menschlicher Schrei bricht durch die Stille. Heiser und roh in seiner Verzweiflung, wie von einem wilden Tier. Es ist Peter Thomé, der so schreit, als der Körper seiner Frau der dunklen Erde übergeben wird. Seine Eltern führen ihn weg vom Grab.

Der Pfarrer spricht den letzten Segen: »Gott ist Liebe. Und wer in der Liebe bleibt, der bleibt in Gott und Gott in ihm.«

Kann Silvie diese Liebe jetzt noch spüren? Dort, wo sie jetzt ist? Wo? Jemand gibt Mara eine gelbe Rose, die sie hinunterwirft in die Grube. Und sie denkt an das Mädchen mit den Sommersprossen, das lachend den Buben die Zunge herausstreckt und mit dem Fahrrad davonbraust. Im Karorock mit bunten Kniestrümpfen.

»Auf Wiedersehen, Silvie«, sagt sie leise.

Im Forsthaus wird es gleich noch einen Empfang geben. Aber Mara erträgt es nicht, noch mehr Kummer und Schmerz, noch mehr weinende Gesichter zu sehen. Außerdem scheint die Erkältung nun richtig durchzuschlagen. Durch die Nase kriegt sie kaum Luft, und sie hat Schüttelfrost.

Sie sucht Markus, der hinten am Grab steht und Beileidsbekundungen entgegennimmt.

»Danke, dass du da warst, Mara«, sagt er.

Sie umarmt den großen, dünnen Jungen. »Ich gehe jetzt heim. Aber du weißt, ich bin immer für dich da.«

»Ich weiß.« Markus nickt traurig. »Ich melde mich.«

Mara fährt nach Hause, und nach einer kurzen Runde mit Maxim legt sie sich auf die Couch im Wohnzimmer und hört ihre Mutter in wirre Träume hinein in der Küche werkeln. Dann schläft sie ein und wacht erst auf, als es bereits dunkel ist.

Else steht neben ihr und berührt ihre Stirn. »Du hast Fieber«, sagt sie. »Leg dich besser oben in dein Bett.«

Um die Wadenwickel, die ihr die Mutter als Kind schon gemacht hat, wenn sie krank war, kommt Mara auch jetzt nicht herum.

Es vergehen Tage mit durchgeschwitzten Bettlaken, heißem Tee mit viel Zitrone, klebrigem Hustensaft und immer seltsamer werdenden Träumen. Eine Wildtaube kommt ans Fenster geflogen und sieht Mara mit orange leuchtenden Augen an. Sie fährt auf einem Karussell, das sich schneller und schneller dreht und auf dem sie festgebunden ist. Jemand reißt ihre Zimmertür auf und sagt, sie müsse nur auf den Frühling warten. Blütenblätter wirbeln um sie herum. Manchmal öffnet Mara die Augen und weiß nicht, ob sie gerade geträumt hat.

Sie hört Yannicks Stimme durch das Fieber hindurch und kann sich später nur erinnern, dass er ihr etwas von warmem Bier mit Honig erzählt hat. Vielleicht hat er irgendetwas mit »mon amour« gesagt, aber ihr fällt nicht mehr ein, in welchem Zusammenhang und ob sie gemeint war.

»Ja, du hast gestern Abend mit Kommissar Briand telefoniert«, berichtet die Mutter amüsiert.

Mara isst eine heiße Suppe mit Gemüse und runden Fettaugen, und sie trinkt fast zwei Liter kühlen Minztee. Danach schläft sie wieder einen ganzen Tag lang. So geht das bis zum Wochenende. Erst am Montag kann sie richtig aufstehen. Ihre Stimme klingt wieder normaler, und sie wird nicht mehr ständig von Hustenkrämpfen geschüttelt.

Sie geht unter die Dusche und spült den Schweiß ihres Krankenlagers von sich. Ein paar Minuten später steht sie fertig angezogen mit dem Hund im Flur. Endlich, endlich kann sie wieder raus vor die Tür.

Ihr Telefon klingelt.

Es ist Markus, der völlig aufgelöst erzählt, dass sein Vater aus der Klinik verschwunden ist. Markus' Großvater hat Peter Thomé einen Tag nach Silvies Beerdigung zurück nach Bayern gebracht, damit er die Therapie wieder aufnehmen konnte.

»Was? Wann denn? Wie ist das passiert?« Mara ist geschockt.

»Er muss direkt nach dem Frühstück abgehauen sein. Denn zu seiner Gesprächstherapie um zehn Uhr ist er nicht erschienen.«

»Vielleicht ist er nach Fürth gefahren?«

Aber schon während Mara diesen Gedanken ausspricht, weiß sie: Das ist Blödsinn. Der Mann ist gefährdet, gerade jetzt.

»Kannst du Papa nicht zur Fahndung ausschreiben?«, ruft Markus verzweifelt ins Telefon. »Er hat total wirr geklungen, als ich das letzte Mal mit ihm gesprochen habe. Seine Sätze haben keinen Sinn gemacht. Er scheint vergessen zu haben, dass Mama nicht mehr lebt.«

»Warten wir noch ein paar Stunden ab. Vielleicht kommt er ja hierher, weil er einfach nur nach Hause will. Wo soll dein Vater denn sonst hin?«

»Sein Telefon ist ausgeschaltet, wir haben es wieder und wieder versucht.«

»Hör mal zu, Markus«, versucht Mara, den Jungen zu beruhigen, »ich rede mit den Kollegen, und wenn du bis heute Abend nichts von ihm hörst, geben wir eine Meldung raus.«

»Danke, Mara.«

Der düstere, völlig in sich gekehrte Blick von Peter Thomé bei der Beerdigung geht Mara nicht aus dem Kopf. Sein Sohn hat recht: Man muss sich Sorgen um ihn machen. Mara kann sich nicht vorstellen, dass der Mann ihrer toten Freundin irgendwo in Bayern herumirrt. Wenn, dann ist er auf dem Weg in seine Heimat, in das Forsthaus im Pfälzerwald, wo er fast zwanzig Jahre mit seiner Frau gelebt hat.

Aber was will er hier? An Silvies Grab gehen? Sich trösten mit den letzten Spuren ihres Lebens daheim?

Auch wenn er, was noch immer nicht ganz ausgeschlossen ist, selbst der Mörder sein sollte?

Yannick würde jetzt sagen: Gerade dann! Wenn Opfer und Täter sich so nahestanden, kommt es oft vor, dass der Täter sein Verbrechen bitter bereut. Und es gab sogar schon Fälle, in denen der Mörder es schaffte, die Tat vor sich selbst zu verleugnen.

Mara ruft zuerst Armin Weber an, um ihn über Peter Thomés Verschwinden aus der Klinik zu informieren. »Vielleicht kannst du dich an der Abfahrt zum Forsthaus postieren, Armin«, schlägt sie vor.

»Das kann ich machen. Glaubst du, er stellt eine Gefahr dar? Wann könnte er hier sein?«

»Wenn er nach dem Frühstück in Fürth losgefahren ist, dann sollte er spätestens am frühen Abend hier ankommen. Ich checke gleich mal die Abfahrtszeiten der Bahn.«

»Gut«, sagt Weber. »Gib Bescheid, wenn du was Neues hörst. Ansonsten stehe ich ab achtzehn Uhr an der Abfahrt. Hat er sich denn bei seiner Familie nicht gemeldet?«

»Nein. Das ist es ja. Auch sein Handy ist ausgeschaltet.«

Auch Yannick klingt alarmiert, als ihm Mara berichtet, was passiert ist.

»Ich bin ganz bei dir. Er wird auf jeden Fall hierherkommen. Aber wozu? Was hat er vor?«

»Wenn wir das wüssten«, antwortet Mara. »Sein Sohn hat mir gesagt, bei den letzten Gesprächen habe er völlig wirr geklungen. Ich habe Angst, dass er wieder durchdrehen und randalieren wird, wenn er nach Hause kommt. Und der Junge hat schon genug durchgemacht, ebenso wie die Großeltern. Wir sollten ein Auge auf sie haben.«

»Wenn er bis heute Abend nicht da ist, komme ich vorbei. Bitte melde dich wieder. Und sei vorsichtig. Peter Thomé scheint mir unberechenbar.«

»Ja. Versprochen.«

Schwarzer Kaffee mit Himbeer-Geleebonbons

Schon am Nachmittag bricht die Dämmerung über den Wald herein, und nur noch ein paar blutrote Sonnenstrahlen erreichen die äußersten Spitzen der Bäume. Die roten Sandsteinfelsen glimmen, als wären sie von einem Feuer entzündet worden. Für einen winzigen Moment flammt es über den Wipfeln auf, dann wird das Rot von einem dichten Dunkelblau verschluckt, und eine halbe Stunde später liegt der Wald im Dunkeln.

Markus sitzt mit seinen Großeltern in der Küche des Forsthauses, sie starren abwechselnd auf ihre Handys und die Uhr an der Wand. Hundertmal haben sie versucht, den Vater zu erreichen. Aber sein Handy bleibt stumm. »Dieser Teilnehmer ist zurzeit nicht erreichbar«, hören sie jedes Mal.

»Wenn Papa sich bis heute Nacht nicht meldet, wird er zur Fahndung ausgeschrieben«, sagt Markus.

Seine Großmutter sieht mit verstörtem Blick zur Tür und von der Tür zum Küchenfenster, das zur Auffahrt hinausgeht.

»Ich habe kein gutes Gefühl, gar kein gutes Gefühl«, murmelt sie.

Der Großvater trommelt mit den Fingerspitzen auf dem Tisch herum. »Wenn man nur wüsste, wo man ihn suchen soll ...«

»Die Kommissarin hat mir gesagt, dass die Kameras am Bahnhof in Fürth ausgewertet werden.« Markus schaut zwischen seinen Großeltern hin und her.

»Hoffentlich ist es dann nicht zu spät«, sagt sein Großvater leise.

Die Oma setzt Teewasser auf, und so sitzen alle drei mit ihren Tassen um den Küchentisch herum, ohne dass ihnen einfällt, was sie noch sagen oder tun könnten.

***

Alle dreißig Minuten meldet sich Armin Weber bei Mara. Seit zwei Stunden steht er mit seinem Einsatzwagen auf einem Parkplatz neben dem Wirtschaftsweg, der zum Forsthaus führt. Er hat zwei Wildschweine und einen Fuchs gesehen, aber keinen einzigen Menschen.

Mara hingegen ruft immer wieder in der Klinik in Fürth an, um zu hören, ob Peter Thomé nicht doch zurückgekommen ist. Eine der Schwestern erzählt ihr, dass sein Rucksack und seine Dokumente aus dem Zimmer fehlen.

»Zu mir war er immer freundlich, der Herr Thomé. Hat sich immer für alles bedankt. Aber in den letzten Tagen schien er wie weggetreten«, berichtet die Schwester. Nichts habe jedoch darauf hingewiesen, dass er plante abzuhauen.

Yannick ist sich nach wie vor sicher, dass Peter Thomé für den Tod seiner Frau verantwortlich ist. Inzwischen glaubt er, dass die Tat im Affekt passiert ist. Mara will nicht mit ihrem Kollegen darüber streiten. Zumal ihr auch kein anderer Täter und kein passendes Motiv für den Mord an Silvie einfällt. Silvie war entgegenkommend und freundlich. Sie war bei allen im Dorf beliebt.

Oder hatte sie doch einen Geliebten, der ausgerastet ist, als sie die Beziehung beenden wollte? Dafür gibt es allerdings überhaupt keine Anzeichen. Mara hat sich auf der Beerdigung unter den männlichen Trauergästen umgesehen, ihr ist niemand aufgefallen, der auf eine tiefere, persönlichere Art um sie getrauert hätte als ihr Mann.

Mara macht sich einen weiteren Kaffee und dazu ein paar Omeletts für sich und ihre Mutter. Sie hat das Gefühl, dass das heute noch ein langer Abend werden wird.

Um kurz vor acht zieht sie ihre Jacke und ihre Stiefel an und holt ihre Pistole aus dem Safe.

»Ich fahre rüber zum Forsthaus«, sagt sie zu ihrer Mutter, die im Wohnzimmer auf dem Sofa sitzt.

»Ist gut«, antwortet Else.

Bevor Mara den Motor anlässt, ruft sie noch schnell Yannick an. Kaum hat sie ihm mitgeteilt, dass sie sich nun auf den Weg zu den Thomés macht, hört sie ihn sagen: »Ich bin auch schon unterwegs.«

***

Im Forsthaus sitzt Markus mit seinen Großeltern im Wohnzimmer, sie schauen die Nachrichten. Plötzlich springt die Bracke Taila auf und läuft winselnd zur Haustür. Markus stutzt einen Moment, dann stürzt er dem Hund hinterher und reißt die Haustür auf.

»Papa! Papa? Bist du da?«

Es ist völlig dunkel im Hof und im Garten. Ein gelber Lichtschein fällt vom Küchenfenster auf den Kiesweg und die Einfahrt. Dort ist niemand. Der Hund schnuppert in die Luft und bleibt neben Markus stehen.

»Wer ist da?«, ruft Markus nun lauter. »Papa! Melde dich doch!«

Inzwischen sind auch die Großeltern aus dem Haus herausgekommen.

»Was ist hier los?«, fragt der Großvater. Er legt seiner Frau, die frierend im Türrahmen steht, seine Strickjacke um.

»Ihr habt ja gemerkt, dass Taila etwas angezeigt hat. Aber hier ist nichts und niemand zu sehen.«

Zusammen mit dem Großvater geht Markus um das ganze Haus herum, in den Anbau hinein und in Silvies Gewächshaus. Auch dort ist niemand.

Im Wald hinter dem Haus ruft ein Käuzchen dreimal, und es raschelt im Unterholz. Das sind die Mäuse, auf die es der Vogel abgesehen hat.

Markus läuft ins Haus zurück und nimmt den Schlüssel für den Kombi seines Großvaters vom Holzbrett neben der Tür. Bevor sein Opa ihn aufhalten kann, rennt er zum Wagen.

»Was hat er vor?«, schreit die Großmutter von der Tür her. »Er hat doch noch keinen Führerschein!«

»Das macht mir wenig Sorge. Der kann fahren. Ich denke, er will seinen Vater suchen.«

Genau das werde ich tun, denkt Markus, als er den Motor anlässt und losfährt.

***

Es ist nicht leicht, auf den Drachenfels hinaufzuklettern. Das erste Drittel ist steil und bietet nicht viele Tritte, die man zum Aufstieg nutzen kann. Es gibt ein paar magere kleine Fichten und ein paar Büsche, an denen man sich notfalls festkrallen kann. Hat man diesen Teil überwunden, trifft man auf Vorsprünge und hervorstehende Felsbrocken, die mehr Halt bieten. Im Dunkeln ist es fast unmöglich, hier heraufzukommen.

Niemand sieht die kalten, klammen Hände, die sich an dem porösen Gestein festhalten. Niemand erfasst die Füße in den Turnschuhen, die wieder und wieder abzurutschen drohen. Doch der Mann klettert weiter und weiter nach oben. Mehrfach bleibt seine Jacke an den Ästen sperriger Büsche hängen. Wieder und wieder zerkratzen Zweige seine Hände und sein Gesicht. Unter ihm kollern Steine und kleine Felsstückchen weg. Der kalte Wind dringt bis auf seine Haut, er trägt unter seiner Jacke nur ein dünnes Shirt. Aber irgendwann ist er endlich oben.

Da sind Sterne heute, viele Sterne über ihm. Es ist eine klare, stille Nacht, und nur der Wind spielt mit den Baumwipfeln unter dem großen Felsen. Peter Thomé spürt nicht mehr, dass ihm kalt ist. Er sieht nicht den Fuchs unterhalb des Felsens, der gerade ein Wiesel gefangen hat. Hört nicht den hohen, spitzen Schrei.

Dunkel und weit liegt der Wald unter ihm. Sein Wald. Aber auch den Wald sieht er nicht. Er sieht das Gesicht seiner Frau, ihre Augen. Und die Sterne. Wie sie leuchten! Ganz nah ist sie.

Und er fühlt nicht den einen kleinen Schritt, den er nach vorn macht. Fällt er? Fällt er wirklich? Es fühlt sich langsam an. Gar nicht wie Fallen. Fast endlos.

Und Silvie ist da, die ganze Zeit. Sie war ja auch nie wirklich weg.

Auf einmal hört das Fallen auf, und er ist ganz allein mit Silvie im Dunkeln.

***

Ohne nachzudenken, fährt Markus die Forstwege seines Vaters ab, sucht ihn am Schafsfelsen, wo er ihn vor Wochen schon gefunden hat, und an den Hochsitzen, auf denen Peter Thomé bei der Jagd gewöhnlich sitzt. Der Kombi seines Großvaters holpert über Wurzeln, gerät an schmalen, vereisten Stellen ins Schlittern, aber Markus gleicht das aus. Er hat in zwei Wochen seine Führerscheinprüfung, er fühlt sich sicher.

Über einer Lichtung in der Ferne erstreckt sich ein hoher, weiter Sternenhimmel. Dort ist es viel heller als hier auf dem Wirtschaftsweg. Da drüben dürfte auch der Drachenfels sein, denkt Markus.

Er biegt rechts in den nächsten Wirtschaftsweg ein, und dann sieht er den Drachenfels vor sich aufragen. Der obere Teil erhebt sich wie ein gezackter Kopf mit offenem Maul in den Himmel, er hat dem Felsen seinen Namen gegeben. Ganz oben gibt es ein kleines Plateau, von dem aus man den ganzen Wald überblicken kann.

Markus parkt den Wagen am Rand der Lichtung unterhalb des Berges. Da hört er ein Wimmern. Eine Gestalt liegt gekrümmt am Fuß des Felsens. Es ist sein Vater.

Markus weiß nicht mehr, wie er den Notruf gewählt hat, er weiß nicht mehr, was er zu seinem Vater gesagt hat und dass er eine Decke über ihn gebreitet hat. Er erinnert sich zwar an das Blaulicht zwischen den Bäumen, ein surreales Blinken, aber er hat keinen einzigen Ton gehört.

Er sah Sanitäter, einen Polizeiwagen, und er sah Mara, wie sie sich über seinen Vater beugte, als der gerade auf der Trage in den Krankenwagen geschoben wurde.

Auch der französische Polizist mit dem Dreitagebart war plötzlich da, er hatte eine Jacke dabei, die er Markus umlegte.

Der Mann redete mit sanftem Tonfall auf ihn ein, aber er verstand ihn nicht, auch die Fragen eines kleinen Polizisten mit Brille nahm er nicht wahr. Die Welt lief wie ein Stummfilm vor ihm ab. Die Menschen bewegten sich hektisch in einer ihm unbekannten, stummen Choreografie.

Zu Hause fühlt er nur die Hand seiner Großmutter, und er sieht Taila am Fußende seines Betts liegen. Dann schläft er ein.

**

Während Peter Thomé operiert wird, sitzt Mara mit seinem Vater im Wartebereich vor der Intensivstation des Kaiserslauterer Krankenhauses. Der Schwerverletzte wurde mit dem Hubschrauber in die Klinik geflogen, nachdem er vor Ort so gut wie möglich stabilisiert worden war. Armin Weber hat sie und den Vater des Försters mit dem Auto nach Kaiserslautern gebracht.

Mara erzählt Rudolf Thomé in den Stunden bangen Wartens in dem hellblau gestrichenen Raum nicht, was sein Sohn in den wenigen Sekunden, als er noch bei Bewusstsein war, zu ihr gesagt hat. Sie hört es überlaut in ihrem Kopf. Es wiederholt sich ständig, wie eine automatische Bandansage.

»Mara, bist du das?«

Und Mara hat genickt und sich über ihn gebeugt.

»Philipp! Ich habe das getan. Ihn erschossen. Verzeih mir.« Und dann hat er die Augen geschlossen und bald darauf im Rettungswagen sein Bewusstsein endgültig verloren.

Rudolf Thomé ist blass, sein Blick leer. Es würde nichts bringen, diesem Mann jetzt zu sagen, was sein Sohn getan hat. Er wird es noch früh genug erfahren.

Mara zieht zwei Becher Kaffee aus dem Automaten, einen mit Milch, einen ohne. Sie hält Peters Vater die Becher hin, er wählt den mit Milch. In ihrer Jackentasche findet sie noch eine angebrochene Packung Himbeer-Geleebonbons. Sie bietet ihm eines an, er kaut das Bonbon mit ausdrucksloser Miene.

Ein paar Stunden später hat Peter Thomé die OP zwar überstanden, aber den nächsten Sonnenuntergang wird er nicht mehr mitbekommen. Wie Mara hinterher erfahren wird, hätte ein Wunder geschehen müssen, um ihn nach den immensen inneren Verletzungen überleben zu lassen. Lungen- und Milzriss, mehrfache Brüche der Wirbelsäule. Dieses Wunder geschieht nicht, Peter Thomé stirbt.

Was hat Mara gehofft? Dass er sein Bewusstsein noch einmal erlangen und ihr sagen würde, weshalb Philipp sterben musste? Dass es irgendeinen logischen Grund dafür gab? Aber vielleicht gibt es auf diese Frage keine Antwort.

Später wird Yannick ihr sagen, dass er glaubt, Peter Thomé habe Philipp aus einem Wahn heraus getötet. Dem gleichen Wahn, der dazu führte, dass er in der Dunkelheit auf einen Felsen kletterte und sich von dort hinunterstürzte.

Bald wird der Wald aus seiner Starre erwachen, bald werden Kälte und Dunkelheit hier keinen Platz mehr haben. Bald werden Vogelstimmen das einsame Knacken der Zweige und den Wind, der durch die Wipfel pfeift, übertönen. Das Grau wird weggewischt werden wie von einem großen Scheibenwischer, und die Sonne wird in jede kleine Knospe, in jeden Grashalm, in die Stämme der Bäume und bis hinunter ins Erdreich dringen. Alles wird aufwachen, wie nach einem endlos langen Schlaf, und das Erwachen wird grün sein, hellgrün und aufgeregt und später bunt, und das neue Leben wird wieder neues Leben mit sich bringen, schneller, als man das Wort »Winter« sagen kann, und der Frühling wird den Wald zu seinem ureigenen Reich machen.

Scholle in Zitronenbutter-Soße

Die Akte Philipp Meinhard ist geschlossen. Peter Thomé hat gestanden, ihn getötet zu haben. Und damit schließen sich auf einmal Lücken, die in der Ermittlung große Fragezeichen gebildet haben. Der Knopf, den Yannick Briands Team am Tatort gefunden hat, lässt sich einer Outdoorjacke des Försters zuordnen. Markus hat die Jacke nach dem Tod seines Vaters in einer Ecke ganz hinten im Geräteschuppen gefunden. Ein Knopf fehlte an ihr. Der Junge hat die Jacke auf dem Polizeirevier abgegeben, weil ihm der Fundort seltsam vorkam. Üblicherweise hing sie vorn im Eingang an der Garderobe.

Maras Chef Richard Stegner gelangt zu dem Schluss, dass Thomé dem Polizisten im Wald aufgelauert hat, um ihn wegen eines vermeintlichen Verhältnisses mit seiner Frau zur Rede zu stellen. Nach einem kurzen Wortwechsel, bei dem der Kollege aus Weidenbrünn wütend geworden ist, hat der krankhaft eifersüchtige Peter Thomé ihn von hinten erschossen. »Philipp könnte zu ihm gesagt haben: ›Hör jetzt mit dem Mist auf. Ich habe keine Lust, mit dir darüber zu reden.‹ Daraufhin hat er sich vermutlich abgewandt, und Thomé hat aus kurzer Distanz geschossen.«

Das klingt logisch und nachvollziehbar, aber trotzdem ist es Mara ein Rätsel, wie Silvies Mann auf die Idee kam, ausgerechnet Philipp wäre der Liebhaber seiner Frau.

Vielleicht gab es Gerede im Dorf, für einen krankhaft Eifersüchtigen genügt das schon. Silvie ist ein- oder zweimal bei Philipp im Auto mitgefahren. Möglicherweise hat Peter Thomé das Getuschel von den alten Dorfweibern, die nichts zu tun haben und vor lauter Langeweile aus ihren Fenstern in die Gärten der Nachbarn starren und alles registrieren, was dort vor sich geht, mitbekommen. Und auch Männer, denen Silvie mal einen Korb gegeben hat, könnten über sie hergezogen sein.

Rothaarige Frauen seien doch so scharf, sagt man, aber diese hier hatte es mehr mit der Flora und Fauna als mit der menschlichen Biologie. Eine eigenständige, schöne Frau erregt Neid und Misstrauen, obwohl Silvie im Dorf ja grundsätzlich sehr beliebt war. Fatal, dass das vor allem bei ihrem eigenen Mann gefruchtet hat.

Silvie hat Philipp vor seinem Tod angerufen. Hatte sie Angst? Hat sie sich bedroht gefühlt? Wollte sie ihn warnen? War es das, was sie Mara nur persönlich sagen wollte? Davon ist Mara inzwischen überzeugt.

Nun kann sie auf den Friedhof an Philipps Grab gehen, und sie kann noch einmal weinen über seinen sinnlosen Tod. Jetzt hat sie eine Antwort. Mit der Akte schließt sich auch der quälende Kreis immer wiederkehrender Fragen und Zweifel. Philipps Geschichte ist erzählt, auch wenn sie kein gutes Ende genommen hat.

Irgendwann später werden die schönen Erinnerungen hochkommen, und sie werden überwiegen. Fast zwei gemeinsam erlebte Jahrzehnte. Eine stürmische Jugend, in der sie zusammen aufwuchsen, in der Freundschaft und Liebe sich ständig abwechselten, in der sie sich stritten und wieder vertrugen. In der sie sich vertrauten und sich dem anderen nicht erklären mussten, weil sie sich tief im Inneren kannten.

Noch ist es nicht so, dass Mara Philipps Dagewesensein als ein Geschenk betrachten kann. Der Schmerz ebbt aber täglich ein bisschen mehr ab, zieht sich zurück in irgendeine kleine, dunkle Herzenskammer. Bis es auch dort wieder hell wird und nichts mehr wehtut.

Bis es so weit ist, wird Mara die Antwort auf eine weitere Frage finden müssen: Warum musste Silvie sterben?

***

Georges Perrault sitzt mit seiner Frau und seiner Tochter an dem großen Tisch in der Küche, sie essen eine feine Scholle, die auf der Zunge zergeht. Fabienne hat sie mit einer Zitronenbutter-Soße und rosa Pfeffer serviert. Dazu gibt es Endiviensalat, dem eine Prise Zucker und Mandarinenstückchen die Bitterkeit genommen haben. Die Kartoffeln hat sie in Salbeibutter geschwenkt. Dazu trinken sie einen fruchtigen Weißwein, einen Pinot Blanc, der nach grünen Birnen und Mirabellen riecht.

Es ist das erste Mal, dass Georges nach Weihnachten wieder zu Hause ist. Charlotte hat sich gewünscht, einmal in der Woche mit ihren Eltern zusammen zu essen. Und Georges war aufgeregt vor dem Essen, wie damals bei den ersten Malen, als er Fabienne von der Uni abgeholt hat. Er hat sich ein weiß-blau gestreiftes Hemd und eine cremefarbene Bundfaltenhose gekauft. Und er duftet zart nach Verveine.

Immer wenn er Fabienne eine Weile nicht gesehen hat, fällt ihm auf, wie schön sie ist. Die blauen Augen über den hohen Wangenknochen, das Grübchen am Kinn, die vollen, leicht gewellten Haare, die sie heute hochgesteckt trägt, ihr Lächeln. Damals konnte er kaum glauben, dass das elegante große Mädchen zugestimmt hat, sich mit ihm zu treffen. Dass sie ihn jedes Mal spontan umarmte und auf die Wangen küsste, ließ sein Herz höherschlagen.

Fabienne hat ihm ein paar Jahre später erzählt, dass es seine höfliche und dezente Art gewesen sei, die sie geschätzt habe. Nun, er hat bei den ersten Treffen tatsächlich nicht sofort versucht, ihr die Bluse aufzuknöpfen. In Wirklichkeit war das jedoch nicht nur seinem guten Benehmen geschuldet, sondern vor allem seiner Schüchternheit. Aber das hat er gegenüber Fabienne nie zugegeben. Was zählt, ist, dass sie sich von Anfang an gut verstanden haben.

Nun ist geklärt, wer den Geliebten seiner Frau erschossen hat, und Georges ist maßlos erleichtert. Hat sie wirklich in manch düsteren Momenten geglaubt, er sei für den Tod des deutschen Polizisten verantwortlich? Dieses Misstrauen ist nun ausgeräumt, und er wird sich hüten, diesen Philipp aus dem Dorf hinter der Grenze je wieder zu erwähnen. Es ist dünnes Eis, auf dem er sich bewegt, das weiß Georges, und er will nicht zerstören, was sich sachte und langsam wieder anbahnt zwischen ihm und seiner Frau.

Sie sprechen über Charlottes anstehenden sechzehnten Geburtstag und darüber, dass Jacob sie tatsächlich im Mai besuchen will.

»Vielleicht können wir das Gartenhäuschen für ihn herrichten, was meint ihr?«, fragt Fabienne ihre Tochter und ihren Mann.

»Das wird er sicher total cool finden«, freut sich Charlotte. »Er wohnt ja mitten in der Stadt, so was kennt er nicht.«

»Gut«, sagt Georges, »dann ist das unser neues Projekt – die Renovierung des Gartenhauses.«

Im Gartenhaus gibt es eine Eckbank mit Tisch und einen kleinen Schrank mit altem Geschirr. Auf der anderen Seite stehen Gartengeräte und alte Möbel, irgendwelcher Plunder.

»Wir könnten es am nächsten Wochenende ausräumen und ein schönes Bett in die Ecke stellen, wo jetzt der ganze Schrott liegt«, schlägt Charlotte vor.

»Ja«, ergänzt Fabienne, »und wir schleifen den Tisch ab und streichen die Stühle und die Fensterrahmen.«

Fast ist Georges ein bisschen erschrocken über die Harmonie zwischen ihnen. Er hat sich vorgenommen, mehr auf Fabienne einzugehen und nicht vorauszusetzen, dass es ihr gut geht und sie zufrieden ist, nur weil sie sich nicht beklagt. Er wird sie öfter fragen, was sie wirklich will.

»Gleich kommt noch ein Film mit Sandrine Bonnaire«, sagt Fabienne, während sie Georges noch ein Glas Wein einschenkt.

»Welcher ist es denn?«, fragt er.

»Ich weiß nicht genau. Ein Triller, der in den Ardennen spielt.«

»Möchtest du den sehen? Soll ich wieder fahren?« Georges trinkt hastig von seinem Wein.

»Aber nein, so war das nicht gemeint«, antwortet Fabienne mit einem Lächeln. »Ich dachte, wir schauen uns den Film zusammen an. Du magst Sandrine Bonnaire doch auch.«

Gemeinsam räumen sie den Tisch ab.

»Schaut ihr nur den Film«, sagt Charlotte. »Ich gehe nach oben. Ich muss noch ein Bild für den Kunstunterricht fertig malen.«

Ein paar Minuten später sitzen Georges und Fabienne auf dem neuen kirschroten Sofa, vor sich ein paar Knabbereien und ihre Weingläser.

Zurück zur Apotheke fahren wird Georges heute nicht mehr. Er hat zu viel Wein getrunken.

»Ich habe im Gästezimmer das Bett frisch bezogen«, merkt Fabienne mit einem Zwinkern an.

Es gelingt ihrem Mann nicht, darüber echte Begeisterung zu mimen. Aber er nimmt das Angebot an und stellt am Morgen fest, dass Fabienne die Tür zum Schlafzimmer einen Spaltbreit offen gelassen hat.

Als er sich im Bad für das Frühstück fertig macht, summt er fröhlich vor sich hin.

✳✳✳

Yannick hat Mara ein paar Tage nicht gesprochen. Er will ihr Zeit geben zu verarbeiten, was sie über den Tod ihrer Jugendliebe erfahren hat. Wie er ist sie der Typ Mensch, der sich erst einmal in eine Höhle zurückzieht und seine Wunden leckt. Wie ein Bär oder Wolf. Die Wölfin Mara. Sie wird herauskommen aus ihrer Höhle, wenn sie wieder mit sich im Reinen ist. Da ist er sich sicher.

Er steht im Garten und gräbt die Erde um, zum Malen ist er im Moment zu unruhig. Erdscholle um Erdscholle reißt er heraus, um die Erde dann mit dem Spaten zu lockern und sie wieder in den Boden zu geben. Yannick hat sich vorgenommen, Gemüse zu pflanzen – Tomaten, Kohl, Bohnen, vielleicht Zucchini.

Hätte er sie im Auto einfach küssen sollen?

Ihr Mund war so dicht an seinem Gesicht, dass er die feinen Linien auf ihren Lippen erkennen konnte. Sein Herz hat unglaublich wild geklopft, wie bei einem Schuljungen. Kaum zu glauben, dass ihm so etwas passiert.

Auf der Wiese und den ganzen Hang hinauf blühen gelbe Blumen in ganzen Teppichen. Winterlinge heißen sie, hat Yannick gelesen. Sie bestehen aus sechs abgerundeten Blütenblättern, wie Sterne, mit einem Krönchen in der Mitte. Diese Blüten wird er für Mara malen, nimmt er sich vor. Aber nicht auf der Wiese, er wird sie in einen Sternenhimmel hineinmalen.

Dann muss er über sich selbst lachen: ein älterer Mann, der gebückt und unter Kreuzschmerzen Erde umgräbt und dabei verliebte Einfälle hat. Ob sich Mara nicht insgeheim manchmal über ihn lustig macht?

Sein Kater Tamour schleicht schnurrend von hinten an ihn heran und reibt sich an seinen Beinen.

»Sei froh, Tamour, dass du kein Mensch bist und dir nicht immer blöde Gedanken machst«, sagt Yannick zu dem Tier und setzt sich mit ihm auf die Gartenbank.

Die Frage, ob Peter Thomé seine Frau nicht doch ebenfalls in seinem Wahn getötet hat, treibt Yannick immer noch um. Aber Mara ist sich sicher, dass er ihr auch das in seinen letzten Minuten gestanden hätte.

Doch das Motiv scheint so glasklar. »Denn man tötet, was man liebt …«, schreibt Hemingway in »Der alte Mann und das Meer«. Und dass der Förster über seine eigene Tat durchgedreht ist, ist ebenso plausibel.

»Du musst immerhin einräumen, dass die Chance besteht, dass es jemand ganz anderes war. Und der läuft immer noch frei herum«, hat Mara zuletzt zu ihm gesagt.

Der Gedanke lässt sich nicht so einfach wegwischen, da muss Yannick ihr recht geben. Was man nicht ausschließen kann, muss durchleuchtet werden.

Rotwein, der nach wilden Beeren schmeckt

Das Forsthaus steht seit der Beerdigung von Peter Thomé still und leer da. In den Bäumen rund um das Haus leuchtet erstes helles Grün, und über den Kiesweg huschen Eichhörnchen und Wildkaninchen. Hier stört sie niemand mehr. Vogelgesang zieht in den Stunden vor der Abenddämmerung dichter und dichter um das Gebäude. In der Dachrinne hat sich ein Amselpaar ein Nest gebaut. Hoch und trillernd singen die beiden ihr Lied.

Markus und seine Großeltern ertrugen die Stille im Haus nicht mehr, genauso wenig wie die Erinnerungen und die noch fast greifbare Nähe der Eltern, die nicht mehr zurückkommen werden.

Die Großeltern haben veranlasst, dass das Forstamt Silvies und Peters Anteil am Forsthaus zurückkauft, sie haben in Holland ein kleines Haus am Meer angemietet. Je weiter weg Markus von dem ist, was hier geschah, desto besser.

Seine Schule hat ihm gestattet, über das Internet am Unterricht teilzunehmen, nur für die Prüfungen muss er nach Dahn. Einmal im Monat kommt er, um sich mit den Lehrern abzusprechen, dann schläft er bei seinem Freund Sven in der Dachgeschosswohnung.

Vor einigen Wochen hat er Cora kennengelernt, das Mädchen, von dem Sven erzählt hat. Cora spielt in einer Band Bass und möchte Cartoon-Zeichnerin werden. Sie hat riesige graubraune Augen und eine seltsam heisere Stimme. Markus hat sich sofort von ihr angezogen gefühlt. Mit Sicherheit weiß sie von Sven, was mit seinen Eltern passiert ist, aber sie hat bisher kein Wort darüber verloren. An zwei Abenden hintereinander haben sie zusammen im »Matchbox« an der Theke gesessen und sich über Musik und das, was sie später einmal machen wollen, unterhalten.

Cora mag Indie und Post-Punk, so wie er. »Kennst du Dry Cleaning, die Band aus England?«

Nein, die kennt Markus noch nicht. Cora schickt ihm per Whatsapp ein paar Links. Er hört die Songs später im Bett. Absolut cool.

Die Sängerin Florence hat eine ähnlich heisere Stimme wie Cora. Markus sendet Cora einen Clip der britischen Band Courting zurück. Über Musik zu kommunizieren, hat er schon immer gemocht.

Am nächsten Abend fertigt Cora zwischen ein paar dunklen Bieren eine kleine Zeichnung von ihm auf ihrem abgelaufenen Busticket an: ein dünner Junge mit wirrem Haar, langen Armen und Beinen, buschigen Augenbrauen und einem breiten Lächeln.

»So sehe ich aus?«, fragt er.

»Natürlich bist du in Wirklichkeit viel schöner«, antwortet sie mit einem Zwinkern. »Die leichte Übertreibung ist Kunst.«

Auch als Markus zurück in Holland ist, schreiben sie sich jeden Tag. Sie tauschen sich über Musik aus, schicken sich Fotos, manchmal sendet ihm Cora eine kleine Zeichnung oder ein paar Zeilen aus einem Song.

* * *

Silvies Tochter Marie hat die Aufzeichnungen ihrer Mutter, ihre Pflanzen sowie ein paar Möbelstücke und Fotos aus dem Forsthaus geholt. Silvies Sekretär steht jetzt am Fenster ihres Häuschens am See.

Marie wird ein Buch mit den Schriften und Zeichnungen ihrer Mutter herausgeben. Silvie hatte in den letzten Jahren so viel über Heilkräuter herausgefunden und zusammengetragen. Es kann nicht sein, dass all ihr Wissen verloren geht, ungehört verklingen wird.

Marie ist die Einzige in der Familie, die jetzt noch in Weidenbrünn lebt, manchmal kann sie das selbst kaum glauben. Den Weg durchs Dorf zum Forsthaus, an Freitagen oder Samstagen zum Mittagessen, gibt es für sie nicht mehr. Kein Picknick mehr mit den Eltern im Sommer am See. Und auch keine Wanderungen mehr mit ihrer Mutter und den Hunden durch den Schnee, an den hohen Felsen entlang.

Der Vater war ihr schon früher entglitten, obwohl er nach der Mutter starb. Er war immer düsterer und in sich gekehrter geworden im letzten Jahr. Aber Marie hat das nicht so hautnah mitbekommen wie ihr Bruder. Er war nicht mehr der Mann, der ihr als Kind geholfen hat, eine Hütte im Wald zu bauen, und zustimmte, dort mit ihr zu übernachten. Und auch nicht mehr der, der sie von Partys abgeholt und dann auf dem Heimweg laut Popsongs im Radio mitgesungen hat.

Es ist ihr aufgefallen, dass er kaum noch lachte und dass er nach dem Essen immer sofort in sein Zimmer ging. Manchmal, wenn er sich unbeobachtet glaubte, redete er leise vor sich hin. Die Ärzte in Fürth haben von einer Psychose gesprochen. Offenbar hat das Trinken die Krankheit noch verstärkt.

Marie ist froh, dass ihr Bruder mit den Großeltern nach Holland gezogen ist. Bald wird er sein Abitur machen und dann irgendwo studieren. Einmal in der Woche skypen sie miteinander.

In das Forsthaus wird im Sommer ein Förster aus Norddeutschland mit seiner Familie einziehen. Sie haben auch zwei Kinder, und die Frau ist Musikerin. Marie hat ihnen vor ein paar Wochen das Haus gezeigt. Sympathische Leute. So eine nette Familie, wie wir es waren, denkt sie. Sie setzt sich an den Sekretär und beginnt, die Fotos mit den Pflanzen den jeweiligen Texten zuzuordnen.

***

Das Meer schluckt den Schmerz. Jeder Schrei verklingt im Wind und in seinem Rauschen. Die Wellen tragen den Schmerz weit hinaus. Jeden Tag geht Markus ans Wasser, und er schreit, bis seine Stimme bricht. Und er weint, bis die Gischt, die ihm ins Gesicht schlägt, die Tränen abgewaschen hat. Er war nie mit seinen Eltern in Holland, und er ist seinen Großeltern dankbar, dass sie das Haus verkauft und sich hier niedergelassen haben.

An diesen Ort hat er keine Erinnerungen. Keine guten und keine schlechten.

Sein Hund Taila liebt das Meer wie er, er springt mit weiten Sätzen neben ihm ins Wasser. Manchmal ist der Himmel grau, und er sieht Boote auf dem Wasser treiben. Sie schaukeln an ihren Bojen hin und her. Die Maste klirren und klingeln wie Glocken. Stundenlang kann er sich das anschauen. Er braucht nicht viel im Moment.

Auch das Fenster seines Zimmers geht aufs Meer hinaus. Dort sitzt er und lernt, er hat das Gefühl, sich dort gut konzentrieren zu können.

Weiter hinten am Strand gibt es einen Club, da trifft sich die einheimische Jugend. Noch konnte er sich nicht überwinden, dort hinzugehen. Aber Cora hat ihm gesagt, dass er das auf jeden Fall tun solle und dass sie dort mal mit ihm zusammen hingehen werde, wenn die Musik gut ist. In drei Wochen wird er wieder in der Pfalz sein, für ein verlängertes Wochenende.

Sven veranstaltet eine große Party zu seinem Geburtstag, in einer Hütte mitten im Wald. Cora wird auch dort sein.

* * *

Der Frühling kommt mit einem lauten Knall und mit Farben, die die Äste der Bäume mit Blüten schmücken und die Wiesen mit buntem Konfetti in Gelb, Violett und Rosa bewerfen. Plötzlich ist es fast zwanzig Grad warm, und es fühlt sich an, als hätte der lange Winter nie existiert.

Mara hat eine Woche frei, und sie hat sich vorgenommen, nur Dinge zu tun, die ihr Spaß machen. Sie geht in die Sauna, kauft auf dem Markt ein, läuft stundenlang mit dem Hund über die Felder und liest die Bücher, die sich auf ihrem Nachttisch gestapelt haben.

Mit ihrer Freundin Aishe besucht sie Zoé in Hamburg. Sie trinken Kaffee am Hafen, gehen abends essen, und am letzten Tag tanzen sie in einem Motown-Club an der Alster. Beim Tanzen spürt Mara, wie sehr sie das vermisst hat – sich zur Musik zu bewegen, ganz aufzugehen im Rhythmus. Ihre langen Haare fliegen, und sie dreht sich, bis sie sich erschöpft auf einen Barhocker fallen lassen muss.

Zoé bringt ihr einen Drink und flüstert ihr ins Ohr: »Was wirst du nun mit dem französischen Kommissar machen? Du kannst nicht ewig weglaufen und dem Ganzen ausweichen.«

»Ich weiß«, sagt Mara. »Ich will ihn sehen, gleich wenn ich zurück in der Pfalz bin.«

Es dämmert schon, als Mara ein paar Tage später auf einer Bank an der Lauter in Weißenburg sitzt. Das Flüsschen schlängelt sich durch den Ort, vorbei an Fachwerkhäusern mit Blumenkästen und strohgedeckten ehemaligen Lagerhäusern.

Sie ruft Yannick an. »Kommst du her? Ich sitze hier unten an der Lauter, auf einer Bank nicht weit von der alten Mühle.«

»Oh. Das ist aber eine Überraschung! Ich dachte, du bist noch in Hamburg bei deiner Tochter.«

»Ich bin gestern Abend zurückgekommen. Bringst du was zu trinken mit? Eine Flasche Wein?«

»Mal schauen, was ich finde. Ich bin in zehn Minuten da.«

Als er kommt, ist es bereits dunkel. Sie hört ihn nicht, aber plötzlich steht er vor ihr. Seine Haare sehen widerspenstig aus, fallen ihm in die Stirn, sie sind etwas gewachsen. Er trägt einen dunkelgrünen Pullover, und seine Augen leuchten.

»Hier, ein Rotwein aus dem Languedoc. Der gleiche, den du schon einmal bei mir getrunken hast.« Er entkorkt die Flasche und schenkt den Wein in zwei bauchige Gläser ein, die er ebenfalls mitgebracht hat.

»Der hat wunderbar geschmeckt, ich erinnere mich«, sagt Mara, bevor sie den ersten Schluck nimmt.

Sie prosten einander zu, umarmen sich, trinken.

Wieder ist da sein offener und zugleich fragender Blick. »Du hast Angst, Mara, nicht wahr? Wovor?«

»Vor dir und vor mir. Vor uns beiden.«

Plötzlich ist sein Gesicht ganz nah, sie fühlt seinen Körper durch den Pullover. Welches Herz klopft da? Seines? Ihres?

Seine Lippen streifen ihr Gesicht, sie tastet mit dem Mund nach seinem. Sein Kinn ist rau, die Lippen sind überraschend weich. Er schmeckt nach Rotwein. Sie trinkt ihn noch einmal aus seinem Mund. Lange und ewig. Mara spürt nicht mehr die Bank, auf der sie sitzen. Sie fliegen durchs All. Und da ist keiner außer ihnen, die Welt weicht zurück und wird ganz klein.

Mara streichelt seine Haare, die sie schon immer berühren wollte, und er drückt sie fester an sich.

»Ist es jetzt besser mit der Angst?«, fragt Yannick leise.

»Nein, schlimmer. Sehr viel schlimmer.« Sie berührt seinen Mund mit den Fingerspitzen und dann mit ihren Lippen. »Aber ich bin da, wo ich sein wollte. Bei dir.«

»Und da kannst du bleiben, solange du willst, chérie. Ich halte dich nicht auf.«

Und sie lachen und trinken den Rotwein und küssen sich, bis die Lichter im Ort ausgehen.

So habe ich nur als Teenager mit Philipp geknutscht, denkt Mara, als sie wieder auf dem Heimweg ist. Stundenlang knutschen auf einer Parkbank, eng umschlungen – unfassbar schön. Nicht nur im Denken ist Yannick offenbar so verspielt und fordernd, auch beim Küssen. Sie spürt wieder, dass sie rot wird.

Er hat verstanden, dass sie ihm nah sein, ihn fühlen wollte, ohne die ganze Konsequenz. Ohne Worte. Und er hat sie ein bisschen geneckt und gemeint, dass sie feige sei, weil sie nicht gleich mit zu ihm nach Hause kommen wollte.

»Zu gefährlich für dich? Das spricht Bände. Das ist die Angst vor der eigenen Courage.«

Das konnte Mara nicht abstreiten. Und auch nicht den Wunsch nach mehr, viel mehr bei jedem Kuss.

»Ich habe nur noch ein winziges bisschen Geduld«, hat er beim Abschied gesagt. »Vergiss das nicht.«

Wie könnte sie das vergessen? Ihr geht es ebenso. Die Tage sind gezählt, das weiß sie. Und auf der Fahrt nach Hause muss sie aufpassen, dass sie die Kurven nicht schneidet.

Waldfeuer

Vor der Hütte haben sie ein großes Lagerfeuer entzündet, es läuft Musik von The Cure und Siouxsie and the Banshees.

Es ist Svens Geburtstag und ein sehr warmer Abend für Ende April. Markus wundert sich, dass er diese Hütte nicht kennt. Sie liegt zwischen Dahn und Weidenbrünn und gehört Svens Chef.

Vom Lagerfeuer stieben Funken in den dunklen Wald auf, um das Feuer sitzen mehrere Jungs und Mädchen aus dem Dorf. Einer hat eine Gitarre dabei und spielt etwas, aber Markus kann die Melodie nicht hören, weil die Musik, die aus der Hütte dringt, so laut ist und sie übertönt.

Irgendwo hier muss auch Cora sein. Er hat sie seit ein paar Wochen nicht gesehen. Markus hat sich vorgenommen, ihr heute zu sagen, wie gern er sie hat.

Aber erst mal braucht er ein Bier. Da drüben stehen zwei Typen am Grill, und dort ist auch der Wasserkübel, in dem die Bierflaschen kühlen. Er nimmt eine heraus und trinkt in einem Zug die Hälfte leer.

Durch die Tür sieht er eine Gruppe Mädchen auf einem alten Sofa sitzen, eines davon ist Cora. Sie hat einen schwarzen Rock an und dazu eine enge rote Jeansjacke. Sie sieht toll aus. Er kennt kein Mädchen, dem kurze Haare so gut stehen. Schnell trinkt er die andere Hälfte seines Bieres und holt zwei volle Flaschen aus dem Kübel. Er atmet tief durch, dann geht er hinein.

»Hi! Ich bin erst heute Nachmittag angekommen. Hast du Durst? Ich habe uns zwei Bier mitgebracht.« Warum fühlt er sich in Coras Gegenwart eigentlich immer wie ein Tollpatsch?

Sie dreht sich strahlend zu ihm um. »Hallo! Du kannst wohl Gedanken lesen? Mein Getränk ist gerade alle.«

Sie stellt Markus die beiden anderen Mädchen vor, eines dunkelblond, das andere brünett, beide lachen und sind hübsch, aber er vergisst ihre Namen sofort wieder.

»Magst du mit rauskommen ans Lagerfeuer?«, fragt er. »Es ist total schön da draußen.«

»Gern«, antwortet Cora und gibt ihren beiden Freundinnen, die Mia und Lisa oder Ria und Nina heißen, Bescheid.

Auf der Seite, die dichter am Wald liegt, sitzt niemand am Feuer. Neben dem Haus hat Markus einen Stapel Decken gesehen, er schnappt sich eine große und platziert sie direkt neben dem Feuer. Dann lässt er sich mit Cora darauf nieder.

Der Schein der Flammen fällt auf ihr schönes Gesicht, auf ihren Mund und ihre großen Augen.

»Es ist richtig gut, hier zu sein, mit dir«, bricht es spontan aus Markus heraus.

»Ja, für mich auch«, antwortet Cora. »Und der Wald? Macht er dir nichts aus?«

Markus hat Cora erzählt, dass er seit dem Mord an seiner Mutter und dem Tod seines Vaters nicht mehr gern im Wald ist.

Er trinkt hastig von seinem Bier und sagt: »Im Moment ist das ein wunderbarer Platz für mich, hier mit dir am Feuer. Ich will gar nicht an die dunkle Seite denken, die der Wald für mich hat.«

Cora rückt ein Stückchen näher an ihn heran. »Nein, wir wollen keine dunklen Gedanken denken heute. Erzähl mir was von Holland! Ich war noch nie dort.«

Und Markus erzählt von den alten Leuten, mit denen sich Oma und Opa angefreundet haben und die ihn immer »mijn ventje«, mein Jungchen, nennen, obwohl er gerade achtzehn Jahre alt geworden ist.

»Die Sprache ist wirklich zum Schräglachen komisch«, fährt er fort. »›Roken is dodelijk‹ heißt es da als Warnung gegen das Rauchen.«

»Wirklich? ›Dodelijk‹ heißt ›tödlich‹? Da fällt mir ein – hast du mal eine Zigarette?«

»Ja, Sekunde.« Markus zieht eine zerdrückte Schachtel aus seiner Jackentasche und gibt ihr eine.

»Und was ist dort sonst noch los? Wie sind die Leute in unserem Alter so drauf?«

»Die Mädchen sind die ›meisjes‹«, sagt Markus und zündet sich ebenfalls eine Zigarette an. »Und alle fahren Fahrrad und kiffen. Auch an öffentlichen Plätzen. Die meisten sind offener als die Leute hier. Sie lachen sehr viel und reden immer durcheinander.«

»Das klingt nicht schlecht. Ich werde dich im Sommer besuchen, wenn es so warm ist, dass man schwimmen kann.«

Markus stellt sich vor, wie Cora in einem roten Bikini lachend ins Wasser läuft, und er würde sie jetzt am liebsten umarmen und küssen.

Aber er traut sich nicht.

Cora fängt seinen zweifelnden Blick von der Seite auf. »Was ist los? Hast du auf einmal doch wieder trübe Gedanken? Soll ich uns noch was zu trinken holen? Einen Rotwein vielleicht?«

Markus nickt. Das Mädchen ist wirklich empathisch. Die merkt alles, denkt er.

Cora läuft in die Hütte und kommt mit einer Flasche Wein zurück. »Gläser gab es keine mehr. Ich hab uns zwei Tassen mitgebracht.«

Sie trinken den Rotwein aus zwei weißen Kaffeetassen mit kleinen Blümchen darauf.

»Prost! Auf uns«, sagt Cora und hält ihm ihre Tasse entgegen.

»Auf uns«, gibt Markus zurück, und ihre Tassen berühren sich.

Cora hat einen Arm um seine Schultern gelegt, und ihr Kopf lehnt an seiner Brust. Noch immer traut sich Markus nicht, sie zu küssen. Er wagt nicht einmal, sich zu bewegen, weil er es genießt, wie sie dasitzt, mit dem Kopf an seiner Brust.

Jetzt, jetzt wird er ihr sagen, wie oft er an sie denkt, wie gern er sie hat.

Plötzlich tritt ein Schatten vor sie. Es ist Sven, dem die blonden Haare in die Stirn fallen. Er ist besoffen oder bekifft – oder beides.

»Hihi«, lacht er. »Darum hab ich von euch beiden heute Abend noch nichts gesehen! Ihr sitzt hier draußen und turtelt.«

Markus wirft seinem Freund einen zornigen Blick zu. Muss der in diesem Augenblick dazwischenfunken, gerade jetzt, wo er sich ein Herz fassen und Cora seine Liebe gestehen will?

»Redet ihr nur eine Weile, ihr zwei«, sagt Cora. »Ich wollte sowieso kurz ins Bad.«

»Oh Mist! Was bin ich nur für ein Idiot! Ihr wart gerade dabei, euch näherzukommen, oder? Tut mir voll leid.« Sven steht mit hängenden Schultern da und schaut Markus betrübt an.

»Und ich habe dir noch nicht einmal zum Geburtstag gratuliert, tut mir auch leid«, sagt Markus. »Happy Birthday!«

Beide müssen lachen. Markus gießt sich seine Tasse noch einmal voll, und Sven dreht sich einen Joint. »Willst du auch mal?«

Markus zieht zwei-, dreimal an dem Joint. Seit seine Eltern tot sind, hat er kaum noch gekifft. Nach einer Weile scheinen ihm die Bäume um das Feuer höher in den Himmel zu wachsen, und alles dreht sich.

Wo bleibt Cora? Sie wollte doch eigentlich wieder zu ihm zurückkommen. Sven ist auf die andere Seite des Lagerfeuers gegangen, wo der Typ immer noch auf der Gitarre spielt, sodass abgerissene Fetzen eines Songs herüberdringen.

Markus steht auf und geht in die Hütte. Gerade läuft Crack Cloud. Die Band mag er auch. Cora tanzt in einer Ecke der Hütte mit den beiden Mädchen von vorhin. Sie bewegt sich wild und elegant. Er will gerade zu ihr gehen, als ein breitschultriger Typ zu Cora hintanzt und ihr einen Arm um die Hüften legt. Aber Cora lacht nur und bewegt sich tanzend ein Stück von ihm weg.

Was soll das? Warum flirtet sie mit der Bulldogge? Der Kerl ist doch mindestens zehn Jahre älter!

Warum läuft der Abend, der so schön begann, auf einmal so schief?

Und wo ist hier das Bad? Markus merkt, dass er mal dringend muss. Jemand zeigt auf den Flur, der zu einem kleinen Anbau führt. Über der WC-Tür hängt ein rosa Plastikgeweih, und darüber steht »Sie & Er«.

Ist das ein wackeliger Holzboden, man läuft hier wie auf

Bootsplanken, denkt Markus. Als er fertig ist, fällt ihm der schmierige Typ wieder ein, der Cora angegraben hat. Vor Zorn stampft er fest auf den Holzboden.

Etwas knarzt laut unter seinem Fuß. Er sieht, dass er die Holzdiele mit seinem Tritt zwar nicht zerbrochen, aber doch beschädigt hat. Sie hat sich aus dem Boden herausgelöst und steht jetzt ein paar Zentimeter über.

Markus beugt sich hinunter und nimmt vorsichtig die lose Diele hoch, um sie wieder richtig einzusetzen. Unter den Dielen kommt der bloße Zement zum Vorschein. Dort blinkt etwas zwischen Sand und Staub. Er nimmt es heraus und erstarrt.

Es ist eine zierliche goldene Kette mit einem Eichenblatt als Anhänger. Sie ist zerrissen. Es ist die Kette seiner Mutter. Die Kette, die sein Vater ihr einmal zum Hochzeitstag geschenkt hat und die sie immer trug. Sie muss sie auch angehabt haben, als sie starb.

Markus wird es schwarz vor Augen, und er erbricht sich in die Toilette. Was macht die Kette seiner Mutter hier in der Hütte im Wald? Er steckt sie in seine Hosentasche und wankt zu den anderen zurück.

Am liebsten würde er jetzt laut schreien: »Was macht Mamas Kette hier?« Aber irgendetwas tief in seinem Inneren sagt ihm, dass das ein Fehler wäre.

Er sieht Sven auf sich zukommen. »Was ist denn los, Mann? Du siehst ganz übel aus! Hast du das Zeug vorhin nicht vertragen?«

»Mir ist auf einmal total schlecht. Ich möchte lieber heim.«

»Fahren kannst du nicht mehr. Ich geb dir den Wohnungsschlüssel. Mein Bruder kann dich heimbringen, und Cora kann er auch mitnehmen, wenn sie will.« Sven zeigt auf einen großen, dünnen Typen, der an der hölzernen Bar lehnt.

Cora sieht Markus entsetzt an, als er vor ihr steht.

»Was ist los? Du bist so blass. Bist du sauer, weil ich getanzt habe?«

»Frag jetzt nicht, Cora. Aber komm bitte mit. Es ist wichtig.«

Cora umarmt Markus und hält ihn einen Moment lang fest.

»Hat es etwas mit deinen Eltern zu tun? Hast du eine Nachricht bekommen?«

Er nickt traurig. »So ähnlich ...«

Später sitzen sie auf der Klappcouch in Svens Dachgeschosswohnung, still, Seite an Seite.

Markus hat Mara eine SMS geschrieben und ihr mitgeteilt, was er in der Hütte gefunden hat. Sie hat geantwortet, dass er gleich am nächsten Morgen bei ihr vorbeikommen soll.

Er hat Cora nichts erzählt. Sie fragt auch nicht weiter, sie ist einfach da. Und irgendwann löschen sie das Licht und liegen im Dunkeln nebeneinander. Ganz nah.

Ich hab dich lieb, denkt Markus. Aber sagen kann er das jetzt nicht.

✣✣✣

Kurt Meyer ist in seinem Lokal gerade dabei, die Bestellungen für die nächste Woche aufzugeben, als Mara Winter und ihr Kollege Armin Weber hereingestürmt kommen. So ernst hat er Mara noch nie gesehen. Und er kennt sie, seitdem sie ein Mädchen war. Sie hat damals ihre Konfirmation im »Goldenen Kranz« gefeiert.

»Was ist denn los, Mara? Hab ich was verbrochen?«

»Um ganz ehrlich zu sein«, sagt Mara und stellt ihren Rucksack auf der Theke ab, »das wissen wir noch nicht.«

Meyer wird es auf einmal mulmig, und er setzt sich auf einen Stuhl nahe der Theke.

»Die Kette von Silvie Thomé ist in deiner Waldhütte gefunden worden. Die goldene Kette, die sie seit Jahren täglich trug, mit einem kleinen Eichenblatt daran. Sie war ihr Talisman.«

Ihm steigt das Blut ins Gesicht. Er hat das Gefühl, keine Luft zu bekommen. »Was? Um Gottes willen! Was willst du damit sagen, Mara?«

»Ich will gar nichts sagen. Ich will wissen: Wer war in der Hütte, als Silvie verschwand?«

Er selbst sei kaum noch in der Hütte, beteuert Meyer. Schon

seit Jahren sei er nicht mehr dort gewesen. Und dann muss er erklären, was Mara Winter und ihr Kollege offenbar schon ahnen, ihren Blicken nach zu schließen: »Stefan nutzt die Hütte hauptsächlich. Zum Jagen und für Partys.«

Meyer will seinen Sohn Stefan, der ihn schon so manch schlaflose Nacht gekostet hat, anrufen, er will ihn zur Rede stellen, jetzt sofort.

Mara Winter und Armin Weber machen ihm klar, dass das nicht möglich ist. Und dass er mitkommen muss aufs Revier, um dort offiziell seine Aussage zu machen. Sie trinken noch schweigend den Kaffee, den Kurt Meyer ihnen angeboten hat. Er weint, weil er weiß, dass Stefan in etwas ganz Übles verstrickt ist.

»Ich kann das Lokal nicht schließen«, sagt er. »Ich muss meinem Koch sagen, dass er mich vertreten soll. Sonst ist keiner da.«

Er holt Ernst Baringer aus der Küche, der zwischen Mara Winter und Armin Weber hin und her sieht.

»Kein Problem, Chef. Ich bin ja da. Was ist denn passiert?«

»Es gibt Ärger mit meinem Sohn, Ärger mit Stefan.«

Eine halbe Stunde später sitzt Kurt Meyer mit den Beamten in dem kleinen, beige gestrichenen Büro des Weidenbrünner Reviers.

»Gibt es in der Hütte eine Tiefkühltruhe?«, fragt Mara.

»Ja, die gibt es. Und zwar eine ganz neue, stromsparende. Vor ein paar Monaten hat Stefan die alte ausgetauscht und auf den Schrottplatz gebracht.«

Armin Weber und Mara schauen sich wissend an, aus ihren Blicken spricht Entsetzen.

Meyer dämmert erst nach und nach, was diese Antwort bedeutet. Er vergräbt das Gesicht in den Händen. »Ich werde wohl auch einen Anwalt brauchen. Bitte fragt mich nicht weiter. Ich kann nicht mehr!«

Er hat mitbekommen, dass Mara eine Streife zum Motorradladen von Stefan in Dahn geschickt hat. Aber dort ist sein Sohn nicht. Nach Absprache mit ihrem Chef in Kaiserslautern schreibt Mara Stefan zur Fahndung aus.

»Du wirst hierbleiben müssen, bis wir deinen Sohn haben«, erklärt sie ihm. »Und so lange müssen wir auch dein Telefon behalten.«

Meyer sitzt mit gesenktem Kopf am Tisch und sagt kein Wort mehr.

***

Mehrere Einheiten sind im Wald unterwegs. Zuerst suchen sie bei der Hütte nach Stefan Meyer. Aber dort ist er auch nicht.

»Der wird irgendetwas mitbekommen und sich nach Frankreich oder sonst wohin abgesetzt haben«, sagt Armin Weber zu Mara.

»Vielleicht hat er gemerkt, dass die Kette nach der Party verschwunden war.«

»Aber vielleicht hat ihm auch der Koch einen Tipp gegeben, als wir im Lokal waren. Die beiden kennen sich doch gut.«

Mara hat Yannick informiert, der wiederum ein paar Einheiten auf die französische Seite des Waldes geschickt hat. Auch in Frankreich läuft die Fahndung nach dem Deutschen.

»Hoffentlich reicht die Kette für einen Haftbefehl«, sagt Mara am Telefon zu Yannick.

»Zusammen mit der Kühltruhe in jedem Fall. Grausige Vorstellung, dass der Sohn von Silvie in der Hütte auf einer Fete war.«

»Es ist entsetzlich. Wir nehmen auf dem Revier nachher noch Markus' Aussage auf. Und dann fährt er am Abend direkt wieder nach Holland.«

Yannick seufzt. »Das wird das Beste sein. Der arme Junge. Mara?«

»Ja?«

»Sehen wir uns heute Abend noch?«

»Sicher. Ich rufe dich an, wenn ich Luft habe.«

»D'accord. Bis bald.«

***

Nach dem Telefongespräch mit Mara nimmt Yannick seine Jacke und fährt, ohne nachzudenken, kurz hinter Weißenburg in den Wald hinein. Seine Leute sind hier überall unterwegs, zusammen mit der deutschen Polizei. Aber irgendwie hat er das Gefühl, dass er dichter am Geschehen dran sein möchte.

Bei der Burgruine Alt-Windstein gibt es ein riesiges zusammenhängendes Waldgebiet. Dorthin zieht es Yannick spontan. Auf dem Weg durch den Wald begegnet er mehreren deutschen und französischen Streifen, die sich an Abzweigungen und auf Wirtschaftswegen postiert haben. Schon vor der Abschaffung der Kontrollen ist es einigen Gesuchten gelungen, sich durch den Wald einfach aus dem Staub zu machen.

Die Burg Windstein wurde im 12. Jahrhundert von den Staufern erbaut, neben der Ruine gibt es zahlreiche Höhlen in den Sandsteinfelsen, in denen bereits viel früher Menschen gelebt haben dürften. Yannick war schon ewig nicht mehr hier.

Rechts geht es zur Burgruine hoch und links ins Schwarzbachtal. Die Orte tragen noch deutsche Namen, obwohl sie schon lange zu Frankreich gehören.

Dicht bei der Abfahrt zum Schwarzbachtal führt ein befahrbarer Weg in den Wald hinein. Aus den Augenwinkeln macht Yannick dort eine Bewegung aus.

Und er sieht etwas Blaues durch die Bäume blitzen. Ein Motorrad fährt den Berg hinunter. Yannick reißt sein Steuer herum und folgt ihm. Als der Fahrer Yannicks Renault bemerkt, gibt er umso mehr Gas.

Fluchend erhöht Yannick ebenfalls das Tempo. »Merde! Warum nur hab ich mich nie um ein neueres Auto bemüht?«

Vorn geht es um eine steile Kurve bergab, Yannick muss bremsen, damit der Wagen nicht ausbricht und die Böschung hinabrauscht.

Für einen kurzen Moment kann er das Motorrad nicht mehr sehen. Hinter der Kurve taucht es jedoch wieder auf. Hier wird der Weg noch abschüssiger und enger. Der Motorradfahrer registriert, dass er Yannick noch immer nicht abgeschüttelt hat, und beschleunigt noch stärker.

Plötzlich beobachtet der Kommissar, wie das Motorrad ins Schlingern kommt, sich schräg legt und der Fahrer in hohem Bogen in den Graben geschleudert wird. Ein paar Meter weiter fällt ihm ein Baumstamm auf, der quer über dem Weg liegt und dem er selbst gerade noch knapp ausweichen kann. Kurz hinter dem Motorrad hält er an.

Bevor Yannick aussteigt, ruft er einen Krankenwagen und teilt seinen Einheiten mit, wo er sich befindet.

Dann nimmt er dem Verletzten den Helm ab. Er erkennt auf den ersten Blick, dass es sich bei dem Motorradfahrer um den gesuchten Stefan Meyer handelt. Der Mann ist bei Bewusstsein, aber sehr schwach. Er stöhnt vor Schmerzen. Yannick sieht Blut durch einen Riss an seiner Jeans sickern. Außerdem ist das Bein in eine unnatürliche Haltung gedreht. Es wird gebrochen sein.

Yannick zieht den Gürtel aus seiner Hose und bindet Stefan Meyers linkes Bein oberhalb des Knies ab.

Der Verletzte öffnet halb die Augen. »Wer sind Sie?«

»Ich bin Kommissar Briand von der Gendarmerie nationale Weißenburg«, antwortet Yannick.

»Scheiße!«, kann Stefan Meyer gerade noch murmeln, da fallen ihm wieder die Augen zu.

Kurz darauf hört Yannick die Sirenen des Krankenwagens. Und während Stefan Meyer versorgt wird, treffen die Kollegen ein.

✳✳✳

Stefan Meyer ist nicht lebensgefährlich verletzt, aber sein Bein ist mehrfach kompliziert gebrochen, er wird für längere Zeit nicht laufen können. Da Yannick die Arterie so schnell abgebunden hat, hat er auch keinen lebensbedrohlichen Blutverlust erlitten.

Ein paar Tage später gesteht Stefan Meyer, Silvie Thomé im Wald erschossen zu haben, nachdem er ihren Hund mit einem Streifschuss getroffen hatte.

»Sie stand auf einmal da, direkt vor mir. Ich hatte das Gewehr noch in der Hand und habe einfach abgedrückt.« Es sei eine Kurzschlusshandlung gewesen, behauptet er.

Zusammen mit einem Freund, einem arbeitslosen Fliesenleger aus Zweibrücken, der ihm gelegentlich beim Abtransport von Wild helfe, habe er die Tote zuerst in eine Höhle und dann in die Waldhütte gebracht und dort mehrere Wochen lang in der Kühltruhe aufbewahrt. Die Hütte stehe im Winter immer leer, berichtet er, aber er habe gewusst, dass sein Vater im Frühling und Sommer gelegentlich Leute dort übernachten lasse und dass Freunde dort Partys feierten. Deshalb habe er beschlossen, den Körper von Silvie Thomé im Holzweiher zu versenken.

Später sei ihm die goldene Kette vor der Kühltruhe aufgefallen. Sie müsse irgendwo hängen geblieben und zerrissen sein, als sie die Leiche aus der Kühltruhe nahmen. Er habe sie einfach unter eine Bodendiele im Bad nebenan gesteckt und nicht wieder an sie gedacht.

**

»Woher wusstet du, dass der Typ genau dort im Wald sein würde?«, will Mara wissen, als Yannick mit ihr im Garten sitzt.

»Ich wusste das genauso wenig, wie du wissen konntest, wo Philipps Handy ist. Ich habe mich einfach gefragt, wo ich hinfahren würde, wenn man nach mir suchen würde. Es gibt in der Gegend ja eine Menge Richtungen, in die man fliehen kann.«

Yannick sieht Mara nachdenklich an. Mara weiß noch nicht, dass er mit seiner Schrottschüssel bei der Verfolgungsjagd beinahe ein paarmal selbst die Kontrolle über den Wagen verloren hätte und gefährlich nah am Abgrund geschlittert ist.

»Deine Intuition ist aber auch nicht ohne«, sagt sie und fährt ihm durch die wirren Haare.

Er reibt sein Gesicht an ihrem. Wie immer kratzt sein Bart leicht an ihrer Wange. »Dann passen wir ja hervorragend zusammen«, flüstert er.

»Perfekt«, antwortet sie und lehnt sich an ihn.

Mara sonnt sich im Garten auf ihrem Liegestuhl, die Luft ist warm und weich. Irgendjemand klappert in einer Küche, und weiter hinten wird der Rasen gemäht. Maras Haut riecht zitronig nach Sonnenöl, sie döst in den späten Nachmittag hinein. Maxim schläft vor der Küchentür. Ganz schnell ist nach dem Frühling auf einmal der Sommer da gewesen. Und dies ist einer der Momente, in denen Mara mit niemandem tauschen möchte.

Nachher wird Yannick sie abholen, sie sehen sich jetzt oft. Sooft sie wollen, ohne Druck oder Zwang. Sie kann bei ihm laut denken, ihm alles sagen. Und er ist ihr auch nicht böse, wenn sie mal allein sein will und ihre Ruhe braucht. Ebenso wie sie es akzeptiert, wenn er vom Malen ganz konsumiert wird und dann tagelang nicht ansprechbar ist. Mit ihm ist alles schön. Sogar seine Abwesenheit. Denn dann sind da die Sehnsucht nach ihm und die Vorfreude, ihn bald wiederzusehen.

Inzwischen hat Mara das obere Stockwerk in ihrem Elternhaus bezogen. Ihre Mutter ist zu oft allein, und vieles fällt ihr schwer, selbst wenn sie das nicht gern zugibt. Das Haus ist im Grunde auch zu groß für eine Person. So pendelt Mara zwischen Weidenbrünn und Kaiserslautern, und am Wochenende ist sie häufig bei Yannick. Ein Zimmer ihrer Wohnung in Kaiserslautern hat sie an eine Musikstudentin untervermietet.

Die beiden traurigen Fälle sind abgeschlossen. Philipp und Silvie sind tot. Um sie herum ist eine Stille, wie man sie nur an manchen Plätzen tief im Wald findet. Eine Stille, in die man hineinhören kann. In der vielleicht eine Vogelstimme auftaucht oder ein kleiner Ast irgendwo von einem Baum abbricht, vielleicht Blätter kaum hörbar herunterfallen. Eine solche Art von Stille ist es, in der die beiden jetzt wohnen. Und das bedeutet, dass sie nach und nach Frieden finden werden.

Philipps Haus hat den Frühling über leer gestanden. Mara ist gelegentlich daran vorbeigefahren. Vor einigen Wochen wurde

es an eine Familie verkauft, die jahrzehntelang in den USA gelebt hat und nun in die Pfalz zurückgekommen ist. Ein großer
Möbelwagen parkte tags zuvor vor der Garage.

Philipps Frau und seine Kinder sind nach Saarbrücken gezogen und werden dort von der Oma versorgt. Caroline sei neu
liiert, wird im Ort erzählt. Sie sei mit einem Kollegen, einem
Fachanwalt für Medizinrecht, verbandelt. Das Leben geht für
die Familie weiter, auch ohne Philipp.

Stefan Meyer muss sich in diesen Wochen für seine Tat vor
Gericht verantworten. Die Staatsanwaltschaft plädiert auf
Mord, seine Rechtsanwälte hingegen auf Totschlag. Er habe
Silvie schließlich im Affekt erschossen. Mit dem Mord habe er
seine Wilderei verdecken wollen, argumentiert die Staatsanwaltschaft. Peter Thomé hatte dem Sohn des Bürgermeisters erlaubt,
in seinem Revier zu jagen, weil er um dessen Geldschwierigkei-
ten wusste. Aber nach und nach hat das überhandgenommen,
und Silvie hatte sich wohl an Philipp gewandt und ihn um Rat
gefragt. Am Abend vor Philipps Tod haben die beiden am Waldrand einen Joint zusammen geraucht, und Peter Thomé hat sie
dabei gesehen.

Später ist Peter Philipp auf dessen Suche nach den Wilderern
in den Wald gefolgt, wo er ihn zur Rede stellen wollte. Dabei
muss es zu einem Streit gekommen sein, in dessen Verlauf Peter
Thomé den Polizisten erschossen hat. Dieses Bild der Tat lässt
sich anhand von Thomés Geständnis und den bekannten Fakten
der Mordnacht zusammensetzen.

Thomé ist mit seiner Tat nicht fertiggeworden. Und auch
nicht damit, dass seine Frau kurz darauf gewaltsam getötet
wurde. Auch daran gab er sich die Schuld. Hätte er sie nicht
ständig mit seiner Eifersucht bedrängt, wäre sie in jener Nacht
vielleicht nicht allein in den Wald gegangen.

Ob Peter Thomé versehentlich vom Drachenfelsen gestürzt
ist oder ob er absichtlich in die Tiefe sprang, wird niemand mehr
erfahren.

Er wurde auf dem Friedhof neben seiner Frau beigesetzt.

Mara hört, wie eine Autotür vor dem Haus zuschlägt und Maxim freudig bellend zum Gartentor läuft. Es ist Yannick, der eine Viertelstunde zu früh dran ist.

Sie springt von ihrem Liegestuhl auf, um ihn zu begrüßen.

Sie merkt nicht, dass in diesem Moment ihr Handy vibriert, weil eine Nachricht von ihrem Chef aus Kaiserslautern eingetroffen ist. Die wird sie erst lesen, wenn sie mit Yannick in Weißenburg an seinem Gartentisch sitzt.

»In Dahn wird seit gestern Nachmittag ein Junge vermisst. Fünfzehn Jahre alt. Seit dem frühen Nachmittag. Es gibt keine Spur von ihm. Ich habe kein gutes Gefühl. Vielleicht hast du bald einen neuen Fall.«

Ich danke meinen Testlesern Christel Weis-Arzt,
Franziska Beyer-Lallauret, Julian Sigmund und
Viviane Gwendolyn Dornbrach.